U0011521

新世紀散文家⑩

顏崑陽

精選集

陳義芝◎主編

NEW CENTURY
ESSAYISTS

目錄

101

輯二 蒼鷹獨飛

169

輯三 麥當勞與火車

231

輯四 人與獸之間

編輯前言

陳義芝

熟識中文創作的人，對先秦諸子散文、漢代紀傳體散文，以及李密、陶淵明、江淹、庾信等人的六朝文，韓、柳、歐、蘇代表的唐宋文，必不陌生。清初吳楚材、吳調侯叔侄編注的《古文觀止》，網羅歷代名篇雖有遺漏，但大體輪廓的掌握分明，仍是研讀古代散文最重要的讀本。

今天我們讀古代散文，除《古文觀止》上的文章，論、孟、莊、荀，也不可棄，因為是源遠流長的文化氣質。歸類為小說的《世說新語》，寫人敘事清雅生動，當小品文讀也不錯，可欣賞它精練的筆觸、機智的餘情。而繼明代歸有光、張岱之後，猶有黃宗羲、袁枚、姚鼐、蔣士銓、龔自珍……

古人說，「文之思也，其神遠也」，又說，「事出於沉思，義歸乎翰藻」，當文統與道統釐清，藝術的想像力與語言的精緻性即獲得高度發揚；迨至明代獨抒性靈，清代提倡義法，民國梁啓超錘鍊的新文體（雜以俚語、韻語及外國語法），兩千年來中文散文的山形水貌，因而更見壯麗。可惜今人不察中文散文有其獨特鮮明的傳統，往往以西方不重視散文為名，任意貶損散文價值，誤導文學形勢。

究實而言，粗糙簡陋的經驗記述，與不具審美特質的應用文字，當然算不得散文，就像這世界充斥許多聲音，只為溝通、發洩之用，或無意為之，毫無旋律可言，也就算不得是音樂。但我們不能因為聲音之產生容易而漠視聲音之創造，同理，不能因「非散文」之充斥而不承認散文所展現的生命價值、啓蒙作用。〈庖丁解牛〉、〈出師表〉、〈桃花源記〉、〈滕王閣序〉之所以千古傳誦，正在於作家內在精神之凝注與文學意趣之揮灑，代代有感應。

清末劉熙載〈文概〉講述作文七戒：「旨戒雜，氣戒破，局戒亂，語戒習，字戒僻，詳略戒失宜，是非戒失實。」分別關切文章的主題、文氣、布局、語字、結構、義理，我們拿這個標準來檢視現代散文，也很恰適。試以現代（白話）散文前期名家的看法為例。

周作人主張散文要有「記述的」、「藝術性的」特質，「須用自己的文句與思想」，「真實簡明便好」。

冰心主張散文創作「是由於不可遏抑的靈感」，並且是以作者自己的靈肉「來探索人生」。

朱自清說：「中國文學大抵以散文學為正宗，散文的發達，正是順勢。」他認為散文「意在表現自己」，當然也可以「批評著、解釋著人生的各面。」

魯迅主張小品文不該只是「小擺設」，「生存的小品文，必須是匕首，是投槍，能和讀者一同殺出一條生存的血路的東西；但自然，它也能給人愉快和休息。」

林語堂說小品文，「可以發揮議論，可以暢泄衷情，可以摹繪人情，可以形容世故，可以札記瑣屑，可以談天說地。」又說散文之技巧在「善冶情感與議論於一爐」。

梁實秋特重散文的文調，「文調的美純粹是作者的性格的流露」，「散文的美，不在乎你能寫出多少旁徵博引的故事穿插，亦不在多少典麗的辭句，而在能把心中的情思乾乾淨淨直截了當地表現出來。」

以上這些話皆出現在一九二〇年代，可見白話散文的基礎一開始就相當扎實。

梁實秋以降，台灣文壇的散文名家，從琦君到張曉風，從林文月到周芬伶，從王鼎鈞到簡媜，從董橋到蔣勳，並時聚焦的大家如吳魯芹、余光中、楊牧、許達然，幾乎沒有一個不是集合了才氣、人生閱歷、豐富學養與深刻智慧於一身。他們的散文大筆馳騁自如，頗能融會小說情節、戲劇張力、報導文學的現實感、詩語言的象徵性。散文的屬性被發揮得淋漓盡致，散文的世界乃益加遼闊；散文的樣式不再只循舊式美文、雜文、小品文或隨筆的路徑，科學散文、運動散文、自然散文、文化散文或旅行文學、飲食文學，為人間開發了無數新情境，闡明了無數新事理。

隨著資訊世紀的來臨，文類勢力迭有消長，我預見散文的影響力將有增無減，而每位作家收入一兩篇的散文選，光點渙散，已不足以凸顯這一文類的主流成就。「新世紀散文家」書系（九歌版）因而邀當代名家自選名作彙輯成冊。柳宗元談讀諸子史傳的收穫，曾說：「參之《穀梁氏》以厲其氣，參之《孟》、《荀》以暢其支，參之《莊》、《老》以肆其端，參之《國語》以博其趣，參之《離騷》以致其幽，參之太史公以著其潔，此吾所以旁推交通而以為之文也。」必先了解各家的藝術風格、表達技法，方能於自我創作時創新超越。這套書以宜於教學研究的體例呈現，歡迎走文學大道的朋友從散文下手！這批優秀作家的作品見證了一個輝煌的散文時代，他們的創作觀更合力建構出當代中文散文最精粹的理論！

——二〇〇二年五月於台北

推薦顏崑陽

不愧爲莊學名家，顏崑陽的散文（特別是一九九〇年代中期以後）「寓眞於誕，寓實於玄」，複麗奇詭之至。

綜論顏崑陽之寫作成就在：以虛構、聯想爲現實加工，融匯理性思維與抒情風采，拿捏文法斷續之妙，鑄造別有寄託的敘事篇章。他不僅將人物、動物（例如龍鼠龜狗）搬上寓言文學舞台，居處的一堵牆、用過的一根湯匙，以至於一齣戲、一張舊照，到他筆下，也都成了類型性符號，具有開啓生命黑箱，點化智慧的深義。

以散文創作中的寓言品類而言，顏崑陽兼攝新文學前輩名家魯迅的憤鬱與許地山的溫馨，別開生面。

——陳義芝

體要與微辭偕通：論顏崑陽散文

向陽

一

現代散文發展時程甚短，比起古典散文浩瀚綿邈、大家競出，繁乎著作，自難比並。新文學運動之後，現代散文方才起步，以「引車賣漿者流」的白話爲本，以歐西小品（Essay）爲法，名曰「小品散文」或「小品文」而發其端緒，至今不逾百年。近百年的現代散文書寫，名家固多，體制則尚賴補闕；文類雖成，特質也有待強固。從早期魯迅創新的雜文、林語堂提倡的小品，到余光中、楊牧以現代詩意象綴華的現代散文，溯其源流，不外中國古典文、傳統白話小說以及西洋散文三者，其後由於不同時空生活用語的演化與涵泳，在作家的融合雕鑄、吸收創發之下，逐漸脫出中國古典散文、西洋小品的複製與摹寫，而建立了比較明晰、獨特的面貌。

尤其近四十年來，現代散文在台灣的發展，老將新秀，投入者多，風格獨樹，質美量豐，已經與現代詩、現代小說形成鼎立之勢，現代散文自成一格，不再只是文學書寫的餘緒。不過，由於散文形式開放、題材無限，書寫分類尤其難以界分，從古典文辭，如姚鼐分論辨、序跋、奏議、書說、贈序、詔令、傳狀、碑誌、雜記、箴銘、頌贊、辭賦與哀祭等十三類，到楊牧將現代散文分爲小品、記述、寓言、抒情、議論、說理與雜文等七類，都可看出散文書寫題材的龐雜、形式的多變。

但無論題材如何龐雜，形式如何多變，雜中自有純一、變中亦有恆定，現代散文基本上以作家的生命經驗和生活省思爲內容，藉以表現作家個人人格、思想、感情與文字風格，則是共通的。劉勰《文心雕龍》〈徵聖〉說：「志足而言文，情信而辭巧」就是此意，簡言以達旨、博文以賅情、明理以立體、隱義以藏用，雖屬古文撰寫的方法學，在現代散文中也不乏大家活用，因而展現了現代散文生動活潑、多采多姿，千巖競秀的風貌。

顏崑陽，在眾多的現代散文家之中，屬於可以融通古今、鍛鍊詞藻，而體要該備，情信辭巧的作家。他的散文，每能於細微瑣碎日常經驗中剔點莊重深刻的生命意義；也能在擾攘困頓的社會現實中抓攫冷峻撼人的生活眞相；加上他對莊子哲學的精研，思想體系的認識，更使他的散文世界自然散發著天道與人世相諧的思想，不為外物的絢麗繽紛所惑，不被內心的七情六慾所羈，而能超越現代散文的纖柔委靡，展現寬闊博大的景觀，達到一如劉勰所說：「精義曲隱，無傷其正言；微辭婉晦，不害其體要。體要與微辭偕通，正言共精義並用。」的境界。放諸當代散文名家，顏崑陽在散文的體要建構和微辭技巧的運用上，都屬佼佼者。

二

一九四八年出生於台灣嘉義東石漁村的顏崑陽，十五歲舉家遷台北，十六歲開始自習古典詩詞，十七歲就讀師大附中時創辦「蘭亭詩詞研究社」，積極閱讀古典文學，奠定了他深厚的國學基礎，十九歲就參加「中國詩經研究會」徵詩獲獎，並與古典詩人張夢機往來唱酬。這樣從古典文學與詩詞書寫入手的早慧過程，在當代散文家中實屬少見，而這也造就了顏崑陽散文世界的基石，融古文與今文於互通，鑄傳統與當代於有無，正是顏崑陽散文書寫的一大特色。

一九七五年，二十七歲的顏崑陽以論文《莊子自然主義研究》取得師大國文研究所碩士學位，同年入伍，次年由香草山出版社出版第一本散文集《秋風之外》，共收三十一篇散文，正如同他自編的〈寫作年表〉所說，「這些作品都是在自我追尋中，以詩的韻律，醇厚的感情，與哲理性的思辨鋪成一條深邃的心路歷程。在風格上浪漫而唯美，辭采也呈現年輕的豔麗」，其中〈我已歸來〉、〈來到落雨的小鎮〉發表於七五年，寫小鎮生活。兩作的書寫風格略同，都運用了相當華麗的辭藻，描述作者對於年輕生命經驗的感懷。試舉〈來到落雨的小鎮〉一段為例：

我們曾經以同樣一隻手，去撫觸蝶翼上的春痕，去撥尋跫足上的秋跡。若是楓紅層層，每一片詮釋的猶然是恆不褪色的赤忱。哦！最難拋卻的，恐怕還是那段一起背井的日子，我們駐不住飄流如雲的行腳。

這段引文中，古典鮮麗的辭藻和浪漫的輕愁交並使用，同時採取了現代詩書寫的語言，可見出顏崑陽年輕階段的浪漫唯美，及其浸濡古典詩詞既深的文風。

一九八三年，三十五歲的顏崑陽，由皇冠出版社出版了第二本散文集《傳燈者》，距離第一本散文集之出閱七年。這七年之中，他攻讀文學博士學位，為了生活，兼課多所院校，南北奔波，同時參與各種古典文學參考書籍之編著選析工作（著者如河洛版《白話史記》、長橋版《唐宋詩選析》、故鄉版《實用成語辭典》等），加上文學創作不懈，終至積勞而罹病。這段歷程，對於顏崑陽的人生，散文書寫都有相當深刻的影響，形成第二階顏崑陽散文漸趨沉鬱的書寫風格。〈傳燈者〉一文寫出了顏崑陽這個階段的「索尋者的影像」：

也不知多少年了，我走離那一片鄉野，再也不曾見到那盞盞的風燈。然而，在我心中卻有一盞燈，始終未曾熄滅。往往，爲了生活奔馳了一天之後，從燈火輝煌的城市歸來，卸去西裝，脫了革履，在未扭亮電燈的室內，面壁靜坐了半晌，或站到幽黑的廊角，俯望著偶然迤邐過短巷的人們。我便恍然看見，一個人，一盞燈，踽踽過空寂和黑暗，向我走來。啊！索尋者的影像，我從他的瞳孔中看見了自己。他索尋的是什麼？我索尋的又是什麼？

與年輕時的文風相較，現實社會的磨練和人生之路的蒼茫，此時都進入了顏崑陽的書寫中。生活的重負，使得顏崑陽在蝶翼與跫足的春痕秋跡之外開始索尋立足之地，索尋立足之地之外的生命意義。

這個階段的顏崑陽，成家立業，內心裡頭還是對自己的家鄉、童年與成長懷抱著眷戀的心情，他來自的窮苦漁村「副瀨」以及十五歲之前的貧苦生活，對應於像台北這樣繁華的城市，自然給了他強烈的感應。一九八四年顏崑陽接受夏瑞紅專訪時提及這段生命中刻骨銘心的經驗，說他「依舊深深懷念故鄉，懷念那段把自己丟在大自然裡奔馳的童年」，強調他的文學興趣也是在那個時期建立起來，他說「在都市的高樓大廈旁，總顯得渺小而且孤單無助。但是，在那個我踮起腳來就可以摸到屋頂上的茅草，伸開手就可以抓到路兩邊的樹葉的小漁村裡，我卻感到自己很高大，感到自己可以整個地擁有那個天地。」台灣鄉野與童年的記憶構築了顏崑陽散文世界的肌理。

〈西川之夢〉寫出了顏崑陽對生身之地的深情，在這篇三節連綴的散文中，顏崑陽毫不掩飾他對故鄉與童年的眷戀，「我們的幸運，是有了紮根的泥土。隨你擰起一撮泥塊，每粒沙子都允許你刻下自己的名姓」；「我繁衍的枝葉將延伸到不可預知的他鄉，我的根依然要在你的泥中盤結。在我尚能憶及自己的名姓之時，誰能禁止我對你的懷想」；「你相思的是什麼？那要看你是從何處來。每一寸你踏過的土地，都可能撒落相思的種籽」……這些句子一方面表白了顏崑陽的思鄉之情，一方面更印證了顏崑陽散文書寫之中鄉土認同的根深柢固。

相對的，是都市的冷漠、競爭、忙碌和煩躁。同樣是這個階段寫成的〈逐〉深刻地描繪了這種感覺。〈逐〉寫於一九八一年，分兩節，採取回憶與現實交併的對比手法，前節寫從服役到返家待業過程中「追逐與被逐總在我身上繼續地發生」的焦躁、惶恐與無奈；後節則帶入現實，寫即將結婚成家之前要在台北購屋的心情，對於台北，顏崑陽直指「忙碌，是現代都市人無法根絕的病症。只有死亡，才是治療忙碌的良藥」，台北，在像他這樣急欲成家的人的眼中，是「線條由地面下被垂直地拉起，拉到幾十尺的空中後，又成直角地被平平摺疊出去」的城市，「一塊灰白之後，還是一塊灰白」的城市，「在一撮人與一撮人之間砌立了層層的隔膜」的城市，僵硬、刻板、灰暗、隔閡、淡漠，對應於寫於一九八七年的〈故鄉那條黃泥路〉所表現的故鄉的素樸、自然與友情故舊的溫暖，顯見了這個階段的顏崑陽並不快樂。

獲得第三屆時報文學獎優等獎的作品〈結婚日記〉，處理的則是婚姻、家庭等現實問題。結婚是人生大事，兩姓聯姻在台灣社會中通常受到祝福，但是當宗教信仰衝突出現，兩情相愛卻也帶來痛苦，顏崑陽透過日記處理這種矛盾與痛苦，愈見情深。「信仰的最終意義——釀造生活的安寧與和諧」以及愛情的最大前提「尋求我們的幸福」這兩個命題的終極是一樣的，過程卻是矛盾的。顏崑陽通過散文書寫，對於表現在社會眞實與道德、理念之中的兩難提出了他的究詰與批判，「結婚，最重要的陪嫁品恐怕就是『責任』與『衝突』吧」，於是成爲本文的議題。這篇散文，感性和理性相諧，沉鬱的筆調中透露出思想的澄明，從現實題材出發的現代散文書寫，追究的是社會眞實和心靈眞實的交互對話，這是本文令人感動、引人深思之處。

顏崑陽第二階段的散文書寫，是他由第一階段浪漫抒情、鄉土回憶的抒懷轉型到社會寫實、人性針砭與生命意義的究詰之過渡時期。〈結婚日記〉是一個開頭，同樣的究詰，表現在〈一場空白的演出〉、〈婚之變貌〉、〈陽光下的自囚者〉等小品之作中。〈一場空白的演出〉寫新婚之後拍照，結果拍出的都是空白的膠卷，演出與空白之間，留給讀者省思表演與生活之間的輕重；〈婚之變貌〉寫未婚媽媽、鬼嫁，生命的尊嚴、情愛的悲劇、幸福的定義，一再被提出；〈陽光下的自囚者〉寫社會生活中的詐騙、欺妄、謊言，在眞與假難辨難分之間，顏崑陽最後提出這樣的反省：

你從那個老人是不是這天生日去洞察他的假，我從那個老人吃飯時的快樂去相信他的眞。我們都沒有錯。但我很害怕「欺妄」與「猜忌」惡性循環下，我們都將變成陽光下的自囚者！

這段對人性眞假的究詰之語，在莊子的哲學中也常運用。莊子的思辨邏輯裡，相對主義是一個重心。莊子認爲，各種事物都自有個性、自有原則，包括人間的是非也是，〈齊物論〉說：「彼亦一是非，此亦一是非，果且有彼是乎哉？果且無彼是乎哉？」又說：「即使我與若辯矣，若勝我，我不若勝，若果是也，我果非也耶？」又說：「惡乎然？然於然。惡乎不然，不然於不然。惡乎可？可於可。惡乎不可？不可於不可。物固有所然，物固有所可。無物不然，無物不可。」〈秋水〉講得更直接：「因其所然而然之，則萬物莫不然；因其所非而非之，則萬物莫不非。」用白話說，從對的角度看事物，則萬物都對；從不對的角度看，萬物都不對。顏崑陽散文之中，莊子思想的闡發與流露，在第二階段已見端倪。

三

顏崑陽的散文書寫開始演繹莊子思想，甚至以莊子所擅的寓言體書寫，始於第二階段，成熟於第三階段，約至一九九六年前後。

《傳燈者》之後，從一九八九年至今，顏崑陽共出了《想醉》（一九八九）、《手拿奶瓶的男人》（一九八九）、《智慧就是太陽》（一九九〇）、《人生因夢而眞實》（一九九二）、《聖誕老人與虎姑婆》（一九九八）及《上帝也得打卡》（二〇〇〇）等六本散文集。這六本散文集中，有延續思舊懷鄉題材者，有針砭人性諷刺社會者，也有以寓言與思想爲基底展現湛然風格者。

以寓言體制表現言說與思想是莊子所長，〈秋水〉篇中有名的莊子與惠施濠上之辯就是顯例。莊子告訴惠施橋下鯈魚優游「是魚之樂」，惠施反詰「子非魚，安知魚之樂？」莊子順其語意回曰：「子非我，安知我不知魚之樂？」這段邏輯辯證暗含著莊子以直覺作爲認識方法尋覓「道」的過程，而以相當引人的故事述說方式爲之，想像與詮釋空間因而更加寬廣。顏崑陽一九八八年起寫〈狗的研究〉，之後衍生出〈龍的研究〉、〈烏龜的研究〉、〈鼠的傳人〉系列作品，就是以寓言方式，寓深意於微辭的佳作。這些系列作品，體例相同，都分「引言」、「研究之一」、「研究之二」、「研究之三」、「研究之四」與「結論」等，文字詼諧幽默，反諷兼出，其中引經據典、博引俗語、傳說、故事，趣味橫生，讀者一路讀下，笑不可遏，莞然之餘，則又瞿然驚心，狗與龍與烏龜與鼠，物雖各異，指涉則一，說的都是人性的陰私面、黑暗面，皆人也。

顏崑陽的這種散文書寫方式，大異於當代散文書寫的抒情傳統，諷喻不忌，黑而辛辣，與他可相並提的此類散文家，唯阿盛耳。將這系列作品拿來與顏崑陽前兩個階段的書寫相較，則褪盡浪漫美句與詞藻，蘊藏豐富人世洞見，有雜文家的世故辛辣，又得思想家的深沉義理，劉勰所說「體要與微辭偕通，正言共精義並用」即是如此了。散文書寫要可大可小、可顯可隱，可感可悟，顏崑陽這系列之作並未繼續延伸，否則當可爲現代散文再開新而有勁的書寫領域。

同樣的寓言方式也出現在其他散文之中，〈信仰有時是一種懲罰〉分四節，前二節以故事起，第一節寫作禮拜，信徒不管牧師說什麼，因爲只要坐在教堂中，他們就覺得平安，「他們的罪惡感，可能不在於生活中做錯了什麼，而在於破壞這個好習慣」；第二節寫鄉下老人捧神像坐火車，中年婦人起身相讓，「並不是因爲他年老，而是因爲他捧著神像」，由此歸結出「有時候，信仰就是一種懲罰，而教堂與寺廟也只是人們自己用情慾或習慣築成的牢獄罷了。」這類作品，目的不在抒情，而在寓理，能引人入勝，而得諷喻之功，缺點則是有時推論失之簡單，意旨太快顯露，文學想像空間也因而窄縮。

〈一棵沉默地歷經生死的樹〉，則成功地展現了現代散文寓言體的模式。在這篇近期散文中，顏崑陽寫一棵在庭院站了好幾年、曾被眾人賞愛的樹，忽然因為可能影響屋子地基，而面臨被砍倒的命運，最後因為屋主的不忍而以「去勢」逃過死劫。其中，寓言意旨扣緊莊子〈人間世〉「意有所至，而愛有所亡」的哲理，隱喻人性往往因一時怒心，棄平日所愛，接著點出本文主旨：

一棵沉默的樹，被種植、被賞愛、被憎惡、被砍掉、被同情、被留存，在人們的轉念之間，已幾度歷經生死！

其實在這個缺乏眞確知識基礎的權力世界中，我們都可能是一棵幾經生死的樹，但千萬不能只是沉默！

以故事彰顯道理，樹猶人也，人猶樹也，讀者自然動容。

一九九六年十二月，顏崑陽發表〈不知終站的列車〉，文風又一次大轉變，其後他陸續發表〈被拋棄的東西也有他的意見〉（一九九七）、〈山鬼戀〉（一九九九）、〈窺夢人〉（二○○○），這四篇可視為顏崑陽立基於寓言模式，雜揉奇詭想像，同時表現莊子「善生善死」、「與世同波」思想，對現代文明與社會的反思之作。

〈不知終站的列車〉發表後被收入陳義芝編九歌版《散文20家》之內，編者按語中如此稱道：

〈本文〉是作者散文風格轉型（跨文類）的一篇關鍵性作品，糅詩的象徵、小說的情節、夢與經驗、虛幻與眞實於一爐，以奇詭的手法寫人生，深具震撼性。

可見這一系列作品的份量。〈不知終站的列車〉可視爲散文，也可說是小說，主要即在顏崑陽善用了寓言體例，在這篇作品中，他將故事場景置於「一列火車上」，我於「射殺兩隻瘋狂追咬著我的狼犬」的「夢與非夢的界域」醒來（莊周夢蝶？）；接著倒敘整個夢境：「全身赤裸，胯間垂懸著纍纍如果實的陽物」的列車長，以及追趕「我」的兩隻大狼犬，然後是車窗外的風景、車窗內的旅客，以及「我」在似夢非夢中回憶的景象；最後是列車突然緊急煞住，「我拉著鄰座那個女子的手」下車，「在T城某賓館」做愛多次，被告通姦，三個月後自殺身亡，遺囑交代：「我們活著，只有籍貫，沒有家鄉。除了性、金錢與權力，沒有別的希望！」

這篇寓言散文，除了跨文類與奇詭想像之外，也展現了莊子哲學中的社會觀與人生觀。莊子的人生觀中生命的意義就是生，此在〈養生〉篇中可見，但養生不僅只是要長命，「有生必先無離形，形不離而生亡者有矣」（維持生命一定不能離開形體，但卻也有人形體並未離開，生命則已死亡）。散文中的「我」的遭遇正是表現這種行屍走肉的寓意；其次，「我們活著」如果眞如遺囑所說「只有籍貫，沒有家鄉。除了性、金錢與權力，沒有別的希望」，則非「善吾生」，自然也就不是「善吾死」。這都是本文所要表現的生命觀。

從另一個角度看，掌握權柄而全裸的列車長和兩隻大狼狗，則是隱喻亂世，莊子〈繕性〉篇說：「喪己於物，失性於俗者，謂之倒置之民」（指性與情分離，讓自己沉溺於物慾、而在世俗之情中失掉本性的人，可說是「倒置之民」），從而「不知終站的列車」指的既是倒置之民的人生，也是倒置之世的社會。最後，本文進一步引申，在倒錯的「性、金錢與權力」的社會價值觀之中，幾乎無人可以倖免，這也是莊子「與世同波」思想的具現。莊子〈天地〉篇慨歎：「三人行而一人惑，所適者猶可至也，惑者少也。二人惑，則勞而不至，惑者勝也。而今也，以天下惑，予雖有祈向，不可得也。」（三人同行，有一個人迷惑，還可以到達要去的地方，因為迷惑的畢竟是少數；但如果有兩人迷惑，那就到不了目的地了，因為迷惑的人多了。但如今之世，卻是整個天下的人都迷惑了，我個人縱使有一個方向和理想，也無法達成啊），「不知終站的列車」命題，正在巧寓莊子「與世同波」的感慨和無奈。

現代散文書寫的方向，在顏崑陽筆下發展到這裡，我認為才展現了以藝術手法承載人生思想與智慧的典模。用顏崑陽對莊子思想的體會來說，莊子哲學「是站在歷史的反思、現世的觀察、切身的體驗、宇宙自然的啓示四座礎石上；再用他超卓的智慧，從宇宙與人生的根本處去思考，而爲我們的人生究竟的幸福，規劃出一幅理想的藍圖。」而表現在顏崑陽散文書寫中的境界略近矣。一個現代散文書寫者，凝視社會、反顯現實，從現代社會的表象中指出人的根本，來引發讀者心靈的觀照、洗滌，而文學表現又具藝術性，自能開創宏大格局，如顏崑陽本系列的散文佳作所呈現，這些作品活化了莊子哲學，深刻表現現代人生的困局所在，既是顏崑陽散文書寫風格的一大轉捩，也是顏崑陽拔高現代散文格局而爲其他散文書寫者難望其項背之作。

四

總結而論，作爲一個精研中國古典文學，而又兼具現代文學創作經驗與理論涵養的作家，顏崑陽的散文世界表現了博古通今的豐富知識內涵，這使他的散文能在抒情傳統之外別開知性與諷喻論理的生面；作爲一個來自台灣南部偏遠漁村的貧農子弟，而又長期寄居台北都會的戰後代作家，他的散文世界中則流露了對土地、故鄉與人情的高度眷戀，對於愈趨委靡的現代物慾社會，表現出頑強而辛辣的抗拒、針砭，他的散文或抒情、或曲喻、或議論、或反諷，總能抓住這塊土地最素樸的認同，不爲流俗所惑，顯現剛強的生命力量；作爲一個沉潛於莊子之道，而又對都市文明和現代人性瞭若指掌的學者，他的散文也展現了莊子思想的洞見與宏觀，兼以寓言體式的靈活運用，使他的散文世界結構森然、文氣沉鬱厚重。這都是顏崑陽散文的特質和可貴之處。

　　這也許是現代散文的一個新的開始。從知識、經驗、思想與藝術的鎔鑄、互通開始，從土地、人民、社會與心靈的對話開始，現代散文可以在抒情傳統一枝獨秀的傾斜發展下，另闢蹊徑，展開宏偉、高曠、深沉與厚重兼具的知性之路，表現屬於台灣散文書寫山風海雨一般奇詭，卻又明晰、獨特的風貌。一九四八年生的顏崑陽，在眾多戰後代作家中，無疑是一個具備簡言以達旨、博文以賅情、明理以立體、隱義以藏用的大家。

顏崑陽 散文觀

NEW CENTURY ESSAYISTS

用真心賦生活以豐盈的意義。

用精準、靈變的語言賦意義以生鮮的形式。

在我心手之間，散文寫作絕對不會淪為「文字手工業」。

輯一

鄉愁的重量

啊！故鄉這條黃泥路，
真的隱藏著太多我們生命的故事。
那時我們都還小，
這條路，
就是我們遼闊的世界，
裝載著我們的喜怒哀樂，
歌哭笑語。

童年的冬天特別冷

童年的冬天特別冷！三十幾年後，當我的孩子也已過著他們童年的冬天，我仍然沒有消退這樣的印象——童年的冬天特別冷！

這已經是九〇年代的冬天了。台北，我們的視野已全部被摺摺疊疊的線條和灰灰白白的色塊占領，樓房是都市裡永不凋謝的叢林。除了瑣瑣碎碎而顯得非常不乾脆的陰雨，我們實在無由感覺到冬天的況味哩！

這條孩子們踏著去上學的路，是短而窄的巷道。平整的柏油路面，不可能出現牛糞，但是卻必須非常小心，否則狗屎隨時會對你的鞋底糾纏不放哩！兩旁高高的圍牆與堅閉的鐵門，看來是比爬著瓜藤的竹籬及敞開的柴扉要牢靠得多，也省去一路牆內牆外地打著招呼的麻煩。我們通常都很快速地走完這條巷道，把孩子送上學校的交通車。

孩子們，一個拉著爸爸的手，一個讓媽媽牽著。女兒穿的是西裝型上衣，紅底灰格的毛料製成；配上深藍色的褶裙與毛線褲襪、黑色皮鞋。這是學校的冬季制服，看起來端莊而溫暖。兒子只有三歲，還沒有上學。但他喜歡看著姊姊步上交通車，回頭向他揮手說再見。他戴著呢帽，穿著厚而帥氣的夾克，總是一路唱著只有他自己聽得懂的歌。

「會不會冷啊！」妻常常這樣反覆地問著孩子。

「不會呀！」他們搖搖頭。

哦！爸爸童年的冬天特別冷。我做了一個哆嗦；孩子們好像覺得滑稽地笑了。要怎麼說，才能讓他們看到我心中那幅未曾消退的冬天圖像呢？

那是五〇年代的冬天。嘉義海邊的小漁村，平野接連到大海，大海接連到低垂的天幕。寒風就從那兒越過海面、越過平野，颯颯奔來。幾排疏落的木麻黃實在擋不住它。它便那麼肆無忌憚地拿著千萬把小刀片，到處刮著我們的臉龐。

童年的冬天眞的特別冷，寒風踐踏過的地方，什麼葉子都耐不住，尾梢焦黃了。有時候，一陣嚴霜，昨天還盈眼的綠意全在一夜之間變成了黑色；綿延幾十里的番薯連藤帶葉都被凍死了。你知道嗎？黑的不只是番薯，更是人們的臉。這樣的冬天，是不是特別冷！

其實，最覺得冷的還不是番薯，而是我們這群孩子的腳板。我興奮地穿上第一雙鞋子，已是讀上初中的時候了。小學六年，我們一直是赤裸著幼嫩的雙腳，走過大約三公里的田間小路，到鄰村去上學。路面當然不是平整的柏油，而是夾雜著碎石的黃泥。不小心踩到的也不是狗屎，而是東一堆西一堆的牛糞。然而，讓我們踩得很難過的卻不是牛糞，而是一顆顆銳硬的石子以及沁骨的霜粉。那種冷冽混合刺痛的感覺，究竟該當它是鍛鍊或是懲罰呢！再加上當時哪個禿子見不得別人長頭髮，竟然規定小學生都要剃光頭。大家窮得肚子都管不了，怎管得了帽子呢！頭光腳裸，風霜交迫，眞讓人體味到什麼叫做「天」寒「地」凍。

至於爸爸媽媽的手，並不是用來牽著我們去上學，而是牽著牛去耕田。我們的溫馨，往往是來自沿路上，什麼伯公什麼嬸婆的招呼，或是孩子們成群結隊的笑鬧。

童年的冬天特別冷，眞的！如今想來，卻不知道當時冷的是風霜，是身子，還是心情？這已經是九〇年代台北的冬天，我的孩子正過著他們溫暖的童年。爸爸的童年特別冷，這樣說，他們是不會懂的哩！

當他們拉著爸爸媽媽的手，走過短窄而平整、到處狗屎、門牆緊閉的巷道，搭上舒適的交通車。我突然發覺，冬天不在樹梢，不在番薯田，不在結霜的黃泥路，而在人們的臉上，甚至心頭。

因此，我忧忧地想到：又是三十幾年後，我孩子的孩子們，究竟將會如何過著他們童年的冬天！

——一九九八年八月．選自躍昇版《聖誕老人與虎姑婆》

故鄉那條黃泥路

每個人的記憶中，都可能會有一條印象最深的路，路面鏤印著他疊疊的履痕。履痕可能由小而逐漸變大，那是他成長的軌跡；在這條路上，來來往往間，從孩童的蹦蹦跳跳，到成年的步履沉穩。或者，履痕也可能有深有淺，那是心緒的顯影，腳步隨著喜怒哀樂而快慢而輕重。這樣一條路，誰能將它忘記！

你也有這樣的一條路嗎？我有。走過的路已經千千百百條，但記憶最深的卻仍然是故鄉那條黃泥路。

我曾在這條路上踩踏了八年，每天總要來回走一趟。從唸ㄅㄆㄇㄈ走到唸ＡＢＣＤ；從跌跌撞撞的孩童走到奔騰跳躍的少年。我們就是走在這條路上長大的呀！不但路面鏤印著我們成長的軌跡；路旁很多地方也都藏著我們吵吵鬧鬧、歌歌哭哭的故事。這樣一條路，誰不永遠都記得呢？

那時，我們都還小，因此覺得這條路特別長。第一次走上這條路到鄰村讀小學，有些害怕，也有些興奮。手上提著草編的書袋，嘴裡含著一顆糖球，赤腳踩著夾雜碎石的黃泥，短小的腳印輕細地鑲嵌著路面。怎麼這樣遠？我們走得有些累了，就找棵木麻黃的樹頭坐下來，拿出剩下的糖球，塞進嘴巴，慢慢地吮食著。那時，我們眞覺得這條路特別長，小小的步幅似乎跨不盡遙遠的路程。隨著年歲的增長，路彷彿逐漸在縮短。到小學將近畢業時，那種奔騰跳躍的年代啊！幾乎常在放學後，舉著林投樹葉作成的風輪，迎向呼嘯的北風，疾奔回家。風輪轉成淡淡圓圓的影子，而在玩興未盡時，路已完全被拋在身後了。許多年後，攜著妻回鄉，特意在鄰村下車，讓她陪我走這條鑲嵌著童年腳印的路，才愕然發覺這條路竟是那麼短，只是我走向天涯的起程罷了。

那時，我們都還小，因此覺得這條路特別寬。西半側是我們的步道，偶爾有些大人騎著單車經過，我們便成群追趕在後面，笑著嚷著，彷彿逐車吠叫的小狗。「載我啦！載我啦！」假如碰到什麼叔公啦伯父啦！手腳敏捷的傢伙，早已跳上車後的行李架了。

東半側是兩條深凹的車轍，不知有多少牛車的鐵皮輪子重疊地輾壓而過，那是祖先耕耘收穫的銘記吧！有時候，我們也喜歡踩著車轍而行，讓腳掌感覺那種泥土被輾壓過的平滑。最高興的是正好有空牛車駛來，我們便蜂擁地爬上車，讓老牛辛苦一程了。假如正臨黃昏，你能想像嗎？坐在緩緩搖盪的牛車上，看著一輪滾落稻田中的紅日，看著晚霞焚燒那片木麻黃圍護著的遠村，我們竟然不知什麼時候都靜默了下來。

那時，我們眞覺得這條路特別寬。許多年後，牽著妻走在回鄉的這條路上，當我們把四隻手拉直而連接起來，便幾乎可以摸到兩旁的木麻黃樹。爲什麼人長大了，路也跟著變窄了！尤其車如流水的都城，走在六十米的馬路上，仍然讓你恐懼到肩膀隨時會被擦破；但我們眞覺得這條路特別寬，那時我們都還很小。

這就是故鄉那條黃泥路。那時，我們都還小，因此覺得這條路特別長也特別寬。我們就是走在這條路上長大的啊！走過的路已經有千千百百條，但很多路對我們來說，只是達到目的地的過程罷了。有些路是你去買一瓶醬油或寄一封信所必須經過；有些路是你去上班所必須經過；有些路是你去趕一場約會所必須經過……。這樣的路，對你來說，僅僅就是經過而已，你沒有多餘的心思去欣賞它的美，去找尋它的趣味，因此你也不會將感情留給它。這樣的路，即使曾經走上千萬遍，當你不再經過的時候，便輕易忘記了它。

然而，故鄉那條黃泥路啊！對我們來說，它本身就是一種美，就是一種樂趣，它幾乎已成爲我們生命的一部分。在它上面或旁邊，我們不爲什麼目的，只是追逐著、跳躍著、遊戲著，甚至靜靜地坐著躺著。我們的歡樂在這裡，當然我們的痛苦也在這裡，它眞的留藏了太多我們生命的故事。

剛上小學不久，開始到處謠傳著「虎姑婆吃小孩」的怪事。聽說，虎姑婆很醜惡，兩隻犬牙特別長，從嘴角伸出來。她藏在樹林裡，尤其喜歡躲在林投樹下，窺伺幼小的孩童，趁大人不在場時，用糖果誘拐了他們，煮來吃掉。這個謠傳散播得很快，我們好害怕，再也不敢去上學。學校想出來的辦法是，叫村子裡的學生們集合排隊，讓高年級的學生走在外側，並且用繩子把我們圍起來。那段時間，我們每天就是這樣踏上黃泥路。

路旁不遠的田地中，有兩座小土丘，上面幾棵木麻黃樹，以及茂密的林投叢。我們睜著眼睛、閉著嘴巴、跳著心肝，走在繩圈裡。雖然有這麼多同伴，但偷覷著土丘上的林投叢，彷彿就看到虎姑婆躲在裡面，正咧著長長的犬牙，瞪著森森的眼睛，找尋肥美的對象。有時隊伍裡面開始傳出驚怕的叫聲及哭聲，高年級的學長，趕忙鑽入繩圈，安慰這些特別膽小的同學。這時，似乎整個隊伍的腳步不知不覺地加快……，終於一起奔跑起來，趕緊逃離這段恐怖的路程，看到校門已在眼前，才鬆了口氣。

唉！那時，我們眞的還小，這條路似乎總是躲藏著許多妖魔鬼怪。我們也成爲祖母所講的鬼故事中，讓鬼嚇得蒙緊棉被的小可憐了。不過，在害怕中，我們似乎也帶著些好奇，總覺得那兩堆土丘充滿著神祕。虎姑婆眞的躲在上面嗎？我們曾經這樣問過。後來，「虎姑婆死了，被蔡老師殺死的！」隨著這另一個傳說，虎姑婆的謠言逐漸淡去，我們仰望蔡老師高大的身影，竟恍然覺得他是古代的俠客。而這條黃泥路哪！走起來卻似乎少了些刺激。

我們對那兩堆土丘的興趣也越來越濃厚，終於隨著年歲的增長，我們勇敢地佔據了土丘，讓它作爲玩鬧的場所，採林投葉來編製各種玩具啦！打擂臺、鬥群架啦！多年以後，當妻循著我手指處望去，卻看到土丘已被剷平，約及腰高的蔗叢，在挾帶塵沙的風中，俯仰著柔韌的長葉。然而，我的眼中卻依似有兩堆土丘，林投葉縫間閃爍著虎姑婆森冷的眼睛，以及迴盪著我們笑鬧的聲影！

我穿第一雙鞋子，是在考上初中後。小學六年，我的腳板都那麼清楚地感覺著這條黃泥路的冷暖和粗細。夏日的傍晚，我們踩著輕快的步子回家，每一步，腳板都明白地感覺到泥土滿含著陽光的餘溫。冬日的早晨，我們躡者腳跟去上學，路面已凝結了薄薄的霜粉。每一步腳板也都明白地感覺到泥土飽蓄著霜氣的冰冷。你是知道的，泥土柔細的觸感，總會讓人聯想到情人的摩挲；但鑲嵌在它上面的碎石，卻更像情人氣忿的手，掐擰得你疼痛難當。尤其是在寒冬裡，凍得發紫的腳板，踩在碎石上，那種感覺你能想像嗎？而我們畢竟是這樣走過來了。不管暖也好，冷也好，細也好，粗也好，我們都眞切去接收從泥土所傳來的自然消息。我們的生命已和自然同一呼吸、同一脈搏。

後來，我曾坐計程車經過臺北街頭。清晨，從車窗可以看到有些人正在紅磚道上慢跑，白色的運動鞋很具彈性地踩著平整的路面。司機突然笑了幾聲，「他們不曉得走路的滋味！」我看他扶在方向盤上的手，粗糙而黝黑；踩在油門上的腳，沒有穿鞋子。啊！我完全明白他這句話的意思。多年以後，我和妻穿著光潔的皮鞋，走在這條路上，路面已換成平坦的柏油。妻只能想像一群赤腳的小孩，躡著腳跟，走在黃泥雜著碎石而凝著霜粉的路上。我的腳板已蠢蠢地想掙出鞋子，然而如今細嫩的腳底怎能忍受碎石的砥礪！更何況我將到那條路上才能從泥土接收自然的訊息呢？

故鄉那條黃泥路，眞的留藏著太多我們生命的故事。你或許沒有想到，在那樣童稚的年歲裡，我們也會偷偷去喜歡某一個小女孩，並且把她的名字刻在路旁一棵木麻黃樹幹上。或者，我們放學回家時，有些粗野的男生一路捉弄著女生，另有那個勇敢的男生看不慣，上前爲女生解圍，雖然他被揍得鼻青臉腫，跌進路旁的水溝中；但那些粗野的傢伙，卻被他瘋狂拚命的勇氣嚇跑了。啊！故鄉這條黃泥路，眞的隱藏著太多我們生命的故事。那時，我們都還小。這條路，就是我們遼闊的世界，裝載著我們的喜怒哀樂，歌哭笑語。

許多走過的路都已忘去；但故鄉這條黃泥路卻始終橫亙在記憶中，而且越來越清晰。我並非已衰老到只靠回憶支撐殘餘的生命。我也知道什麼都將逝去；永恆，並非一種不變的現象。我已接受了另一些不見泥土的康莊大道，更不爲那條黃泥路的種種改變而傷感。然而，人所以不同於牛，在於牛牠不記得曾經走過的路，再深的轍痕蹄跡，都無法提示牠認清自己勤苦的生命。而我們卻那麼明白自己從何處走來，又將走向何處。我深深記得故鄉那條黃泥路，就是記得自己從那裡走來。

現代人最大的悲哀，乃是太健忘了，從不記得自己甚或祖先是從那裡走來，因此也就不太清楚該走向何處；但不管黃泥路變成什麼樣子，我心中將永遠有那麼一條路——路旁種植著木麻黃，木麻黃之外是兩堆長滿林投樹的土丘。一群赤腳的孩子，躡著腳跟，走在黃泥雜著碎石而凝著霜粉的路上。

——一九八九年十一月・選自漢藝色研版《手拿奶瓶的男人》

養蚵

當你從生產者退到消費者的位子，可能對同一種物品會有不同的價值感。人總是站在自己的位子上，從眼前的窗框看這世界。因此，我們也永遠有爭論不完的問題，不是嗎？

我走過市場。一個臉皮黃而略黑，帶著風霜蝕痕的女人，正在賣蚵。唔！那是故鄉來的女人吧！我覺得一種未曾相識之前的熟稔。她身前擺著一大簍筐的生蚵，青灰色的殼子，像水蝕的礁岩那麼粗礪稜利。殼口上的鋒芒已被淘洗淨盡了。她就在現場破殼取蚵，粗糙有如枯枝的手指，熟練地操作一根扁口的鑽子，撬開蚵殼，掏出軟綿綿的蚵肉，丟進塑膠的圓盆裡。

「一斤賣多少錢？」

「八十塊錢。」

我沒有經過任何思索，只是以消費者慣有的反應說：「太貴啦！」在市場內，從走過攤位前的消費者口中，常可以此起彼落地聽到這句話；無非就是希望少付些錢，卻又能買到更多的東西。眞的貴嗎？很少人客觀而眞確地計算過。

「你輕鬆地吃一斤蚵，用了我們多少氣力，知道嗎？」

我怵然地站定下來，注視這女人被水泡得蒼白，並有著許多割痕的手，再注視盆中飽滿嫩白的生蚵，許多已塵封的記憶忽然又被抖落出來。

•

我站在那裡？不知道，眞的不知道。地是從我腳下向四周無限延伸，每個角度都可以看到切合地面或水面的天陲。沒有山，沒有樹，沒有花草，沒有任何建築物。有的只是平平漫漫的沙地，以及稻畦一樣的蚵園。您可以看到縱橫整齊如圍棋盤的阡陌，那眞是線條的傑作。整個天地就只有一種顏色──青灰；青灰的天，青灰的地，青灰的海，青灰的蚵叢。它們的區別，就是色度的深淺不同罷了。站在這裡，你會有什麼樣的感覺？我是說，假如只有你一個人的時候。

什麼樣的風景，什麼樣的生活，在旁觀者的眼中，都有一份不關現實的美感。你當然也可以悠然地站在那兒，禮讚這片蒼茫遼闊的天地，竟自感到一片「前不見古人，後不見來者」的悲涼。或者，您也可以靜靜地觀賞，蚵民們插椿及採蚵的工作。已經下了帆的竹筏，擱置在蚵園旁，梔杆就像一根根劍戟刺向天空，而黃褐色的斗笠則像燦開在陽光下的向日葵，點綴著這片青灰的天地。頂在竹椿上的蚵體更彷彿大理菊的化石，每個殼口都有如刀一樣的鋒芒。他們用一把鐵鉤，鉤住竹椿，往上拔起。一株株的蚵叢，就這樣被採收了；好一幅安和樂利的採蚵圖啊！

你眞的這樣看、這樣想嗎？爲什麼你不走上前去，也試試他們的工作。首先，你必須和潮水搶時間，在它漲臨之前，採滿一竹筏的蚵叢。你恐怕得一直彎著腰肢，揮動著鐵鉤。逐漸，你的背脊、手臂痠硬而終至麻木了。其次，你必須注意手腳，只要一不小心，銳利的殼鋒便會在你的手掌、腳板或腿肚上劃開血痕，再被含著鹽分的海水一泡，那種蝕痛眞能讓你咬牙切齒哩！等到潮水慢慢淹上沙洲、蚵園，你或許早已耗盡氣力，也滿手滿腳的傷痕了。這時候，你可能才體悟到，旁觀者與親歷者的感受，竟有這樣大的差別。任何工作，當它成爲你生存的依賴時，你才會明白，吃一口飯，到底要付出多少的代價！

●

養蚵眞是一種很辛苦而擔風險的行業。蚵仔煎，你應當吃過。然而，當你坐在華燈熠耀、香氣飛騰的夜市裡，享受蚵仔煎的鮮味時，你是否精細地量計過，一朵生蚵從插椿開始，到送進你嘴內，究竟要耗費生產者多少的心力呢？

每年的秋季，彰、雲、嘉、南沿海的村莊，許多人家門前的廣場上，便開始堆積著麻竹，以及經過抉選的蚵殼。一家老小全都忙碌起來。臂膀粗壯的男人拉動鋸子，將麻竹段成尺餘長，然後剖爲寸許寬的樁子。女人們則將竹樁一頭削尖，一頭裂口。然後把蚵殼夾在裂口上，幾十枝綑綁成束。您能想像這種枯燥的粗活，會有什麼樂趣嗎？如果有，那應該是來自對收穫的期盼吧！

或許，你已經想到接著是什麼工作了。插樁，把夾著蚵殼的竹樁，一根一根地插到這片廣漠的海洲上，就像農夫插秧一樣。他們常在寒冷的深夜，趁著潮水，駕駛兩三小時的竹筏。不知他們根據什麼去判斷方位，竟然都能準確地在自己分配到的蚵園邊下錨。等到潮退之後，天也亮了。海洲便在燦爛的朝陽下浮現。他們紛紛跳下已擱淺的竹筏，開始插樁的工作。

插完樁，就等待漂浮在海水中的蚵苗，吸附在樁頭的蚵殼上，慢慢地成長。到明年夏天採收之前，還得幾番探視，把被沙埋去的蚵叢拔高。如果一直風平浪靜，或許能夠豐收；然而，一旦颱風掀起狂浪，他們該向誰去哭訴呢？

•

如今，聽說養蚵的方法已經進步了，用塑膠繩串連蚵殼，兩端綁在粗大的樁上；然而，這樣的工作，辛苦依舊。比颱風更兇惡的工業廢水污染，在奪去他們藉以維生的資產時，他們又該向誰去哭訴呢？

這些年，我已從生產者退居到消費者的位子，往往會把各種享受視爲天造一樣的當然；不用感謝，也不用珍惜，有時候甚至還想以賤價去剝削生產者的勞力。當我想起自己是從什麼地方走過來時，遂體悟到人間最昂貴的產品就是——同情的了解。

——一九八九年十一月．選自漢藝色研版《手拿奶瓶的男人》

西川之夢

棄我去者昨日之日不可留
亂我心者今日之日多煩憂

1

在我心尚能憶及自己的名姓之時，且允許我對過去再作片段的懷想吧！

我生命降臨之地，雖是那樣地無可選擇。然而，能墮地在西川淙淙的流響中，竟連呱呱的啼聲似也示意著被生的快樂。西川，你始自何日，即已如此幽冷地流淌著這一灣清淺！流淌著攔阻不住的歲月！流淌著人們的鄉情與記憶！而今，而今呀！你流淌著的更添進了我一懷年輕的夢想。

我們的幸運，是有了紮根的泥土。隨你擰起一撮泥塊，每粒沙子都允許你刻下自己的名姓。假如這一撮鄉土能聞得出氣息，那該是我們同一種風俗的薰染，同一種血液的凝鑄吧！而你說，還能有什麼力量的沖刷，使這份氣息從你身上淡滅呢？

在這塊西川浸潤的土地上，那麼闊綽地鋪設著一野的肥綠。我們要如何才能數得清紮根在這塊泥土中的生命？榕樹是可推重的耆舊，苦苓也非初來的移民。或者，你說蘆葦啦！扶桑啦！鳳尾草啦！蒲公英啦！甚且最小的雷公根啦！那一份生命不是從這塊土地裡萌芽？那一分生命失根之後尚能生存？這必然是不可分割的互屬了。我，我亦然如是！一年二年三年四年……即使細雨洗淨征衫上的風塵，洗不去的恐怕還是這一份泥土的氣息吧？

西川是可畫的，畫一席淨白的平沙，畫幾隻飛掠的水鳥，畫數抹如醉的晚霞，或畫這千里無垠的綠原，你有顏色，便能盡情的塗抹。但是，畫得成洋溢在輪廓之外的那片安寧嗎？或者，你能畫得出人們眷愛這塊土地的那份情愫嗎？我不能畫，但我卻曾以同樣的安寧去享有那片安寧，同樣的情愫去體受那份情愫。走過田塍、走過野塘、走過曲隄，而走過小橋時，斜陽已在橋的那端，向這一天揮別。你不爲何事匆忙吧！坐一坐，你可以有趣地窺視著那群荷鋤歸來的村姑。但是，你得注意，也許身後另一群村姑也在窺視著你哩！有時候，無意或有意地「狹路相逢」，你就讓個路，讓她走進你的心裡吧！羞羞地一笑，有時眞也抵得上千言萬語，像這樣的況味，你又能畫得成嗎？

畫不成的還有我童年一懷的夢想，在西川。

或時，在西川，靜靜地垂綸，也瀟灑得不去介意一竿拉起來的收穫；我意不在一寸二寸之魚。你猜，我們是否曾將自己想成那位垂釣於渭水之濱的呂尙呢？唔，他釣的應是盈手的功業啊！然而，怕的是釣到滿頭白髮的時候，還甩不脫黏手的長竿呢！

或時，在西川，殷勤地揮鋤，而後悄悄地埋了許多的種籽。我們的收成，可能須寄存在幾年後，那叱咤風雲的征鞍上吧！你當然也聽說過，崛起於隴畝之間的豪傑，他們的夢想，就在揮鋤的時候抱定的，但是，爲什麼成功的故事，卻僅是屬於那幾個成功的人呢？

或時，在西川認眞地凝視著流水。那時，我們稚嫩得不知「子在川上」的嘆息，逝者如斯夫！逝者如斯夫！挽不住的又豈只這一束流光？倘若，你也知道這一川流水包含著你自己的生命，你便該理會到仲尼的嘆息，竟是對大我生命的一片悲憫，可是那時，那時我們太稚嫩了；我們只純眞地看著流水，來者自來，去者自去。秋風，白露；春雨，紅花。我們或許也只是白露的一滴，紅花的一瓣吧！

西川呵！你以安寧、祥和、樸素承接我生命的降生。而我的夢想也在安寧、祥和、樸素中紮根。縱使，我繁衍的枝葉將延伸到不可預知的他鄉，我的根依然要在你的泥中盤結。在我尚能憶及自己的名姓之時，誰能禁止我對你的懷想！

2

西川，也曾有過苦難的日子。那時，在戰火中的母親也才是待嫁的女孩。她何嘗不有種種綺麗的憧想。然而，彼時見了花，恐已無淚揮灑，又能夠想起什麼歡樂呢？望了月，也已無語可寄，還能夠懷著什麼情思呢？防空壕裡的日子除了死亡與血腥，飢餓與哀痛之外，不會有什麼旖旎的憧想吧！我想。何況，彼時的父親，還只是一個與母親陌生的小伙子，卻被日軍驅到南洋島上充砲灰。也幸而兩人還陌生，否則，「何時倚虛幌，雙照淚痕乾」，那又將是什麼不可企及的奢望呢？

我生之時，已不及見到西川的瘡痍。然而，在我懂事之初，卻還能自大人的臉上讀出苦難的鏤痕，與對戰亂的餘懼。彼時，在夏夜庭院的瓜架下，老祖母會抖著聲音，爲我們傳述幾則充滿血淚的故事：諸如，年輕的瓊姑，有一天被發現死在村西的林投樹下，赤裸的胸腹上，被日本武士刀開了幾道血溝。我們雖是稚嫩得不知此類事件的悲痛，但鮮血卻爲我們帶來了夢魘。隔了許多年代，竟還讓我們這群新生命，也得去分承被迫害的痛苦嗎？

至今，人們猶自惦記的一則故事，卻發生得那樣尷尬。在祖母年輕的年代，一個日本的稅務官，奉命挨戶去催稅。當他看見人們三餐所吃的，僅是一鍋烏黑的番薯乾，以及一盤已近腐臭的鹹魚時，再也不忍索取那樣的重稅。在同情心與責任感不能兩兼之下，他只好以死去抗議這種昧心的剝削。這事使人們尷尬得不知該如何去看待那群暴虐的統治者。然而，這種死亡的抗議，卻發生在他們的族人之內。那麼，被迫害者的痛苦，也就可以體會了。

西川的創傷，而今似已癒合。流水依然澂澈，沙灘依然平整，草原依然青綠。但人們內心的傷痕，是否也能這樣抹滅無跡呢？倘若，自苦難中翻騰出來的老人凋盡之後，我談論的是否還會是那幾則血淚的故事？爲什麼被忘卻的，會是這種蝕骨的傷痛呢？

假如，我們最大的幸運，是有了紮根的泥土。那麼，我們最大的不幸，就該是失根後的虛懸吧！西川呵！你的泥土依舊爲我們而芬芳。你的苦難也應該長被記取吧！

3

離開西川，也已多年，總不能說沒有一些鄉愁吧！然而，在這樣一個大流落的時代裡，街上相逢的，恐怕大多是異鄉人！卻爲什麼聽不到有人傾訴一懷的鄉愁呢？是無情可愁嗎？抑或無鄉可愁嗎？誰都不願這樣承認，我想。

哦！鄉愁，你我都該嚐受過吧！它像病菌一樣，隨時都能侵入你思維的縫隙，讓你的心靈成爲相思的病灶——相思著漠北漫漫的黃沙！相思著遼河滾滾的綠水！相思著日落草原的江北！或相思著月上柳梢的江南！哦，你相思的是什麼？那要看你是從何處來。每一寸你踏過的土地，都可能撒落相思的種籽。不相信嗎？那爲什麼會有人苦苦地吟詠著：

君自故鄉來，應知故鄉事。
來日綺窗前，寒梅著花未？

假如，你也眞眞地愛過你的故鄉。那麼即使當年你無意植下的一株梅樹，如今你也會關心它是否禁受得住幾番凜冽的寒雪。這就是鄉愁！你能拒絕它來佔據你的心靈嗎？哦！不。

曾經聽說過，一個滿懷鄉情的老人，在遙遠的異鄉，選取了一處彷彿故鄉山水的地方，建造了一座與故居相似的房舍，而過著依舊當年的生活。啊！這是何等莊嚴而眞摯的故國之情！又是多麼深沉而感人的鄉愁！曾是紮根的泥土，誰又能忘卻它的氣息？只是，有些鄉愁已不是言語可以訴盡了。

然則，西川呵！我又該以什麼樣的言語，去詮釋對你的這一懷鄉愁？想你的時候，窗外方是雨過天青。我的鄉情該繫在第幾片雲朵？倘若憑欄而望，你能數得出，川流在街坊上的有多少個失鄉的遊子？他們的鄉情又該繫在第幾片雲朵？今夜，或許又將披著繁星，在西川的草原上入夢。然而，怕的是那隻多年不見的老黃狗，會來追咬我漸已陌生的影子。

去的日子，何計可留？而今，而今啊！在流落的日子裡，我們的心所必須承載的卻又這樣的繁多。有一天，我們的子孫或將忘卻自己的來處，忘卻自己的名姓！但是不論如何，在我心確能憶及自己的名姓之時，且允許我再對過去作片段的懷想吧！西川，你的泥土，是否依然芬芳？你的苦難，是否還被記取？

——一九九一年八月・選自漢藝色研版《傳燈者》

收藏在記憶中的鞋子

我以二千五百元買下一雙皮鞋；記不清這是我所穿過的第幾雙鞋子。然而，三十多年來，收藏在記憶裡的鞋子，卻只有一雙。

很興奮地穿上第一雙鞋子，是我在十三歲那年的夏天；因爲過些日子，我就要到十里外的市鎮去讀中學。出生以來，都是赤腳踩著碎石漫漫的泥路。

那是一雙咖啡色的帆布鞋，比我的腳丫大了將近一寸。年輕的母親蹲下身去，替我在鞋尖塞了一團破布。

「鞋子太大了！」我說。

「傻孩子，你的腳會長大，鞋子不會長大。家裡窮，這雙鞋要穿好幾年哩！」母親說。

活了十多歲，好不容易擁有第一雙鞋子，儘管不合腳，我還是穿著它到處閒逛，踢踢踏踏地在玩伴們面前走來走去。

或許，它的品質不好，還沒等到我的腳長大，便已受不住折磨而鞠躬盡瘁了。我並未完全丟棄它，而默默地把它收藏在記憶裡，如同收藏著我窮苦卻又快樂的童年。

如今，年輕的母親已經老了。我的腳也不再長大，並且有錢買得起昂貴的皮鞋。然而，收藏在記憶裡的卻只有一雙咖啡色的帆布鞋。

有時候，望著吾兒，他剛出生不久，便穿上柔軟的娃娃鞋，腳從不曾沾地；將來他的記憶裡會收藏些什麼呢？

——一九九八年八月・選自躍昇版《聖誕老人與虎姑婆》

水井邊的女人

清晨，女人們聚集在水井邊，開始一如往常的工作。她們叉著雙腿，蹲成很不優雅的姿勢。面前，一只烏褐色的大木盆，盛裝著許多破舊的衣服。女人們就在斜擱於盆緣的砧板上，用力地搓洗著衣上的汙垢。

水井，恍似童年的記憶，雖老舊而未嘗枯竭。彼時，全村只有兩口井，村東一口，村西一口。那是人們生活的重地，飲食靠它，洗濯靠它。而女人們也往往傍著它，認識，來往，或彼此交換種種生活上的感想、消息。一天裡，從早晨而下午而傍晚，水井邊也從冷清而熱鬧而又歸於冷清。女人們就圍著這口水井，挑水、洗衣服、說笑、訴苦、爭吵、唱歌……有委屈，彼此勸慰；有好事，大家高興。而幾十年來，這口水井一直默默地聆聽著女人們悲悲喜喜的心事。

紅色磚頭砌成的井欄，斑駁著一層深綠色的苔衣。周圍是十多尺見方的水泥平臺，苔痕眞如一塊一塊的頑癬，刷去不久，又蒼蒼綠綠地長了出來。離井不遠，一棵比井還老的大榕樹，它是最永恆的旁觀者——一個活潑勤快的小女孩終於長大而嫁作媳婦了；一個受盡委屈勞苦的新媳婦慢慢熬成婆了；一個孤獨的老婦人挑完最後兩桶水，從此永遠安息了——這井邊種種的滄桑換易，都讓榕樹看盡了。「閱人多矣，誰得似、長亭樹？樹若有情時，不會得青青如此」。多情的詩人在閱盡滄桑之後，也怵然發現自己的衰老；而這棵至今還「青青如此」的榕樹，眞能無情地旁觀著人世的生生息息吧！

通常，井水都非常充足。女人們笑著鬧著，將繫著麻繩的小鉛桶縋入井中，操繩的手腕一抖，鉛桶斜沉入水，往上一提，便是滿滿的一桶清水。女人們常喜歡比賽提水的速度。她們圍著水井，右膝頂著井欄，上半身幾乎探入井中，兩手迅捷地交叉拉繩，瞬間，一桶水就衝出井面。一群大大小小的女人，圍成一圈，時而俯軀，時而抬頭，時而揚臂，時而轉身。一隻鉛桶在她們手中，時而上，時而下，時而空，時而滿。再配上此起彼落的叫聲、笑聲、歌聲。那是一幅怎樣生動的圖畫，你能想像得出來嗎？不管她們多少人圍著提水，井水總還是那樣多。哦！只有生生不息的源泉，才能禁得住無盡的汲取啊！

然而，逢到旱季時，女人們就愁苦了。水井已經見底，底部中央被鉛桶慢慢鑿出一個窟窿。點點滴滴的水逐漸聚集在窟窿中。女人們圍著井欄，手提鉛桶，皺著眉頭，摒著呼吸，眼睛一瞬不瞬地盯著井底。水滿窟窿時，一陣尖叫，鉛桶就像流星般射入窟窿中。運氣好的可以汲得半桶水，運氣不好的只有「空入寶井」，甚至幾隻鉛桶糾纏在一起，妳埋怨我，我埋怨妳，然後各自繃著一張臉，等待下次出桶的機會。這樣的日子，水井邊的女人再也沒有笑聲，沒有歌聲了。

不管如何，女人們總是很喜歡這片井邊之地。在這裡，她們可以肆意談笑，將憋了許久的心事說給同情者聽。清早，女人們便來到井邊，一個挨一個蹲下來，搓洗著衣服。一陣風掃蕩了榕樹上的黃葉，黃葉旋舞著各種姿勢，飄落井邊的平臺，飄落木盆，飄落女人的身上，飄落芙蓉的髮巔。芙蓉是剛嫁來村裡不久的新媳婦，圓圓的身子，圓圓的臉，圓圓的眼睛，圓圓的嘴巴，連鼻頭也是圓圓的。聽說她是都市的女人，但看起來內向、沉默、笨拙、怯弱。結婚第四天，她首次到井邊挑水。女人們都停下工作，瞪著她看。她低著頭，將鉛桶縋入井中，但井水卻不肯流進她的桶內。她不知所措地抓著綆繩，望著井底發呆。女人們都笑了起來，好心的小蘭上前教她怎麼抖繩子，將鉛桶拖倒。她學會了，汲滿兩桶水，圓圓的身軀挑起沉重的擔子，顛浮著腳步，在女人們的笑聲中，走不了幾步，兩桶水已潑得只剩一半。「為什麼不設自來水呢？這樣挑水，多辛苦呀！」芙蓉埋怨著。

她第一次到井邊洗衣服，蹲著也不是，跪著也不是。腳痠，手痠，脖子也痠。女人們都洗完一大盆衣服，她才勉強搓了幾件。兩個女人熱心地幫她，總算將一盆衣服洗乾淨了。

「為什麼不用洗衣機呢？」她埋怨著。

如今，她也已成爲水井邊的女人，挑水，洗衣，說笑，訴苦。她常將心事向女人們傾吐：諸如正雄將她從都市騙到鄉下來；婆婆冏腰嫌她嫁粧不豐富；每天挑全家食用的水，洗全家的衣服，很是辛苦；三餐吃番薯籤很難下嚥……。女人們都勸她：要認命，習慣就好了。女人就應該挑水、洗衣、煮飯、養孩子，大家一直都這樣生活。

芙蓉很奇怪地看著這些水井邊的女人，想不通這種生活，她們怎麼還能過得如此快樂。她摘下髮上的黃葉，從蹲姿換成跪姿，「正雄已答應，下個月就搬到都市去生活。」不久之後，就沒有再看到芙蓉。水井邊的女人們，卻一如往日，仍然挑水、洗衣、說笑、訴苦……。

那時，我還很年少，不免懷著些些愛戀的憧憬。有時候，我會和其他少年人一樣，在井邊的榕樹下安靜地坐了半天。每個人都各懷著祕密，我的祕密是等待小蘭的出現。似乎，遠遠地窺視著小蘭提水、洗衣的身影，也能讓人滿心的喜悅。有時候，爲了引起她的注意，我會逗著其他孩子，一起爬上榕樹耍猴樣。假如，母親也在挑水或洗衣，我更會興奮地上前幫忙，表現得格外的勤快。那時，我眞也喜歡過這片井邊之地哩！

後來，我離開了故鄉，再也見不到女人們圍著井邊洗衣挑水的景象。在都市裡，我們也常常可以看到許多女人們聚集在市場，聚集在百貨公司，聚集在美容院……只是她們大多互不相識。她們不說笑，也不訴苦，如兩塊雲絮地擦肩而過，然後各自提著大袋小袋回家，扭開自來水，洗菜，洗水果，洗去臉上的脂粉。這是另一種女人的生活，她們一直這樣過著，也必須這樣過著。大多時候，人們根本無法去選擇自己的生活，就像水井邊的女人們，對自己的生活能有什麼異樣的選擇呢？快樂的人總是能在必然的生活中，去找尋它的趣味。

不知過了幾年，我再度回鄉，卻發現這個村子已家家裝設了自來水。那兩口水井還在，只是苔痕更深更綠，平臺上，水井中，到處積累著已漸腐朽的枯葉。夕陽縷縷，我又坐在榕樹下，然而再怎麼等待，也見不到那些水井邊的女人們。她們已各自隔著一扇一扇的門板，用自來水洗著衣服，洗著米菜，洗著無處傾吐的心事。這是另一種女人們的生活，她們將一直這樣過下去，也必須這樣過下去。水井，默默地從她們的生活中退位，這也是一種無可選擇的必然。快樂的人有時還得不斷學習去捨棄不能不捨棄的舊物，去接受不能不接受的新物哩！

古老的傳說云：「故井之精名觀，狀如美女，好吹簫」。今夜，假若我攜著記憶，在井邊的榕樹下入夢，是否在幽幽的簫聲中，能夠看見一群女人聚集在井邊，一如往常地挑水、洗衣、說笑、訴苦……！

——一九八九年十一月・選自漢藝色研版《手拿奶瓶的男人》

最初的雕像

雪花，是用白玉雕出來的小女孩。四十多年了，在心中，我始終拒絕她的長大。

她的模樣並不特別，一如所有被讚賞爲美麗的女孩：烏黑的頭髮柔順地垂到肩下，眉如弦月，眼若秋水。特別的是：她一直是她，彷彿不因爲什麼事物而改變自己。

小漁村的海風飽含著鹹氣，太陽是火球。每個人都曬成木炭，但她卻是一塊從不變色的白玉。

她經常穿著潔白的上衣，殷紅的大圓裙，不管眼前多少人在看她，都可以快樂地唱起歌來。

我們住在同個村莊。我家在村北；她家在村南。我家是破舊的瓦屋；她家是圍牆高高的大宅院。

我們就讀同一所小學。二年級暑假，閒在家裡當野孩子。儘管玩鬧，卻不斷有個奇異的念頭從笑聲中鑽出來：「我想看到她」。這是我第一遭那麼鮮明地想見一個女孩。

一日，母親讓我去叫賣李子糖串，可以賺些零用錢。一根約莫五尺長的竹竿，前段捆紮著稻草，朱紅色李子糖串一枝一枝插在上頭，像一綹盛開的櫻花。「一枝二毛錢」，我朝著村南，沿路大聲地叫賣。

怦然的，我望見了她家的大宅院；李子糖已賣得只剩三串。我站在敞開的大門前，對裡面反覆大聲叫著：「李子糖哦！」突然，潔白的上衣，殷紅的大圓裙，彷彿向我飄了過來。「一枝多少錢？」她快樂地問。我有點兒恍惚，只記得靦腆地說：「剩三枝，都賣給妳，總共二毛錢就好！」

我看到她了！雖然被母親罵成「小笨蛋」，但我卻看到她了。天知道，那竟是最後一面！

開學，她沒有來。不久，聽說她轉學到城裡去。許多年後，聽說她嫁了。過幾年，聽說她離婚了，並因而酗酒，沉溺於牌桌。人生不斷在流轉，但對於她往後的一切，我害怕再聽說。

這世間的確有許多比海風和烈陽更容易使人變色的事物；但是，我依然相信：雪花，是用白玉雕出來的小女孩，四十多年了，在心中，我始終拒絕她的長大。

——一九九八年八月．選自躍昇版《聖誕老人與虎姑婆》

小蘭

在故鄉的車站，意外地遇到小蘭。將近十年沒見，她已從清瘦、羞怯的少女，變成豐腴、大方的少婦。

一切總和過去的印象不同，她的長髮已剪短及頸，燙著端莊的髮型。圓圓的臉上，淡施脂粉。一襲杏黃色的洋裝，寬大的荷葉領，掩到頸下的鎖骨。袖口及肘，只裸露著粉藕似的小臂。裙襬則剛剛垂過膝蓋，在風中微微搖曳。腳上穿的是全包的白色皮鞋，鞋面濺著一兩點泥垢。啊！這樣鄉村的、家庭的、平實的、傳統的少婦，就是小蘭嚒！一個不可預期將會變成什麼模樣的女孩，終於落在時代的後端，定定地做爲人妻、人母。她這一生，至此已可肯定不再會有什麼自主的改變，除了命運！

她就站在車站的廊下，右手拎著米白色的提包，左手的臂彎中，卻是一個胖胖的娃兒。朝陽斜斜地擦過廊簷，照亮了她的右頰。當我看見她時，她也看見了我。我們的感覺，似乎都由陌生，而訝異，而熟稔，而欣喜，而同時笑了起來。

「很久沒見了。」我們都這樣說。

「怎麼變得這樣多！」我們又都如此說。

她將孩子的臉，從肩後調到胸前，對著我。孩子和她有六分相像，也是圓圓的臉，大大的眼睛，看來大約一歲多的樣子。面對著我這個陌生人，他有些好奇，有些羞怯，又有些莫名其妙，只是轉著眼珠，張著嘴巴，揮著小手。

「喊伯伯！」她教著孩子，孩子學著聲音，含糊地喊了一聲「伯伯」。這一剎那，我忽然有一種很複雜、說不出是什麼滋味的感觸。對於眼前這個女子：覺得很接近，又很遙遠；覺得很熟悉，又很陌生；覺得改變了許多，又沒什麼改變；覺得很歉疚，又很坦然；覺得很惆悵，又很平靜。對於這個孩子，則覺得很親切，又很淡漠。因此，一時間我竟不知該與她說些什麼才好。

●

小蘭和我從小一起長大。我們一起上學，一起作功課，一起玩耍。她溫馴、善良、羞怯。很用功，但成績平平。手指很巧，能自己縫製漂亮的布娃娃，採集花草的標本，用來做成精美的卡片。而給我印象最深的，是她很愛哭，動不動就眼眶發紅，淚水掛腮，並且越勸越哭得厲害。後來，我一見她眼眶發紅，便轉頭溜掉。她就是這樣一個女孩，我深深記得。

我們一直很要好。她的布娃娃可以讓我甩來甩去，甚至丟在地上踩。她只在旁邊，咬著嘴唇，默默地看著。等我放過了布娃娃，她就撿回去，細細地整理乾淨，破損的地方再補好來。她做的卡片，也大半送給我。有時候，她會問我卡片還在嗎？我說丟掉了。她皺皺眉頭，沒說什麼，過幾天，她又會送我一張。那時候，我並不曉得她對我是那麼忍讓，那麼好。那時候，我只是一個粗野、無知的孩子。

不過，我也的確對她不錯，她功課不懂，我會很權威而耐心地教她。書包太重，我會幫她背一段路。男生欺侮她，我會拚了命替她解圍。記得從家裡到學校，大約要步行二公里的一條黃泥小路，兩旁是整齊高大的木麻黃樹，樹外是一望無垠的田疇。

有一天放學途中，兩個當時被目爲混球的男生，像蒼蠅一般緊跟在三五成群的女生後面，一會兒揪這個女生的頭髮，一會兒扯那個女生的書包，一會兒將一把雜草塞入這個女生的衣領中，一會兒抓條蚯蚓丟向那個女生的臉上。而小蘭更是他們捉弄的對象，最後她終於忍不住蹲下來，掩著臉大哭。我非常憤怒，再也顧不了比那兩個傢伙瘦弱得多，衝上去揮拳就打。那一次，我被揍得鼻青臉腫，但最後他們卻被我瘋狂拚命的樣子嚇跑了。我們一直就是這樣要好，那時我們都還很小。

小學畢業，我繼續讀初中。她卻到十里外的市鎮去學裁縫。或許是距離拉遠了；或許是逐漸長大，開始懂得羞澀了。彷彿間，我們竟覺得彼此有些奇異的陌生感，好像兩人之間隔了一層縹緲的帷幕。有一次，我特意到她學裁縫的店鋪去尋她，還帶了兩顆她喜歡吃的柿子。在對街的廊下，我看到她低著頭，專心地踩著針車。一個中年婦人在旁邊的工作檯裁著布匹，可能是她的師父吧！我在廊下徘徊了許久，就是不敢跨過眼前這條窄窄的街道，走進裁縫店。我多麼希望她能抬起頭來，發現了我，叫我進去啊！但我終於還是失望地離去，路上，很生氣地將兩個柿子吃掉了。

此後，我們見面的次數越來越少。她偶爾回家，只是藉著挑水路過我家門前，斜瞟了幾眼。我也乾坐在檐下的板凳上，大聲唱些莫名其妙的歌。趁大人們不在場時，喊住了她，想好的一番話，卻臨時忘了，只是傻笑了兩聲。就這樣，到了我十五歲離開家鄉時，竟沒有機會看到她最後一面，說聲再見。

•

到了臺北，我繼續讀高中、讀大學。我邁著昂闊的步子，走向時代的前端，走向距離小蘭越來越遠的另個世界。而小蘭則還停駐在時代的後端，在那個固定了的世界中，伴著刀尺，伴著滴答的針車聲，伴著一段日益滋長的情愫，默默地度著她少女的歲月。新的生活環境，成長蛻變的心靈，使我逐漸地淡忘著過去，淡忘著小蘭。當然，我也認爲她同樣淡忘了我。

直到有一天，一個從故鄉來的婦人告訴我：「小蘭說，她在等著你回去！」我覺得非常的驚訝，也非常的感動。那個溫馴、善良、羞怯的女孩，如今會變成什麼樣子了呢？當時，我幾乎衝動得想立刻回鄉；但我們畢竟已各在不同的世界，就像我不敢跨過那條窄窄的街道一樣，小蘭畢竟離我越來越遠了。我並沒有走進她的等待，也不知她終於抱著什麼心情嫁掉了，一切都那樣無波無浪、無痕無跡地淡去。在我的印象中，她一直還是那個溫馴、善良、羞怯，會縫布娃娃，會製卡片的女孩。

如今，在都市的街坊間，常可以看到一群群奔走在時代前端的女孩。她們一套時裝換過一套時裝，一個約會趕過一個約會，三天不見，可能彼此就不太認識了。她們也活得沒錯；時代是那樣急速在前進，誰也不願落後腳步，甚至被踩在腳下，去吸吮別人足底的塵垢。

每個人都是一顆離開槍膛的子彈，停止便意味了墜亡。問題是，我們卻又常常希冀自己所擁有的某些物事，能夠靜止地成爲永恆，譬如青春啦！財富啦！健康啦！愛情啦！然而，誰曾看見奔流的江水能夠永遠擁抱一座靜默的高山！

離開故鄉，離開小蘭多年，而今我已經擁有了妻房。憑弔過去，有時不免會被譏爲落伍與愚蠢。然而，在揮別小蘭之際，看見她抱著孩子，站在這古老簡陋的車站檐下，站在朝陽中。彷彿間，她仍然在另一個離我已經相當遙遠的世界。一襲杏黃的洋裝，包裹著的還是那個溫馴、善良、羞怯，伴著刀尺，伴著針車聲，而靜默地等待著什麼的女孩！

——一九八九年十一月．選自漢藝色研版《手拿奶瓶的男人》

來到落雨的小鎮

來到落雨的小鎮。七月，尙有鳳凰花的殘蕊。我早就蓄意要精細地度過這段日子。所以很多記憶遂被寫成永恆。若以此獻給知覺生命的人，我相信他們也會有些許的同感！

•

來到這小鎮，時黃昏，而天正在落雨，雨不大，被風搓成柔細的長絲。我提著行李，走出車站，走入風中，走入雨中，走向鎮北的一條柏油小街。步子踩成一種輕緩的節奏，伴隨著街道兩側滴答的簷溜。在清冷、寧靜的氛圍中，這是一曲簡單的協奏。

到這裡，是爲了學習另一種生活。大多數人總生活在一個被自己固定的世界裡。他的世界常是只存在他自己，或者一些被允許——不得不允許——的侵入者。之外，便全被他所摒棄了。

我們常以這種方式去分割這個大世界，所以我們爲自己選擇了孤獨，但我們又怨懟自己的孤獨。一切矛盾，都只不過是我們存心去製造的，你同意嗎？

我也曾割據了自己的世界。但不久，我又想走出自己的世界，而走入別人的世界。我常是別人生活中的侵擾者。如今，我又要侵入這不屬於我的世界。所以，我來到這落雨的小鎮。請別責怪我，我只是爲了學習另一種生活！

小鎮很小，這街道亦小，張開兩手，幾乎可以同時叩響兩邊的門環。時黃昏，而天正落雨。人們都關閉了自己的門窗，也關閉了自己的世界。他們把笑聲留給自己享用，也把嘆息留給自己承受。生命之舟如是在定點拋錨，如是在靜寂中，反覆送走每個同樣的日子，我的夢必將在最荒涼的水隈擱淺。但所幸，還有一些不願蟄伏於寂寞的舟子，他們偶會搖動雙槳，向你緩緩地靠攏。

一扇朱漆剝落的窄門被輕輕推開，一個小孩舉著蒼白的臉，用驚異的眼睛瞪視著我：「你從那裡來？」人們常會以這樣陌生的話去詢問陌生人。爲什麼你一定要曉得我從那裡來？「這裡」與「那裡」會有怎樣的分別？我微笑，沒有回答。有些話無從回答，也不需回答，或許他對「那裡」和我對「這裡」一樣的陌生。

小街的盡頭是一棵衰老的鳳凰木，梢頭沒有新鮮的綠意，而蔭下卻有敗紅的殘蕊。這是我預知的一座路標，向右轉，便是一條很小的碎石路，碎石路通往一條山谿，谿旁有一座白色的小莊院，圍著莊院的是一圈爬滿牽牛花的竹籬。

我先看到碎石路，然後看到山谿，然後看到竹籬，然後看到白屋。然後，就看到一張略黑，但健康而姣好的臉，一絲笑意穿過驚愕的臉色，乍然綻了開來。

「我知道你會來，但沒想到這時候來。」

「想來就來，何必定什麼日子。」

「他也不知道你今天要來。」

「他在那裡？」

「他在工地。」

「我去找他。」

「你知道怎麼走？」

「走了就知道。」

她笑一笑，我亦然。我將行李遞給她，她接了過去。我轉頭踏入右邊的一條小路，路向下傾斜，有參差的石塊，我想它是通往谿谷的，工地應該在谿谷。

路不長，再長的路也會走完，走完這條路，我便看到磊磊裸露的谿谷，湍急但卻淺少的溪水，高低、左右地尋找著石頭與石頭之間的空隙穿流著。一群戴著竹笠，穿著雨衣的工人將挑選出來的石頭搬上卡車，他們的吆喝聲激盪著幽迴的谿谷。

當我看到他時，他也看到了我。他很高大，站在亂石上就像一棵亙古以來就屹立在巉岩間的蒼松。他很孤獨，因爲他無論站在什麼地方，都好像不屬於群眾。但他並不拒絕群眾，也不被群眾拒絕。他的孤獨，是因爲他似叢草之間的一棵大樹。這棵大樹只有我和她——他的妻子能夠攀登。

「你畢竟來了。」

「我畢竟來了。」

「我知道你會來。」

「因爲這裡有另外一種生活。」

「你見到她了？」

「我見到她了。」

「我們將歡迎你。」

「我知道我會被歡迎。」

班乃秋就是這樣一個人，一個肯讓朋友踩入他的世界的人。看到他，我即想起那束捆紮著，久被擱置的童年故事。此刻，我們又拂去那層歲月的塵埃，展現著的竟然還是如此鮮明的圖像。我們曾經以同樣一隻手，去撫觸蝶翼上的春痕，去撥尋跫足上的秋跡。若是楓紅層層，每一片詮釋的猶然是恆不褪色的赤忱。哦！最難拋卻的，恐怕還是那段一起背井的日子，我們駐不住飄流如雲的行腳。當我們面臨著飢寒之時，他所關心的竟然只是我一臉的傷頹。彼時，自他沉沉的眸波，我讀出了早來的鄉愁。

我們如是慰藉彼此的孤獨，直到他與翠姬結婚，直到他們來到這落雨的小鎮，經營著採石的工作。但我畢竟來了，因爲他一箋純誠的邀約——。

「若然你來，即能以石爲枕，則你的夢將更堅定。」

•

如今我來，便以石爲枕，而夢似已更爲堅定。

曾經如此的幻想：

一座上接青冥之高山，濯濯無木，冷冷的死灰色，泛現著原始之一片混沌。那人立於山腳，仰視著亙古不變的蒼穹。他在計算著如何將腳前的一塊巨石推到山巔，其兩臂突起如丘的筋肉，展示不可量計的力量。但是，兩眉之間卻糾纏著一種難以詮釋的無告。吾彷彿聽其喃喃獨語：

即混沌始　生命若是沉重
力之執著　搖不醒千萬個黑夜之噩夢

遂期待另一種智慧　傳告存在的消息

倘若你伸出手掌，讓我揣摩你掌上風霜的跡痕，我即能論斷你是否能被稱爲偉大。請不要誤解，這絕不是命相之流的識見。我只不過以自己的生命去感觸別人的生命，你不相信嗎？假如一個人肯以他的雙手去註解生命的滄桑，去爲自己的生存博取代價。那麼，你還能去譏誚他的卑微嗎？

對於這一群採石工人，我該怎麼去說明他們的偉大呢？言，無言。我想最好是沉默吧！偉大必須以同一的生命去感受，而不該去朗讀一篇美麗的頌詞。

假如你的想像還算敏銳，何妨讓我帶引你去審度這幅力之執著的圖像。凝視！一切色彩的聯想漸被這片石頭的灰白所統一，那像是原始未鑿的茫昧，一切生意都只是尚未爆裂的種子。就這樣，一塊石頭壓擠著一塊石頭，將這條谿谷串連成無盡的坎坷，讓溪水那樣艱苦地竄流著。

七月的蒼穹，總被烈陽燃燒成一塊熾熱堅硬的鋼板，那樣沉甸甸地籠蓋著枯燥的大地。他們就如是被圍困在這片沒有生意的蒼灰中，鐵鍬起落之間，被敲響的是聲聲無奈的呻吟。或許，他們也曾嚮往過一樹涼蔭，一杯好茶，一扇輕風的境域。但他們所能分割的世界，卻偏偏這樣苦澀。他們曾怨懟什麼嗎？他們曾想要走出這個世界嗎？

時常，我的沉思總會被陣陣吆喝喚醒。當我凝睇時，即看到那兩條粗壯的手臂，已因過度用力，而浮現老樹盤根的筋脈，每寸肌肉都以最大的力量互相糾結著。力量連接力量，最後形成一團原始的生命熱能，那塊巨石終於被緩緩推動。強烈的陽光照在那人黝黑的臉上，由於汗水的反射，那人的臉被融化成一片模糊的光影，隱約地自這片光影中透出幾聲艱辛而顫抖的嘿唷。每一聲嘿唷都是不可詮釋的無告。

唔！當諸神俯臨，我將問：生命果真若是沉重嗎？或許，我得到的只是默然。我早該知道，這是一個永遠無法削去的問號。在人生的道路上，每人都會有難以宣告的無奈。而未被擊毀的生存，只不過是他能斷然地緊抿著嘴唇，點燃起一束心火，向一切障礙焚燒。若然你能令一切障礙化爲灰燼，你終會爲你的生存求出答案。

在太陽之前，我如此想著。而後，我很疲憊，即以石爲枕，企圖尋一個堅定的夢。但是，當我的夢尚未紮根，卻已被一聲慘號搖醒。睜目！疾視！那人已以鮮血抗議他的無奈，那塊巨石在一次拒絕前進之時，滾回壓住那人的雙腳，當巨石狂飲沸騰的熱血後，那人的臉已漸呈死灰，痛苦扭曲了他的面貌。所有的人在一陣慌亂之後，同時暴喊出幾聲：

忍耐！忍耐！忍耐！

似乎忍耐即可承受一切負荷，承受一切痛苦。唔！人類的先知已預卜到生命若是的沉重，所以他們宣告了人類的一項美德——忍耐。忍耐即是力量的持續，當一切苦難來臨，當一切苦難不可消解時，人類就只能持續他抗拒的力量，直到苦難被排除，或者——

直到他躺下！

他已躺下，就像大多數平凡者躺下一樣，沒有壯烈的事蹟宣騰於眾人之口，沒有可歌的功勳被寫入高貴的頌贊。在一次生命的風暴之後，太陽依舊上升，一切何曾改變！一切何曾改變！

在這片灰白的世界中，那群採石工人還是以顫抖的雙臂去推動生命的巨石。或許，在另一次力量衰竭之時，又會有人躺下。但不管躺下的是誰，總會再有一雙臂膀去承受那不可卸去的重壓。

如是我聞詩人的狂歌：

存在　即是力之執著的持續
我乃脫弦之箭
力衰前　必不能停頓

啊！任何一種智慧都只能傳告我們這項存在的消息——力之執著的持續！只有持續之力，才能承受那亙古不卸的重壓。

我遂以石爲枕，而夢已更爲堅定。

•

我和班乃秋總愛選擇一種寧謐的黃昏，騎著鐵馬，揚著豪歌，死命地追逐著夕陽。直到它陷落於地平線，或直到我們疲憊地停下。

夕陽，是追不上的，我們知道。但我們又何嘗不是時常在追逐著一些永不可企及的目標？我們實在不能以「追到手」或「追不到手」，去計算一項追求的成敗。只要你在追求的路程中，未曾怠惰腳步，你便算得是成功了。

來到這小鎭，七月，黃昏有落日的絢麗。我們還是那樣地有追日的豪興，迎著夕陽的餘暉，放輪而馳。我們不須有目的，也許夕陽就是我們的目的；我們並不想獲得什麼，也許只想留取幾綹夕日的餘暉吧！

曾經聽過這樣的故事——

在古老的傳說中，「夸父」總被人譏爲愚蠢與不自量力。因爲他追逐著落日，直到渴死。一輪落日如血，滾向蒼茫的天陲，曠野是落盡翠綠的莽林，死黑色的枝椏若劍戟森然羅列，在餘暉中顯得銳利而邪惡。吁嘘！吁嘘！夸父飛舞著滿頭如雪的白髮，急點著手中的枴杖，劇喘地追逐著落日。馳盡荒涼的古道，橫過劍戟羅列的曠野，還是止不住落日的行腳。

終於，他在噓下最後一滴口水之後，疲憊地死去。他的手杖斜插在蕭索的空谷中，化作一片如劍如戟的森林，亙古矗立在夕日之下，倔強而堅定。

爲什麼我們要將這種追求到底的執著譏爲愚蠢？爲什麼我們要將這份敢於追求的勇氣譏爲不自量力？知道做不到，而還肯去做的人，總比善於爲自己的怠惰找藉口的人，來得聰明些吧！因爲誰說過：「力之執著，即是智慧」。能將自己的生命投注在一份理想的追求中，總比徒然無謂的苟存，要有意義多了吧！因爲誰說過：「殉眞理而死，即是另一種存在。」如是，我們還能去譏誚夸父的荒誕嗎？

●

日落、風和。我們輕踩著鐵馬，穿過狹隘的田間小道，細碎的石子被輾出痛苦的呻吟。此地的鄉間是一片沒有涯際的綠，直綠到夕陽的腳下。在這片綠海上更燦開著無數的小黃花，稠密地編織成一面金黃的地毯，那樣堂皇地舖蓋著平野。而夕曛如醉，與這片金黃交映成讓人迷惘的情境。一輛牛車背著夕日，緩緩向小鎮而來，車上的人伏在膝上打盹，一任那牛作閒懶的漫步。在夕日下，他們已幻化成昏暗的影子，幻化成一片渾然的天機。啊！這是怎樣令人撼動的境域！我們停下車來，靜默、肅穆地凝視著，我們的呼吸似乎已停歇，我們的脈搏似乎已平息，我們只是肢解形釋而融進天地間的一份生命。平野，哦！綠色的平野，我只想變成你國度中的一株小草，在微風裡佇候著夕陽，佇候著生命盎溢的消息。

我們常覺所追求的是那樣不可企及，而我們常不知所追求的只是在俯仰之間，只是在與天地的同一呼吸、同一脈搏裡。當我們與自然割裂，我們即以自己的手埋葬了自己，你相信嗎？

•

來到落雨的小鎮，爲了學習另一種生活。假如你喜歡永遠站在你所規劃的圓圈內；那麼，你已在心中爲自己建造了監獄，而獄中只有你一個人。

來到這小鎮，時黃昏，而天正在落雨。當我離去時，也選擇了如是的情境。七月迎我以微涼，復送我以微涼。我喜歡這一片淒冷的蕭蕭。

「你畢竟又走了。」

「總是要走的。」

「該走就走，我不留你。」

「留也留不住。」

班乃秋凝立在雨中，翠姬依偎著他。揮手自茲去，卻揮不去深植的記憶。在人生的輪渡上，我們曾是共濟的旅客，一起去經受千尺的風浪，或幾段平靜的航程。如今，他已找到了駐足之地，一片瓦也好，一塊磚也好，總是屬於自己的。但我卻還得拉響汽笛，航向另一個未可知的碼頭。

來到落雨的小鎮，而又離開落雨的小鎮。帶著深思而來，也帶著深思而去。或許一切憂傷都自深思來，但人生畢竟不是一串空洞的長笑。若然你亦曾經想過，必將發現，或許你最感到痛苦的，便是一陣歡笑之後的空虛。你眞眞能不經思慮，就活得毫無疑問嗎？我們常以閉上眼睛去否認問題的存在，但問號依然深嵌在你的腦門。是誰說過：「無知是樂，大知大樂，而無知與大知之間，則時有不樂。」然而，大知固難，眞正的無知卻也不容易，誰能全然空白地活著？如是，則人生的些些不樂，已不容豁免。若以爲不樂可以一手摔脫，則不樂已眞成爲你生命中無形的威脅；只有懂得承受的人，才能讓一切不樂在「當然」的一念間，消除它的刺激力，則不樂又有什麼不樂呢？

力之執著的持續，即是生命力的無限延伸。人生無非是「承受」與「追求」。不管是承受也好，是追求也好，都需要持續著你那份力量的執著。「成功」應該以整個「過程」去衡量，而不是完全以「結果」去標定。

來到落雨的小鎮。我是那樣精細地體驗著這一段日子，而又將一些感受眞切地獻給能知覺生命的人，我不知他們也會有些許的同感嗎？

——一九八三年二月．選自蘭亭版《秋風之外》

傳燈者

1

在大潑墨而不見半線輪廓的夏夜之野，多盞暈黃的風燈緩緩地移動著。有時候，它們停下來，低下去，彷彿貼住地面。我們看不清，提著燈的是一隻怎樣的手。柔膩而蒼白嗎？枯槁而瘦削嗎？粗厚而黝黑嗎？倘若，你不驚悸，走上前去吧！在昏暗的燈影中，你會看見一張——一張棕黑、粗糙的臉孔；齧嚼著檳榔的嘴中輕喊著：「四腳魚，走那裡去！」

也不知多少年了，我走離那一片鄉野，再也不曾見到那盞盞的風燈。然而，在我心中卻有一盞燈，始終未曾熄滅。往往，為生活奔馳了一天以後，從燈火輝煌的城市歸來，卸去西裝，脫了革履，在未扭亮電燈的室內，面壁靜坐了半晌，或站到幽黑的廊角，俯望著偶然迤邐過短巷的人們。我便恍然看見，一個人，一盞燈，踽踽過空寂和黑暗，向我走來。啊！索尋者的影像，我從他的瞳孔中看見了自己。他索尋的是什麼？我索尋的又是什麼？在這相望不相見的人生道上，我們各提著一盞燈，不停地索尋著。有人找到了所要找的一切。有人在明燈熄滅之後，不但見不到目標，甚且見不到自己。

我提著燈，從鄉間索尋到城市，從少年索尋到壯年。如今，我依然在索尋著。或許，有一天，我會找到我所要找的一切。然而，我必須叮嚀自己，在找到之前，定不可讓手上的燈熄滅！

2

走過的道路，誰能全然忘卻自己的足跡！且讓時間回轉去吧！去到已褪色的年代。彼時，我猶然擁著青青的年歲，只知道從父母生繭的手掌中，接取一毛零用錢所帶來的快樂。每天，我總是提著鹼草編成的書袋，要了一毛錢，走過村尾的雜貨舖買五顆糖球。然後，踢踏過滿是碎石的小路，到二里外的鄰村去上小學。有時候，要不到一毛錢，便跳腳大哭。母親給了我一個巴掌，並且說：「吃米不知米價！」我無法去體味母親這句話的辛酸，只知道鼓著滿肚子的悶氣，了無意緒地去上學。彼時，我所索尋的，便只是一枚銅幣，此外，我又能想到些什麼呢？

陽光熠耀的午後，我走過村北的大圳邊，看到一群人們正在俯視著圳底。我走過去，便訝然看見乾涸的圳床上，竟仰躺著一個婦人，伊被亂髮遮掩了一半的臉孔，蒼黃而滿沾著汗漬，焦澀厚大的嘴唇沒有半絲血色。在伊弓起的腿邊，一個老婦人抱著一個初生的幼嬰，在強烈的陽光下，幼嬰細嫩的肌膚，呈現半透明的淺紅。呱呱聲中，老婦人用一把烏黑的剪刀，剪落幼嬰的臍帶。

「囝仔呢？我的囝仔呢？」產婦掙扎坐了起來。

「要生囝了，怎麼還到田裡工作？」老婦人將幼嬰送到伊手上。

要生囝了，怎麼還到田裡工作？那一夜，在昏黃的油燈下，我一面寫著字，一面不住地想著大圳中產子的婦人。伊爲什麼懷著孩子，還要那樣辛苦地工作？彼時，母親正坐在我對面，低著頭，沉默而認眞地編織著一張魚網。伊的臉皮粗糙而憔悴，彷彿交縱著生活之輪輾過的轍痕。忽然，我奇怪地想到——母親在什麼地方生了我？田埂上嗎？水塘邊嗎？廚房內嗎？啊！是一切伊所工作的地方吧！

「女人爲什麼要生囝仔？」我這樣問母親。

伊停止手上穿動的梭子，抬起頭，打了一個哈欠，用疲憊的眼光望了望我，「那是一種責任啊！」伊這樣說。

彼時，我懵懵然無法理解所謂的責任，但彷彿覺得總有什麼樣的緣故，使得母親必須這樣不停地工作著。之後，我就不再強硬地每天非索取一毛錢不可了。啊！我該索尋的又豈只這一枚銅幣！

3

當我還植立在自己發芽生根的泥壤之時，實在未曾想到，竟然得費我將近二十年的歲月，去爲索尋幾尺立足之地而憂勞。那種舉家飄泊而雜糅著鄉愁的意緒，也唯有同樣流落在異鄉街坊上的人，才能體味了。

我的鄉愁，種在十五歲那年一個初春的早晨。彼時，空氣冷冽而略帶薄霧。我跨著腳踏車，來到中學校的門口。遠遠的，一個瘦削的婦人挽著團花絲巾包袱，獨立在飛著黃葉的茄冬樹下。當望見伊，而伊也望見了我之時，伊歡悅地笑著，急步迎了上來。啊！母親，伊怎麼會突然出現在這裡呢？

「啊啊！你會冷嗎？鼻子凍紅了哩！」伊抓著我瘦細的肩膀，「我趕夜車回來，要接你去臺北讀書。」

彼時，我猶且是理著三分小平頭，戴著船形帽的初中學生。兩個月前，父母領著弟妹，走離了踩踏數十年的鄉土，去到一個叫做臺北的地方。我因爲在學，便被單獨留下來，寄居到姑母家裡。

從此，我將自己的根莖拔離了鄉土。在拎著包袱，隨著母親坐上第一次搭乘的火車，駛向傳說中的臺北之時，我滿懷著歡欣和憧想，何嘗識得鄉愁的滋味！在火車上，狼吞著一顆滷蛋、二片瘦肉、幾塊醬蘿蔔、大碗白米飯的便當，很覺味道比地瓜撈飯美好得多，「到臺北以後，都吃白米飯嗎？」我這樣問母親，母親笑著點點頭，並將伊便當中的肉片挾給我。「臺北竟是這麼一個好地方。」我這樣想著，一座彩色繽紛的城市輪廓，便遮蔽了我望鄉的瞳孔。

到臺北的第二個月，有一天，我自學校裡回來，遠遠便看見父親站在街口張貼廣告的牆下，午後的斜陽照在他黝黑而瘦削的右頰。「我們又得搬家了」，他回過頭來，疲憊而略帶煩悶地說。彼時，我的鄉愁乍然衝開心閘，傾洩而出。那一抔讓我恣意駐足的鄉土啊！我能將它移置到這座陌生的城市上嗎？之後，每當再聽到父親說：「我們又得搬家了」，便有著一種到處被驅逐的愴楚，而我的鄉愁也更深了。同時，我更想到，那一群和我同樣來自鄉間，在人擠人的都會中，索尋著幾尺立足之地的人們，又將會有怎樣的感受呢？

葛樂禮颱風來襲，我們全家被困在淡水河邊一幢低矮的瓦屋中。在閣樓上，瞪視著淹過門楣，一寸寸接近樓板的洪水。從窄窗可以望見幾間已在風雨中傾頹的鄰舍，逐漸被大水吞沒。母親再也禁不住，掩面痛泣，「沒想到全家會死在這裡！我不甘心！」伊嗚咽地說。我們瑟縮在壁角，也跟著咿咿啞啞地哭了起來。父親默不作聲，翻出了一把割草的彎刀，開始一刀一刀地砍著承瓦的榱桷，「從屋頂上走，只要攀過兩條窄衖，就可以到街上人家的樓房，敲後窗，求他們讓我們躲一躲吧！」

颱風走了，洪水退了，而我們也畢竟活了下來。母親欣幸地淘洗著被水浸泡過，已發著餿味的白米，「還可以吃兩餐」，伊說。父親去探視那間差些葬送全家的瓦屋，屋子是一個月三百元租來的，「泥漿淹到腰間，門被埋去一半，不能住了，又得搬家啦！」他嘆著氣說。

我忽然覺得喉頭淤塞起來，拉著弟弟，走出這間暫時還能借住幾天的樓房，涉過滿街的泥漿，走向不遠的郊野。此刻的淡水河，顯得那樣混濁、猙獰和龐大。岸邊綿亙的田疇，已流失了往日一野的肥綠。殘存的作物，纏雜著斷木、穢草、泥漬，偃仆在滿目瘡痍的大地。幾處收成過後的空田上，偶然可見一些被水浸泡成死紅色的番薯。

「啊啊！番薯，番薯，番薯哪！」弟弟興奮地到處撥尋著。

我站著，也想著，也許人未曾抱著土地出生，所以注定沒有一塊土地能永遠屬於我們的。然而，在這奔忙的人生道上，當我們走累的時候，總該有幾尺之地供我們歇足吧！這些年來，也不曉得搬了多少次家了，但總沒有一處能讓我們長久地駐足下來。每當又要搬家之時，那種苦楚並不在於綑綁行李、搬運家具的辛勞，而是在於托根無地的悽愴。那時候，我們最大的憧憬，是能尋得一枝之棲，只要幾坪地，四面牆，一個屋頂，讓我們安居下來，而沒有人來說：「這房子我們要自己用了，你們搬家吧！」也許你會說，這樣的憧憬豈不像買個玩具房子一樣容易嗎？啊！我們的憧憬就是這樣的微不足道！但那時候，對我們來說，卻已是一個難以企及的奢想了。在這樣大流落的時代，許多爭生存的人們，每日奔馳於煙塵十里的街頭，難道不都只爲了這個在別人看起來微不足道的憧憬嗎？彼時，我不懂得詩人「安得廣廈千萬間，大庇天下寒士俱歡顏」的偉大襟懷。然而，每當逢到那些「行止皆無地」的人們，卻也自然有一份同病相憐的感受。詩人！詩人！你的「廣廈千萬間」，畢竟只是建築在理想的世界中吧！

如今，面對著這劫後的大地，想著今後又將跟隨父親艱鉅的步履，駐足於什麼地方呢？凝視弟弟撥尋地瓜的背影，我在想——今後我們所必須索尋的又何只這幾塊充飢的地瓜而已！

4

我所要索尋的，除了那幾尺立足之地，總應該還有些什麼吧！

曾也聽人說過：在人生道上，當你出發之前，必須先選擇一條最適合自己去走的路。然而，那時候，我們卻活得像一簍雞蛋，混沌而封閉，從不知自己和別人有什麼不同，又怎麼知道那一條才是最適合自己去走的路呢？每天，我們背著書包一起去上學，一起讀國文，一起讀英文、讀數學、讀歷史……，然後一起接受考試，一起去闖升學的關卡。在學校裡，下了課，我們愉快地啃著便當，說著，笑著，鬧著，跑著，跳著。我們的日子同一色調，我們的生活同一樣式。我們幾曾去想過，什麼才是自己最適合去走的路？

思想的貧血，是一種當時不自覺得痛苦的大病，一如童騃者不自覺呆癡是種病症一樣。彼時，我們擁擠在同一條被安排好的道路上，不用大腦，不用眼睛，踏步前進，又何嘗去覺受到那種心眼俱盲的痛苦。但認識自己，確也是非常不易的事。那一天，我們不對著鏡子照見自己一遍？凝視佔據鏡面的臉孔，我們所注意到的，也許是青春痘是否減少了幾顆？被一夏烈日灼黑的面皮是否恢復了白嫩？或者，我們會拿一張明星的臉譜與自己的臉孔細細核對，而爲自己的眉毛、或眼睛、或鼻子長得不夠完美，大起悵惘。我們認識自己的目光，常這樣停止在虛浮的表層，誰曾從鏡中眞正地透視了自己？

徐志摩曾這樣說：「走路有兩個走法：一個是跟前面人走，信任他是認識路的；一個是走自己的路，相信你自己有能力認識路的。」那些年代，我們總是跟著前面的人走，但是，走在前面的人，卻往往並不認識路。即使他認識的一條路，也未必適合我們跟著走。所以，彼時走錯路的人有許多，走上一條不適當的路的人也有許多。而走上自己之路的人，卻又那麼踽踽涼涼！我就是一直踽踽涼涼地走在自己的道路上。這樣說，並非我在自以爲獨特，事實上，映現在鏡中的自己，也只是一張正常而平凡的臉孔。

若果說我曾有什麼踽踽獨行的寂寞；在十五六歲的時候，當大家搖滾著靈魂，隨聲唱和著熱門歌曲，我卻獨自走進文學世界去拾荒，這也是寂寞。但我清楚自己，唱熱門歌曲，可沒有那樣時髦的歌喉。隨聲附和，其結果惟有荒腔走板，連自己也聽不進去。吟哦著唐詩宋詞，倒也有怡然自得的樂趣。到理工世界去淘金，我沒有擠熱鬧的興致，更不願在走不動之時，被別人踩在腳下。走進文學世界去拾荒，縱使五步一躅，也覺得適意。很可笑吧！但不管如何，我總認為與其做一隻鶴的影子，不如做一隻活生生的雞！

我的幸運，是在同年的孩子們猶自徬徨的年代，便決定將一生許給文學。也許，那是因為我的生命原本屬於文學吧！在我還童稚的年代，一句「月落烏啼霜滿天」，竟然便將我敏銳的心靈之弦撩撥得叮咚作響。我常常縱容自己感情的激盪，縱容自己想像的猖狂。我把耳朵貼近群山，貼近大海，貼近花，貼近樹，貼近一切有生命與無生命者的身上，在靜默裡諦聽自然的脈搏。或者，貼近古人，貼近今人，貼近你，貼近他，貼近一切識與不識者的心房，去諦聽他們喜怒哀樂的律動。走過一冬凋盡黃葉的樹下，仰望挺立如戟的枝椏，我彷彿能辨識到逝者漸去漸遠的跫音。而當春日來臨之時，再仰望從枝椏間抽出的嫩芽，我又彷彿聽到一群群生命，唱著輕歌，從大地每一角落，齊步走來。這樣，將自己的心當作鏡子，我遂清楚地照見自己——一個或將憔悴嘶吟的影像，但我不曾猶疑地將一生許給了文學。那麼，我所要索尋的又何只是那幾尺立足之地而已！

5

而今，而今啊！當年領著我們索尋立足之地的雙親，已經兩鬢生霜，雙腳結繭，腰脊也不復挺直。我知道，此時他們已該駐足歇息了，而我也將得領著我的子女，提著一盞明燈，繼續走向不可知的未來。雖然，我畢竟已找到一處立足之地，不須再為「又得搬家」而惱恨了。父母安閒地靜享晚年，我也擁著妻子，將風雨屏隔在幸福之外。但是，這會是我的兒女永遠駐足的地方嗎？當我也已兩鬢生霜，雙腳結繭，腰脊不復挺直之時，他們或將接過我手上的明燈，再領著他們的兒女，繼續走向不可知的未來。從這一盞明燈的傳接，我們將照見自己生命的永恆。

近來，我變得踏實而鈍感。或許因為已擁有了幾尺立足之地，一縷鄉愁，似從心中逐漸淡滅。我必須叮嚀自己，在現實的世界中，或可暫時駐足，然而，我所要索尋的，又豈只那幾尺立足之地？在索尋到我所要索尋的一切，而將這盞燈傳遞給兒女之前，定不可讓它熄滅！

——一九九一年八月．選自漢藝色研版《傳燈者》

歸

透過低矮的屋簷所籠罩的一層陰暗，我怵目地看見伊——我的祖母，那樣靜默、孤寂、冷硬地坐在一把古老的長背靠椅上。

伊的軀體彷彿被歲月壓縮得日形短小，而極其枯槁地委頓於寬大堅實的座椅中，一枝烏褐色的籐杖自右腳前斜過胯間，杖頭擱置在左肩上，讓乾癟的左頰安舒地輕貼著。伊曾經也美麗過的面龐，在青春遞逝後的今日，竟如此扭曲地變了貌。深陷的眼眶內，嵌著兩只細小、霧翳、停滯的眼珠，如今已不太容易令人聯想到伊年輕時，是如何地以其圓大明亮的眼睛，博得祖父的愛戀。早已禿盡牙齒的嘴巴，曾是豐潤的雙唇，已被捲入口中，顯露著的只是一團鬆弛多皺的嘴肌。而伊鈍感的心神，此刻不知投注在怎麼樣的一個定點。漠然的神色，像一面冷牆，不受任何撼動。我猜想，伊已這樣地枯坐了很久。而且，以後還有許多日子，伊必須如是地坐著，但伊將等待著什麼呢？

伊是一個八十八歲的老婦人，成功地生養了三個兒子與三個女兒，而他們又成功地生養了一群男女孫兒。在宗族的傳接上，伊應該是沒有任何遺憾了。伊已非常偉大地完成了做為生命體的一項基本任務。但伊的伴侶——我祖父，卻早在伊五十八歲那年去世。三十多年漫長的歲月，伊在兒孫的笑鬧中，似乎仍然有一份無可宣告的寂寞。而自從伊不良於行走之後，在靜靜的、漫無目的的兀坐中，伊的寂寞彷彿更深了。但伊能鎮日這樣耐心地瞪視著日子分分秒秒地過去，總該有一份什麼期待誘使著伊吧！然而，伊這樣的年紀，還會等待著什麼呢？

在幾年未曾歸鄉的這樣一個冬日，悄悄踏上這塊久別的土地，竟然有一份近鄉情怯的心緒呢！我所怯怯的並非那種或不可免的改變——一棵大樹被砍去，一片曠地被塡上幾間房子，那也未必是可悲吧！然而，我所怯怯的應該是那分原本親切的鄉情，在強被疏遠之後，卻又不得不去接受一分陌生，而我所陌生者也同樣地陌生了我。就以伊來說吧！伊被歲月輾壓了的變貌，固然在乍見之時，令我大覺陌生。而伊在我幾聲呼喚之後，也猶自不很識得我這個遠離多年的孫子。

我在跨入低矮的瓦屋之後，即蹲在伊的膝前，極熱切地執著伊冷硬乾枯的手。我是阿陽，您的孫子啦！我很熱烈地說。

哦哦！阿陽，哦哦！伊以灰暗的眼睛望著我，猶自不很會意地說。

是啦！就是阿陽，剛從臺北回來看您。我提高聲音說。

哦哦！臺北，你已去了好些年。回來了，很好，很好！伊的臉上綻開了笑意，展露出紫紅色的牙齦，那樣遲緩地張動著。伊是眞眞地高興起來了，暫時收藏起那份寂寞。伊高興的樣子，很是令人感動。

我搬了一把凳子偎著伊坐下來，伊極爲欣悅地反覆瞧著我。長胖啦！也好看起來了。面皮像是白了些吧！伊能這樣細微地注意到我的改變，確是不容易哩！

是是，胖了些，胖了些。我有些羞赧地說。

你離開家時，還挺小的一個囝仔，鼻屎流個不停哪！呵呵！伊極有興致地索尋著一些過往的記憶，又那麼開心地呵呵笑了起來。

對對，那時鼻屎老是禁不住，呵呵！我也應和地笑著。

那時，你極不想離開阿嬤，哭著說要阿嬤也一起搬到臺北，但阿嬤說年紀大了，不想離開家鄉。呵呵！你那時定必不能懂得阿嬤這樣的心情吧！你一直哭著，後來還是你母親強拖你上車哩！伊的許多回憶像是突然復活了，那樣清晰地描述著幾年前的情景。

你離開之後——伊繼續地說著——你離開之後，初時一直鬧著要回鄉下。你阿爸常來信說你挺想著阿嬤，那當然，你是阿嬤照顧著長大哪！伊說得有些激動起來，佝僂的背脊竟而有精神地自椅上挺起，幾隻可厭的蒼蠅亦自伊的身上霍然被驚走。伊神態間彷彿又泛現了母性慈祥的光澤。伊在此刻間，是不是可以感覺到自己的存在並非眞被忽視了呢？我想，這些年，伊的生命之所以萎縮，或許因爲已不再有什麼需要伊掛慮吧！

伊不再愁著衣食，也不再愁著種種可惱的事物，伊應該被容許享受這種清福，但伊卻彷彿常喜歡眷顧著已往那種爲衣食操勞的日子。難道伊的存在，眞得以這種關心他人，也被他人關心的形態去肯定嗎？不然，伊這樣耐心地迎送每個日子，還會有什麼期待？

初離開的前面幾年，你還常回來看阿嬤。後來，聽說你考進了大學，便也少回來了。是忙些吧！讀大學定然要很用功的，對吧！伊說。

對對，要很用功，阿嬤不也常寄信叮嚀我要用功嗎？我替伊揮去那幾隻可惡的蒼蠅，心中開始有些難過起來了，是爲了讓伊說我考進大學後就少回鄉下吧！不知怎麼的，這些年，我似乎減少了幾分回鄉的衝動，是被成長的興奮沖淡那份對故鄉，以及對伊的眷戀嗎？

多少年沒回來啦？伊那麼令我心愧地問著。

大概是三年了吧！我細弱地回答。

對對，就是三年，好長哦！有幾次，我都差點要拜託臺北的鄉人，帶我去看你們呢！但你大伯父不肯我走那麼遠，而且你是知道的，阿嬤這些年眞的又老又衰弱，怎麼說也不敢離開故鄉哪！萬一不能生著回來，那可怎麼辦？唉！我說這種心情，你當然是不懂的。伊說著說著，便有些感傷起來。

我懂！我懂！阿嬤，我懂！我很表相知，而極爲熱烈地說。恐怕得以後才能懂哦！她以混濁的眼睛望著我，否定了我這份對鄉愁早來的知解。當然，我說我現在懂，那僅僅是對鄉愁一種知性的理解吧！我眞眞地無法與伊一般對故鄉懷著深切的歸屬感。那是一種怎樣不可抑止的感受，恐怕是眞要同伊一般年紀時，才能完全懂得吧！

畢竟你現在是回來了，很好！很好！伊的神色又開朗了起來，並且極其慈祥而熱烈地撫著我的頭頸。伊的手掌多骨而粗硬，但伊的動作卻那樣溫和而深含感情，彷彿又握滿了許多慈愛，可以向伊所關心的人傾注。伊是眞的高興起來了，暫時將那份寂寞收藏著。我實在驚詫自己之歸鄉，竟然能帶給伊如此濃厚的歡愉。伊畢竟不是毫無期待地迎送著每個寂寞的歲月吧！

然而，我還是有不得不再離去的無奈。在陪著伊度過幾個愉悅的日子之後，我的手雖是乏力，也得爲離別而揮動，但是，最難以揮去的該是伊臉上重又爬升的寂寞吧！我幾乎可以從想像中，清楚地看到這樣一幢低矮昏暗的瓦屋，一把古老陳舊的長背靠椅，一枝烏褐色的籐杖，一個衰老萎縮的軀體，伊又得沉寂地、反覆地迎送著每個沒有波動的日子，而今後會有什麼再讓伊靜靜地期待呢？

這樣一個鄉間的冬日，大地含攝著一派清冽的氣息。自枯黃飄墜的落葉，自冉冉西沉的夕日，自疲憊歸飛的野鷺，彷彿可以聆聽到一片逝去者的跫音。但大地，吾生之母呵！您總能爲逝去者安排一處眞常的歸屬吧！一個逝去，即是一個新生。我們的生命或將歸向於一環生生不息的脈搏吧！那麼，在伊的生命衰逝之同時，不已漸漸滋生了我這新鮮的生命嗎？假如，伊眞眞地還有什麼期待，便是對另一個新生命的關注吧！而伊生命的歸向，又豈僅是在這一處不肯離捨的故鄉呢？大地，吾生之母呵！

——一九九一年八月・選自漢藝色研版《傳燈者》

輯二

蒼鷹獨飛

假如，您認為自己只是一隻想撿食米粒的麻雀，
那麼，請不要飛進文學的殿堂。
這裡面太空闊、太冷清了，
只適合蒼鷹孤獨、堅忍的長征。
當我選擇了這條文學之路，
就已準備作一隻獨飛的蒼鷹了。

蒼鷹獨飛

如果，讓我回到從前，站在多歧的人生起跑點上，我仍然會選擇同樣的道路。

我之所以如此地選擇，並不是這條路特別好走；好走的路，就讓那些貪圖便利的人去擁擠吧！我始終相信，一條獨特的、開創的路，都不可能很好走。

假如說制服之所以讓我厭惡，是因爲各人被強迫不許有自己的模樣。那麼，一群人接踵齊步的制式道路，也同樣讓我無法忍受。倘若，我必須被迫穿著制服和一群人在制式道路上齊步，便寧可赤裸地毀滅自己！

這個時代，會選上冷落的文學之路的人只有二種：一種是傻子；一種是才子。傻子弄不清這是一條不賺錢的路；才子，我是說那種天生就是文學料子的人，除了文學，還拿什麼去實現自己！而不幸的，眞正的才子多少都有些只執著於自己而不懂得順從現實的傻氣。

三十五歲以後，我就漸漸知道，人們比較喜歡那種謙虛而不見得說實話的人。我是個傻子；我只能這樣說。何以見得？當年在大學聯考的志願表上，只塡了六個中文系，一個歷史系，被眼尖的人看見，就譏笑云：「這個人不怕餓死呀！」老實說，那時候，假如我的腦袋不是塞滿了文學的夢想，而能早熟地搞清楚這是一條不賺錢的路，或許我如今已在文學界外，手上拿的不是筆而是電算機，並且油光滿面地向世人宣佈：「我的興趣就是賺錢，鈔票讓我證明了自己的能力！」後來，等到我逐漸弄清楚文學是一條不賺錢的路時，卻已肯定賺錢對我來說並不是非常重要；我的能力也無須用鈔票去證明。因之，我無悔！

•

一個冬日的午後，陽光認眞地執行溫暖的任務。母親斜倚著廊柱打瞌睡，手上還緊抓著待補的破網。賣卦人敲起清脆的羊角聲，從街尾緩緩走來。母親睜開睡眼，直著嗓門，喊住那賣卦的人，「替我兒子算個命」，她把我拉到面前，撫摸著比一般孩子碩大的腦袋。

「這個囝仔帶文筆來出世，沒有讀書也識字呀！不做大官也做小官。」

母親的臉上泛起稱心的笑意，格外慷慨地遞給賣卦人幾個銅板。這已不是第一次找人替我相命了，平常很節儉的母親，卻肯一再地花這種錢。如今回想起來，我能深深體會到母親的心情：拿些錢換取無限的希望；在那樣困苦的年代裡，還有比這更讓她快樂的事嗎？

原來，我竟然是母親最大的寄望。奇怪的是，所有算命先生彷彿套好了說詞，講的居然差不多一樣。難道人眞的有命嗎？只是如今，她所殷切寄望的兒子，卻連個芝麻小官也沒有做。唉！母親，不要再去責怪算命先生了；我要怎麼說，才能讓您了解，對我而言，做官眞是一樁很痛苦的事。我追求的人生，就是眞實與自由而已。

官雖然沒有做，但識得許許多字，帶著文筆過日子；這點，母親倒是很明白——雖然，她完全看不懂我在報刊上所寫的文章。

我會走上這條文學之路，說起來還眞有些命定哩！命，並沒有那麼玄虛，您自己也可以知道：每個人都在找尋滿足自己的條件。就以我來說吧！一讀到「月落烏啼霜滿天」，就那麼感動、那麼愉快，人也彷彿聰明起來了；可是，一見到X＋Y，便覺得頭痛，人更立刻變成呆子。您說，我不在文學界作隻鶴，難道還跑到理工界去作隻雞嗎？這眞是命中注定呀！但是有很多人一輩子還弄不清滿足自己的條件是什麼，只好往人多的路上去擠，把命完全交給隨時在改變的環境去擺佈。

或許，您不相信，我今天這樣的地步，是二十幾年前，當我十七歲時，自己所決定的安排。就這樣一步不差地完成了學業，在文學路上踽踽然地走到今天，而且往後必會毫無旁顧地繼續走下去。我始終相信，一個不能清楚地了解自己、肯定自己、掌握自己的人，即使有些什麼成就，也是偶然。而偶然，就像揀到撞樹而死的兔子一樣，守株千日，也未必能再等到另一隻魯莽的兔子。

當一個人完全了解自己、肯定自己、掌握自己，就至少能操縱了一半的命。雖然不一定能做到大官、賺到大錢；但是，卻必然可以做到一個把自己才情表現得很精彩的人啊！

•

文學是一種沒有老闆，也沒有顧客的工作。產品的價值，由您自己去決定；您無須去討好任何人。

一個總是不肯好好唱歌的女人，撫摸著染紅的頭髮，在特寫鏡頭前，擠眉弄眼地說：「這是我最新的造型，希望您喜歡！」

一個唱起歌來總是怪聲怪調的男人，被問到：「爲什麼戴耳環呀！」他輕揪著很誇張的大耳環，嫵媚地說：「觀眾喜歡，我就戴。」

一個已經過氣的歌星，粉墨並沒有掩飾她臉上歲月的鏤痕。她猶自抓緊麥克風，賣力地唱著，希望博取一些殘餘的掌聲。

不知道爲什麼，每當看到這樣的鏡頭，我感覺到的不是愉快而是一種莫名的酸楚。討好別人，往往就得把自己當泥巴，跟隨別人的眼色，捏出各種形象，卻沒有一種形象是眞正的自己。更可悲的是，當這塊泥巴玩不出什麼新花樣時，終必被丟棄！

文學工作者絕不能爲了討好別人，而把自己當泥巴。他沒有老闆，也沒有顧客，因此不必仰人眉睫，看人臉色。讀者不是老闆，也不是顧客，而是以心靈相交會的知音者。知音只能期待，不可媚求。假如一個文學工作者把讀者當顧客，而曲意討好，那就是把文學作爲消費品了。

這的確是一個讓人越來越耐不住寂寞的時代，因爲人們太容易把自己推銷出去。被喜歡、被接受，那種陶醉感很快地會讓一個文學工作者忘掉：最重要的不是去面對群眾而是面對自己。孤獨，才能免於被世俗同化。而被世俗同化，就等於文學生命的死亡。朱光潛有句話講得很不錯：「先要有出世的精神，才能做入世的事業」。一個文學工作者假如完全失去出世精神，不能反省自己、靜觀天下，則與每日爲名利而擾攘的人們有什麼不同呢？站在灰塵滾滾的街頭，又能看得穿什麼呢？

二十年來，我一直沒有去搞清人們究竟喜歡什麼。對我來說，寫作只是因爲我看到了些什麼、聽到了些什麼、感受到了些什麼、思想到了些什麼，寫下來就是寫下來，誰給它什麼眼色，都不是我能計較的了。

對於我的文學工作，唯一擔慮的是寫不出好作品來。有一段時日，眞像忙於覓食的野獸，爲生存之需要，竟得每日費去我十六小時以上的工作時間，並且今日抄襲著昨日的生活。有一天，經過一處建築工地，傍午的烈日正燒灼著一群灰頭土臉的工人。兩個彷彿年輕的漢子，赤裸著上身，陽光照在黝黑而沾濡著汗漬的背脊上，反射出油閃閃的光澤。他們弓著軀體，站在工作檯邊，機械地拗折著一堆鋼筋。我怵然而驚，想到他們日日這樣勞苦地工作，竟然只是爲了家裡幾張肚皮。工作、吃飯；吃飯、工作。直到他們已不必吃飯，當然也就用不著再工作了。人的存在，就只是這樣而已嗎？我如今何嘗不是和他們一樣！爲了一家人吃飯，已耗盡我的心力，疲困到對周遭的世界視而不見、聽而不聞，更不用說去感受到什麼，思想到什麼，而寫下什麼。我突然覺得很害怕，難道就如此過了一生嗎？

一個文學工作者，眞的必須在現實生活與理想創造之間進進出出。他必須吃飯，也會生病，是一種平常的肉體，當然不能免俗。但是，他卻不能完全俗化地只是吃吃喝喝一輩子；有時候，總要離開酒杯飯碗，用心去想想爲什麼要這樣吃吃喝喝！

今後，假如我對文學工作還有什麼擔慮，仍然不是說了話有沒有人喜歡聽，而是肚子已塡滿了垃圾，再也說不出新鮮的話了。

●

在中文系教了十幾年書，最怕學生問一個問題：「讀中文系有飯吃嗎？」然而，問這種問題的學生卻偏偏很多。唉！我只能告訴他們：「到現在爲止，我還沒聽說有中文系畢業的學生餓死；但是，不管唸的是什麼系，鬧精神病或自殺的人卻不少！」

究竟是什麼原因，讓現代的年輕人這麼早熟，早熟到少年十五二十時就開始擔心吃飯的問題。在匱乏的年代，人們似乎還沒有如此害怕沒飯吃。爲什麼在這樣富裕的時候，卻滿街棲棲遑遑如將餓死之人？

二十歲，應該是一個狂想的年齡，像羽毛初豐的雛鷹，憧憬著試翼千里的壯舉；怎會像一隻老頹的麻雀，只想跳兩步，就找到米粒吃呢？甚至，還害怕餓死在枝頭簷角哩！我在想，飯是必須吃飽的；但是，假如一群年輕人只知道圍著一鍋別人煮好的飯，去爭搶分配；而不肯靠自己的能力去另起爐灶，煮一鍋更香的飯分給別人吃，那才眞的不免要圍在空鍋邊餓死哩！

假如，您認爲自己只是一隻想揀食米粒的麻雀，那麼，請不要飛進文學的殿堂。這裡面太空闊、太冷清了，只適合蒼鷹孤獨、堅忍的長征。

當我選擇了這條文學之路，就已準備作一隻獨飛的蒼鷹了。

——一九八九年十一月．選自漢藝色研版《手拿奶瓶的男人》

逐

我躺在一間用板壁隔成，約有二坪大小的臥房中。單人的木板床，欹蹺的床板被壓出吱喳的聲響。我雙手交疊地扳著後腦殼，手背感覺到枕頭的柔軟，但手心卻捧了一把粗硬的亂髮。視線越過半截板壁的頂緣，停止在對面的粉牆上，粉牆已披上一層油煙與灰塵糅合而成的污垢。一隻肥大的壁虎靜靜地瞪視著飛繞的蒼蠅，午後的烈陽從窗口傾倒進來，明白地照出壁虎微微起伏的腹部。我這樣躺著，已有一個多鐘頭。那時候，我從軍中脫下掛著一條槓子的制服，回家大約三個月了。

板壁外的廊道上，有一張工作檯，父親就在那檯上捏製糕餅。這時，我看不到他，但耳中卻充盈著他搓揉麵糰，翻動模版，或咳出喉頭積痰的聲響，偶然還響起臺灣民謠小調的口哨聲。我想像得到，此時他一定坐在檯前的木凳上，筋脈盤結的手掌正熟練地掐著一塊塊麵糰，捺入雕著龍鳳花紋的模版中，壓製成一個個糕餅，然後送進爐中去烘烤。這樣的工作，他已反覆做了十多年。他一直安於這份勉強養活一家的工作。

這時候，母親則在廚房裡，熬煮著一大鍋紅豆餡、糯米糊，準備揑製糒糬。巨大的鍋鏟，擦碰著鍋面，發出咔啦的響聲。我可以想像到，伊瘦細卻多力的臂膀，正緊握著鍋鏟，在蒸氣氤氳的鍋上，不停地翻動著。多皺的面孔上，流淌著一顆顆的汗珠。每隔片刻，伊便用肩下的衣袖將汗珠揩去。伊一向就是父親很得力的幫手。

他們一面工作，一面有一搭沒一搭地說著家常事：今年的生意又不如去年了啦！麵粉、紅豆、砂糖、雞蛋一直在漲價啦！兒子讀那麼多書，找事卻不容易啦……。我的胸口漸漸有些淤塞起來。那隻壁虎卻敏捷地咬住一隻棲止到牆上的蒼蠅，又繼續等待另一個伺肥而噬的機會。

一九七七年三月，我半躺在一幢木板營房中的單人床上，身上穿著草綠色的軍用夾克。床頭的六十燭燈泡，烘得我的面頰有些灼熱。我專心地翻讀著紀伯倫的《先知》：

你持續的勞動，事實上即是對生命之愛。透過勞動去愛生命，也就是與生命最內在的奧祕相親近。

對於這樣先知者的箴誡，我感動而眞誠地接納它，作爲我將來創業的銘言。在我闔書沉思的時候，聽到另個屋角筆尖劃動紙面的沙沙聲，兩個同寢室的年輕少尉，各自用心地在讀讀寫寫。他們都在準備退伍後求職的種種考試。桌燈的照射下，他們的輪廓顯得非常鮮亮。從側面看去，他們高起的額頭下彷彿都埋著飽足的智慧。

去吃碗麵吧！我們穿好衣服，一起走出寢室。三月的夜，仍有著料峭的寒意。對面的營房，一個年老的士官坐在中山室門口的矮凳上，捲起褲管，用手搓揉著小腿上子彈的疤痕。他的頭低垂著，臉部埋入層層的陰影中。灑在他灰白短髮上的燈光，和從他嘴邊升起的菸煙結成一團朦朧的光暈。他常這樣坐著，搓揉他的彈創。許多蒙著苦難和風塵的往事，彷彿就這樣被搓得清晰起來。

「班長，吃麵去啊！」他抬起頭，拉下褲管，搖了搖手，「別吃得太胖，少尉！」他說。我們放聲笑了起來，兀自跨上腳踏車，馳出營區。那時候，我們常過得這樣愉快：白天善盡教官職責，黃昏時候打球，晚上讀書，餓了便吃碗麵去。對於退伍之後的將來，每個人都有一番憧憬。

一九七七年五月，我半躺在家裡的單人木板床上，展讀幾封回信：

大函奉悉。臺端品學兼優，爲不可多得之青年才俊。惜本校教席額滿；履歷資料，已妥爲存檔，待他日有缺，當優先錄用。

我放下信件，靜靜地瞪視著高低不齊的腳趾。板壁的廊道上，響著父親搓揉麵糰，翻動模版的聲音。母親則在前廳，反覆地丟擲著筊盃。我忽然覺得有些煩躁起來，走出房間，抬眼便看到父親的背影，一襲濕濡的汗衫緊貼著他寬厚的背肌，頭髮上沾滿一層白白的麵粉。我沉默地走過他的身後，感覺到他轉頭看了我一眼，但他沒說什麼，他一向不多話。

我走到前廳，便看到母親對著牆間的神檯，手拿著筊盃，口中唸唸有詞，然後將筊盃往地上一擲。兩個「竹筊子」跳動幾下，便一起趴伏成讓母親眉頭虯結的陰面。我繞過母親身後，伊喊住我，示意我向神禮敬，我呑回「有什麼用啊」這樣不耐煩的一句話，合掌向神檯拜了三拜，然後快步踏出大門。

門外是條窄長雜亂的街道，來往的車輛不多，成群的小孩到處追逐玩鬧，也許他們才是這條街上眞正快樂的人。一顆棒球滾到我腳下，我俯身撿起，兩個小孩氣喘喘地衝到我面前，近午的陽光曬得他們滿臉通紅。我把球遞給他們，然後橫過街面，走到對面的西藥房在櫥窗前無聊地掃視了半晌。最後，我指著他們附設的文具櫥，「履歷片，買十張」。這時，母親已站在家屋的簷下，喊我回去吃飯。下午，我便騎著機車，去兜轉了兩個學校。就這樣，我接到一封封的回信，無非是「履歷資料，已妥爲存檔」之類的話。

一九七七年八月的這一天，我仍然在扒下兩碗飯之後，便這樣躺在木板床上。那隻壁虎又呑下一隻蒼蠅，滿足地吐送著尖細的長舌。父親在板壁外的長廊上，繼續地工作著。忽然，咿啞一聲，門被推開，母親多皺的臉孔擠進門縫，伊的臉上猶自滴淌著豆大的汗珠，

「三點了，你說下午要去那個學校呢？」我起身穿好衣服，從抽屜裡取出兩張塡好的履歷片，走出房間，在房門口站了半晌，順手從工作檯下抽出一節木棍。噼啪！那隻吃得飽足的壁虎摔落地上，抽搐地翻動著灰白的肚皮，細長的尾巴斷去一節，卻猶自不停地扭動著。我放下木棍，走到大門口，跨上老舊的機車。午後的烈陽，使街面格外顯露了它高低不平的窟窿。

「回來吃晚飯哦！替你燉了雞哩！」母親探身到門口喊著。

有一段很長的時日，追逐與被逐，總在我身上繼續地發生。

一九七八年四月。午後是一段令人懨懨的時間，初夏的陽光肆意地燒灼著川流在街坊上的人們。忙碌，是現代都市人無法根絕的病症。只有死亡，才是治療忙碌的良藥。

此刻，我斜倚在○南公車的一株站牌上，手上攤展著今天的報紙，很認眞而精細地閱讀各條房地產廣告：

臺北居，大不易！誰說的？找我們，就容易！

期付二萬，就擁有一戶高級庭院的花園別墅！！

住者有其屋！只要八萬元，人人住得起！

別人漲價，我們不漲價！

半個多月以來，我一直是房地產廣告熱忱的讀者。「你們就要結婚了，總該有間房子住吧！我幫你二十萬元，其餘你自己去想辦法。」伊的母親站在高敞的屋簷下，半彎著腰，一把一把地撒著白米，餵飼今春剛出殼不久的雛雞。這群小生命一出生便不愁吃住，牠們應該比那些啁啾在林間覓食的野鳥幸運些吧！此時，初起的陽光格外慷慨地灑潑在這片農舍蒼黑而寬闊的屋頂上。屋角枝藤纍纍的迎春花，零落將盡的黃蕊兀自挽留了幾許殘存的春意。伊正揮著掃把，清理著由大門通到庭院的小徑。唔！是這樣一幅寧靜寬敞的農家圖畫，才使得伊的母親從未嘗想到擁有一間房子，竟也是一個難題哩！然而，伊的母親想的也沒錯，要成家總得先有一個家吧！何況爲了女兒將來生活的安定，伊的母親應該有權利提出這項「最起碼」的期求。怎麼說，我都必須想想辦法啊！

從我面前二十公尺處，這城市的線條便由地面下被垂直地拉起，拉到幾十尺的空中後，又成直角地被平平摺疊出去。而一幢幢的高樓，便在這些線條的摺疊之際，窒塞了這座城市的空間，也圍堵了人們的視線。一塊灰白之後，還是一塊灰白。中間鑲嵌著片片茶褐色的玻璃，在一撮人與一撮人之間砌立了層層的隔膜。羅列著紅黑字體的招牌，又爲每塊被割據了的空間巧立各種名目。這是人類拚命掙脫自然所得的成果。不管我們最終的期望是不是這樣，但我們現在已經必須這樣，也不能不這樣了。文明是一種使人類無法再反顧的力量，每個人都必須把鼻子送過去，讓它拉著走。我也是，雖然有時我曾想過要去背叛它。

我們很難想像那層層茶褐色玻璃之後，是一個怎樣複雜的世界。或許一些埋怨著冷氣不夠強烈的人們，正以煩躁和怠惰來對付他們的工作吧！或許一些職員正爲了公司不准他們換購舒適的座椅，而捽筆桿，發牢騷吧！或許一些住在大廈豪華公寓裡的人們，正在爲房間的西曬，而責怪建築商當初爲什麼不裝設遮陽篷吧！或許很多人正用電算機，精密地計算著自己的慾望和奢想吧！聰明，是的！人們確然比任何會吃會喝的動物聰明得多。高貴，是的！人們確然比任何會吃會喝的動物高貴得多。然而，誰的電算機曾經計算過——這顆已不甚年輕的地球，還有多大的負荷力，去承擔許多許多人的慾望和奢想！

一九六二年十月，父親領著我們揮別了鄉間那三幢瓦屋。從此，我們便不再有自己的房子。那時，我的鄉愁僅止於對陀螺、蟋蟀、玻璃彈珠和布袋戲的懷念。等到我們從一個地方搬到一個地方，當行李一次一次地壓痛我瘦削的雙肩時，才開始懷想起那三間沒有人會把它要回去的瓦屋。而父親一次搬家比一次搬家衰老，他的步履更是一次比一次蹣跚。其間，也曾勃發過擁有幾尺立錐之地的野心。但是，一直到父親兩鬢已霜，而我也服役歸來之時，我們卻還得搬家。躺在那間用板壁隔成，約有二坪大小的臥房中，我才憬悟到「不再搬家」，那將是一樁何其遙遠的「功業」啊！其實，在這個城市中，萍浮於各處里巷間的人，又何只我們這一家？而今啊！伊的母親卻對我如是說：「你們就要結婚了，總該有間房子住吧！」要成家總得先有一個家，伊的母親眞是這樣想。對我而言，這卻是一個用電算機都無法計算清楚的慾望和奢想；但不管怎麼說，我都必須想想辦法才行。

「先生，能不能請你幫個忙？」

一個理著平頭、面皮黝黑、滿嘴鬍渣的青年，猥瑣地挨到我的身邊。他舉著粗糙的右手，向我遞過來一枝陳舊的鋼筆。

「什麼事？」我有些都市人過度敏感的驚疑。

「我要去基隆，缺少車費。這枝鋼筆給你，你給我二十塊錢，好不好？」

「唔！你住基隆嗎？眞的連二十塊錢都沒有嗎？」

「不是。我彰化人，前幾天到臺北找工作，沒有找到，錢用完了，只好暫時住到基隆我阿姨家。」

他說話緩慢而輕弱，微低垂著頭，眼睛瞪著自己的腳尖，陽光照在他沁淌著汗漬的右頰。目前，他的需求只要二十塊錢，煩惱似乎比我還小得多。但他竟連坐趟車到基隆去的錢都沒有，那更不用說想辦法買房子了。我慷慨地給了他二十塊錢，卻沒有接受他那枝可能已不堪用的鋼筆。

「先生是臺北人嗎？住在那裡？」他似乎爲了示好，而向我搭訕起來。

「我啊！我可以說是臺北人。你看，我就住在對面那間大廈。天氣太熱時，便住到陽明山別墅！」

不知道什麼念頭，我忽然這樣古怪地說。啊！啊！在他滿臉驚羨中，我急忙跳上剛駛來的公車。然後，我就看到一張一張陌生的面孔。他們坐在車廂兩旁長條的座椅上，正冷漠而空洞地對望著。

最後，我畢竟在一所學校謀到教職，買了房子，並且和伊結婚。同時，也日常將這張被別人陌生了的面孔掛在公車中！

——一九九一年八月・選自漢藝色研版《傳燈者》

結婚日記

五月十一日

當黑暗籠罩她的心，她遂不是我當初認識的女子。

負氣地，我瞪著她甩下咬食了兩口的桃子而離去。她的腳步聲，從三樓滾落二樓，又滾落一樓。咪！一隻花貓衝出樓梯口，竄向對面矮屋的簷下，回頭，驚疑地望著她急步奔向昏暗的夜色中。我沉默地靠著陽臺的欄杆，沒有喊她、留她。

我們就要結婚了，但我們卻剛吵過一架。爲了不驚動鄰居，以維持知識分子的面皮，我們始終用心地壓住燥熱的嗓子。當然，我們絕不會爆出「混蛋」、「他媽的」一類的術語。但我們卻各持著利刃──用猜疑、自以爲是、固執所鑄造的利刃，狠狠地插入對方的心坎。我覺得我們都非常善於運用精準尖銳的語言。無疑的，這絕不同於潑婦罵街的爭吵。我們爭的不是意氣，而是觀念。也許，這就是讀書的收穫之一吧！

近來，這已不知是第幾次爭吵了。許多過去彼此都能灑然一笑的問題，如今卻都變得那樣尖銳化。我已吵得有些疲憊，「吵清楚，再結婚！」她這樣堅持著。

今晚我們又做了一次宗教上的爭論，直辯得怒眼相向。但諸神漠漠，基督無言，釋迦不語，祂們似乎比我們更能容忍彼此的歧異，對我們這場爭論，默然不作任何的宣判。

在宗教上，我一向堅持不作信仰的俘虜。爲了讓半生愁苦的母親得些欣慰，我可以隨她去拈香拜佛；爲了讓惠子高興，我也可以陪她去教堂做禮拜。請別責怪我！我最大的信仰便是——使我所愛的人都能因爲我而得到快樂！

今天，午後的天色非常陰鬱。母親轉了兩趟公車，提著一小鍋的燉雞來看我。她說我就要結婚了，必須進補。我幸福得有些「難受」起來，趕緊用最大的胃口去接納這一鍋芳醇的母愛。我認眞地吃著燉雞，母親一面絮絮叨叨地說著家事，一面把我的廚房整理乾淨。啊！母親，我就要有一房妻室了，您究竟要照顧我到那一天爲止呢！

「過不久，就有人整理廚房了。惠子是個好媳婦。」

「嗯！希望媽媽喜歡她。」

「她一切都很好。只是，她是個基督徒，將來恐怕不肯在家裡供奉祖先神位。斷了祖先的香火，這可怎麼辦？」

這可怎麼辦！窗外彷彿湧入大量的陰霾，母親衰老的面容遂幻化成一團虯結的憂鬱。

「惠子肯的，晚上她來，我會勸她。」我安慰母親。

「我不能背叛神的旨意，去接納偶像的崇拜！」這是她對這問題的答覆。

「爲了我們家的和諧、快樂與幸福，妳也不肯嗎？」

「每天，看到那些偶像，我便已不快樂了。」

「那麼，妳認爲堅持妳信仰的形式，比掌握我們實質的幸福更重要了？」

爲了這個問題，我們激烈地爭辯起來。此刻，我們似乎已忘記彼此的愛，忘記彼此的容忍，忘記了種種等待我們共同去實現的憧憬。我們並不確知自己實際上在爭些什麼，只覺得彷彿有一根堅韌的長線，來自一個虛無的世界，強勁牽動著我們的意念，使我們像兩具傀儡，不得不用盡心力去攻擊對方。我們甚至沒有去考慮過擊倒對方，能獲得什麼？又會失去什麼？這場爭論，似乎已經失去最大的前提——尋求我們的幸福；更忘卻了信仰的最終意義——釀造生活的安寧與和諧。

她負氣離去。我悃然地嚼食著她吃剩的桃子，竟特別感到酸澀。我們的社會中，常見有人爲了宗教的歧見，而毀壞本可把握的幸福。我一直不了解這些人信仰是爲了什麼！忽然，我想到一個很冒瀆神祇的問題，假如釋迦與耶穌各有兒女，祂們會允許兒女們爲一份眞愛而結合嗎？「寬容」，應該是最高貴的一種神格，不幸的是神的子民們卻常用「排斥」去玷污了它。這難道不是人類將自己錯誤的觀念裝潢成神的旨意嗎？

假如，我們因此而分離，究竟符合了誰的願望呢？

五月十八日

惠子始終不來，我也暫時不想去找她。我怕相見，又得去面對許多尖銳的問題。戀愛與結婚，眞的有這樣不同的滋味嚒！我相信人與人之間，有許多問題，都是觀念的贅疣。只是，爲什麼人們總不肯忍痛去割除它？

今早醒來，胸中依然淤塞著許多惶惑及痛苦，鏡子裡映現一張疲憊的臉。幸好這是一個陽光很飽足的日子，我大可出去散散心。不管如何，先讓自己振奮起來，才能去解決問題啊！

城市的早晨，有一種非常畸形的氣息，如鄉野般清新的空氣中，卻摻和著一股混濁刺鼻的煙味。這是一個美好的假日，車潮向郊外洶湧而去。機車後座的女子們緊抱著神氣的年輕騎士，面頰貼住騎士前傾的背脊，半側的臉泛溢著嫵媚的笑意。他們成群地呼嘯而過，去享受愛情、陽光、綠野。這樣充滿著熱烈、豔麗、夢幻色彩的現代男女圖像，此刻距離我已太遠了，彷彿是另外一個世界。在那世界裡，一切現實的問題，都可以不去碰觸。他們只需要常常把愛掛在嘴邊就行了。

散步回來，意外地看到羅倫在門口等著我。二十八歲的男人，卻在臉上彌佈著過多的滄桑。樸實的意態，看來總欠缺一份鮮活的青春。他是苦學的典型，目前在T大唸博士學位。再過六天，他就要與相識三年多的梁欣結婚。但此刻他的臉色竟沒有半點喜悅的光澤，我很敏感地從他的臉色讀出突來的不幸。

「梁欣要與我解除婚約！」

「爲什麼？」

「三個月前，她認識一個男孩子，聽說很能玩，不久，他們便有了關係。現在，她決定跟他了。呸！」

羅倫的臉色很複雜，沮喪、鄙夷、憤怒。我眞不知該如何去安慰他。他要我去問她——爲什麼她會爲了這樣一個男人而離開他！

我找到了她，她看來仍是那麼聖潔、沉靜和纖弱，絕不像會傷害男人的女子。在廊簷的陰影下，她的臉色彷彿是剛從冰箱取出來的削皮梨子，白白冷冷的。長髮半遮略嫌削瘦的面頰。啊！這樣一隻不食人間煙火的幽靈，她需要的究竟是什麼？

「愛是一只多面的水晶球！」她說。

我想不透這樣的女子，也想不透這樣的話，只能勸慰羅倫說：「不要難過，你可能比那個傢伙幸運些！」

這是相當苦澀的一天，羅倫走後，我獨自喝著剩餘的咖啡，無聊地瞪著電視發呆；從螢光幕上，看到那位在一次出售愛情而失敗之後的女人，竟在情人廟肅穆的殿堂下，獻唱她對愛神的歌頌。這豈不是對愛情一種尖銳的嘲諷！但說起來，她也是相當可憐的，照理，她的婚姻應該可以由金錢砌成一座堅固的堡壘，但她卻很快地宣讀了一齣婚姻的悲劇。究竟她的結合缺欠了什麼樣的黏力呢？這一點，她眞該好好請示面前的愛神啊！

這也是我這些天一直惶惑的問題，而可笑的是當我的婚姻面臨觸礁之時，竟還得幫忙朋友去處理婚變的事。以前，我們曾經開玩笑地說，常在報刊上高談婚姻問題的專家，多是出過婚姻問題的人。或許，這就是從痛苦中求經驗吧！

像羅倫的婚變，在我們社會中，其實也不算什麼新鮮事。但相戀三年餘，而且已租好房子，買好家具，印發喜帖，準備要結婚，竟然會因另一個剛闖入他們世界中的男人而宣告分離，多麼浮盪而脆弱的男女關係啊！這使得王寶釧一類的故事，頓時變成極其滑稽而古老的笑話！我不能確知梁欣尋求的是什麼，但比起那個後來居上的傢伙，羅倫總是缺少了些什麼吧！難道他所缺少的就是「玩」嗎？

到現在爲止，仍不見惠子來。羅倫的婚變，彷彿在我心中逐漸發酵。

五月二十日

四年來第一次獨自去看電影，看的又是讓人難過的片子——《碎情花》。情慾是一顆醜陋的種子，總衍生在悲哀與歡樂的夾縫裡。我痛惡珍妮佛瓊絲背德的浪蕩，當她被慾望之犬追噬的時候，我竟覺得有些無名的快感。但當她跌入懺情的陷阱時，卻又不免深覺悲憫。慾，一杯惑人的鴆酒。小酌已足斷腸，又怎禁得狂歡痛飲？

這個城市的夜，戴著很詭異的面具。站在戲院的廊下，可以看到對街正有一個穿花襯衫的傢伙攔住單身行走的男士，並且比手畫腳地說了些什麼。一個矮胖的中年男士曖昧地笑了起來，跟著他轉入一條窄巷。我佇立著，猜想著，隱約知道那是一樁怎麼誘人的事。那時，我曾經也想走過去，但眼前這條狹窄的街道，卻突然變成難以跨越的天塹。

最後，我走進一家冰果室，喝了一杯咖啡，吸了二根菸。鄰座有一群沒有男孩陪伴的少女，她們放縱地大聲談笑。一個穿黃色運動衫的女孩，用吸管蘸著冰水，在另一個女生肥腴的手臂上寫了幾個字，然後她們咯咯地笑了起來，其他的女孩不知道爲什麼也跟著放聲大笑。她們臉上張大的嘴巴，彷彿一池開得過盛的紅蓮。正在調製木瓜牛乳的冰果室老闆，停止了工作，轉頭盯著這一池盛開的紅蓮。我忽然覺得說不出的煩躁與憤怒。

啊！維持乾淨的靈魂，需要強韌的耐性。誘惑往往先從自己的內心發芽，然後再接受外來的灌溉。我們這時代的人最嚴重的病症，便是太過分的放開自己，完全交給外物去擺佈。我厭惡將聖潔當作自己人格的標語，那是一種相當拙劣的自欺方式。內心偶然萌生慾望的芽孽，並非就是罪惡，但假如你再毫不節制地接受外來的灌溉，那便是無可饒恕的墮落了。

我在恐懼什麼嗎？我在厭憎什麼嗎？過不久，我便要結婚了。「愛」與「慾」將被放置在天秤的兩端，用心啊！用心啊！當慾望這端向下沉落之時，腳下便是懺情的陷阱。維持它們的平衡，便維持了幸福。我們這時代，每日背著妻子，或背著丈夫，在痛飲「鴆酒」的人太多了。這便是我的恐懼與厭憎。或許，這也是許多人共有的心病吧！

我絕不希望我與惠子，其中有任何一人去舉起這杯「鴆酒」。

五月二十三日

惠子還是不來，我心惶惑更深。最後，我終於忍不住去找她。她的臉色非常平靜，一如浪濤平息之後的海面，安寧、舒朗而清新——這似乎已是最好的解釋了。我們都沒有再提起前些天的爭論。這會是另一個新的開始吧！

我們又習慣地走到那條長堤。平坦的柏油路面，被夕陽照成一條金黃色的毯子，毯子直延伸到一片矮樹叢中，盡頭是一塊低於堤面的廣場，周植著壯碩的鳳凰木，以供給濃厚的涼蔭。我該怎麼來形容那種寬敞、清冽、寧和的氛圍呢？這裡常有許多孩童歡樂地玩著遊戲。此刻，我們就坐在石椅上，看著一群孩童在擲球、踢毽子。他們跑著、跳著、笑著、鬧著。他們的快樂就這樣單純，用不著金錢去購取。我在想，不久我也會有孩子。男的或女的都可以，最好他們都有和母親同樣高挺的鼻子，和父親同樣明亮的眼睛。長大後，他們會唸最好的學校，建立另一個幸福的家庭……。

惠子也似乎陷入沉思中，不知道在想些什麼？一個小男孩追著他的皮球，氣喘喘地向我們這邊跑過來。突然不知被什麼絆了一跤，整個人向前擲了出去，重重地仆倒在地上，哇一聲，哭了出來。惠子奔過去，拉起孩子。在夕陽的餘暉中，我遠遠地看到那個孩子滿臉的血污。惠子俯下身去，用她的手絹輕輕擦拭孩子的面孔。

「我將來不想有孩子！」她的臉色變得很不安。

「爲什麼？」

「在這個隨時都會被人類毀滅掉的地球上，我怕將來看到孩子臉上的鮮血！」

啊！這是惠子敏感的恐懼吧！不會的，不會的，我的孩子一定能在這人類踩踏了幾萬年的衰老的地球上，平安地度過他的一生。他也是人，只要他不毀滅自己，誰會去毀滅他！

背著夕日走回去，晚風裡摻著七里香濃馥的味道。我們沉默地走著，各自想著許多事。我不知道即將結婚的人，是否都會碰到許多問題。但是，近來我們已不像當初相戀時那樣快樂了。結婚，最重要的陪嫁品恐怕就是「責任」與「衝突」吧！怎麼合力去扛舉這份責任，走到人生道路的盡頭；怎麼在不斷的衝突中，去調整彼此的步伐？這實在需要很大的寬容、堅執與耐心啊！我這樣想著，而惠子卻是怎麼想著呢？

當我們抬頭之時，便訝然地看到在前面不遠，一對年老的夫婦手挽著手，並肩而行。他們的步履緩慢、從容而和諧，輕聲地，不知在說些什麼！夕陽下，他們梳洗得很整潔的白髮微泛著銀亮的光澤。掠過鳳凰樹梢的晚風，在他們頭上飄灑著一片赤紅。啊！這是一幅多麼讓人感動的圖像！

明天，我們就得去選禮服。不管如何，先結婚再說吧！

——一九九一年八月・選自漢藝色研版《傳燈者》

一場空白的演出

爲了新婚之旅，買了一架照相機。妻非常高興。我知道，她想留住自己生命的年輪，就像一棵樹那樣認眞而有序地記載著生命每一階段的痕跡。

我從新亮的鏡頭中望見她。當時，她剛結束了少女的生活，就像一向演慣了「青春玉女」的演員新接了一齣「少婦」的戲碼，正認眞地、新奇地揣摩著劇情，而又生澀地羞怯地操演著初爲人妻的動作和表情。我就用這架新買的相機，攝下她初爲人妻的劇照。

一陣晨雨之後，初陽從林縫射落無數的光柱。鏡頭中，她穿著鮮紅色的短袖棉衫，白底團花的圓裙，看來成熟、美麗而快樂，臉上有一種被幸福染遍的光澤。她半側著身軀，端坐在一塊穩固的磐石上，身後森然羅列著千竿凝翠的修竹。她的臉色莊嚴，兩眼深邃地凝視著遠方——這就是將要與我共度一生的妻子，我堅定地按下快門。

「底片沒有裝妥吧！」走出照相館，望著沖洗出來，卻完全是空白的膠卷，我們都有些意外和沮喪。想到她在空白的鏡頭前，那樣認眞地表演，又不覺地好笑起來。

「表演了半天，沒想到竟是一場空白！」她憾惜地說。

「沒關係，雖然未曾留住什麼，但妳確已認眞地演出了。」我這樣安慰著她。

假如人生眞是一場戲，不管是否能留下任何劇照，總還是應該認眞地演出吧！

——一九九一年八月・選自漢藝色研版《傳燈者》

為我再理漂亮的光頭吧！

當我邁進肥胖的中年時，父親卻日漸瘦削，而步入多病的老年了。幾十年來，難得與他站在一起照了張相片，卻在胖瘦的對映中，印證了生命盛衰的更替，以及父親無怨的勞瘁。

他一直很木訥，甚少向我們說些甜蜜的話，只是默默地為我們工作著。我記得最深的是，小時候他常常一面輕吹著口哨，一面緊握著剃刀，沙沙聲中，替我和弟弟們理好漂亮的光頭。他只屢次地說：「把頭低下去，不要亂動！」

比起母親來，我們總覺得父親有些遙遠，有些陌生。直到前年，有段時日，他常鬧著腸胃，人也不斷消瘦著。照過大腸鏡，我陪他去取X光片。「爸爸，您在這邊等會兒吧！」我獨自走進檢驗室，檢驗師臉色有些凝重，說：「好像長了壞東西哦！」我的心忽然往下沉墜，透過落地窗，看到站在對街的父親；人車喧譁，他卻顯得那樣瘦弱而孤單。倏然間，淚水再也禁不住，感到父親根本是貼在我的心中，何曾遙遠與陌生！

幸好，醫生診斷他只是潰瘍性大腸炎。但他眞的那麼瘦削與衰老。我寧可自己不要這樣胖，還是一個瘦小的孩兒，坐在庭院裡，聽他輕吹口哨，沙沙剃刀聲中，爲我再理一個漂亮的光頭。

——一九九一年一月・選自九歌版《智慧就是太陽》

思舊賦

序曲

如果說，求新是一種善變的智慧，那麼，思舊便是一種忠實的情感。善變，能使人進步開展，但有時也可能併發「絕情」的病症。將掃把、垃圾桶、鍋刷，甚至壁紙、沙發換新的，應該不會被誰責怪吧！然而，如果連父母、兄弟、好友、妻子，也任意換新，即使不被指為瘋子，也得擔上「絕情」的罵名。這樣說來，我們的生命中總也該有些不宜新、不宜變的「舊貨」，讓我們生生世世去固持、去懷想吧！

活在這日日求新逐變的社會裡，總是經常有一種必須被迫得去丟棄什麼，也被什麼丟棄的戰慄；誰都不永遠屬於誰。在現代社會辭典中，已經翻查不到「永恆」這個詞彙了。在現代的家庭中，已不容再有那種鏤印著祖孫數代的手紋，澆灌著祖孫數代情感的物事了。摩登、流行，一切講求的就是新、新、新。一旦，即連那些不宜新的「舊貨」，也想求其新，那麼我們的存在，就將變成一紙必然會被換去的春聯。苟日新，日日新，又日新。這是現代人的幸或不幸，誰知道！你難道就不肯懷抱那些思舊的情誼嚒！

我並非固執守舊到不知求新逐變的人。然而，在生活中，我總喜歡去懷想一些早被光陰的激流淘盡顏色，甚至呑沒屍骨的物事。同樣的，我也喜歡那種肯懷舊的親友，因爲他們的心目中不會將我當作棄之而無憾的敝屣。

日子一天一天地過去，眼前的人色物態也不斷地換易。流水昨日，明月前身。我們無法讓什麼常住不遷，然而誰又能禁止我們對過去的懷想！

藥罏・母親

我已不能確實記清母親年輕時的種種模樣，也不很注意母親是什麼時候開始老去。在一個冬天的午後，爲了我的病，母親搭了老遠的車子，攜來幾味從祖父手上傳下來的草藥。

慵慵的，我斜躺在客廳的長沙發上，半閉著眼睛。朦朧的眼光投射過廚房的門口，我依稀看到母親削瘦的身影。從廚房後窗映進一片熠耀的陽光，浸沐在陽光中的母親，更顯露了她的蒼老。她剛健婀娜的身軀彷彿日漸在萎縮著，頭髮也日漸稀疏而枯乾。我有些怵然地睜開眼睛，更清楚地看見飄浮在陽光中的塵粒，忽現忽滅。

母親在廚房裡淘洗著藥草，淘洗著藥罐。曬乾的藥草，呈現一種古舊的黑褐色。陶製的藥罐，經過長久的熬煮，也展佈著細密的裂紋；這一切都讓人感到那樣的熟稔。洗完藥草、藥罐，然後扭開瓦斯爐，開始熬起藥來。母親熟練而專心地做這些事，彷彿在溫習著一些養兒育女的寶貴經驗。此刻，她除了擔憂我的疾病，或許更有一份身爲母親的重要感吧！兒子啊！不管你如何長大，我如何衰老，你總還是不可缺少母親的照顧哩！

「可惜，沒有泥罏，沒有炭火！」她在廚房嘆息著。

唔！藥草、藥罐、泥罏、炭火，再加上母親，這是一幅怎樣讓人懷想的圖像！我輕輕閉上眼，心靈展開想像的雙翼，彷彿飛回二十多年前，一個窮僻的小村莊。

我俯臥在床上，胸腹間緊墊著一疊老舊的棉被。劇烈的胃痛，使我緊咬著牙根，然而還是不斷地自牙縫迸出聲聲呻吟。床前，猶然年輕的母親半蹲半跪著，手上急促地搖動一把竹皮編成的扇子，將紅泥小火罏中的炭火搧得熊熊燃燒。罏上一只老舊的藥罐，烏黑的煙垢已累積了多少母親爲兒病而憂苦的歲月。

「就快好了，就快好了，忍著些！」母親更加急速搧著罏火，不時地抬起頭來，用焦慮的、溫柔的、關懷的眼神望著我。在蒸騰的煙灰中，我看見母親頰邊滾落的汗珠。

那個年代，我們村子裡只有兩個醫生。一個是祖傳數代的中醫，一個是到城鎮去當了幾年藥局生，學會打針配藥，就回來自己開業的西醫。他們都無照，但當時倒還不必祕密行醫。不管如何，他們是村民面臨病痛時僅僅能夠求助的對象。母親就在這樣的環境中，將她幾個多病的兒子養大。

直到今天，我還不明白那時候爲什麼會患了如此嚴重的胃病。大約相隔不到兩個月，便發作一次。那是一種穿胃裂腸的劇痛，而且一痛便好幾天，什麼東西也不能下肚，連藥都吐出來。母親憂急的到處求醫問神，聽到什麼方子，就滿懷希望地弄給我吃；即使再奇怪再稀罕的藥材，她也會想盡辦法去尋求。然而，一次希望之後，總是接著一次失望。而一次失望之後，她又再追索另一次希望。從來，她有的只是憂慮，只是關懷，只是奔走，而沒有厭煩，沒有漠視，沒有倦怠。

有時候，在整個村莊都已沉睡的深夜裡，我無助地呻吟著；才要打半個瞌睡的母親，又被驚醒，她把昏暗的臭油燈撚亮了些，坐在床緣，用一種彷彿向諸神哀告的眼神，默默地注視著我，右手則不停地在我的背上推拿。「我背你走走，也許會舒服些」，那時候我已小學，不算太輕的病軀，就壓在母親並非粗壯的背上；或許是母親給了我安全感，我竟然真的舒服多了。就這樣，一個憂苦的母親，背負著她兒子沉重的軀體，背負著她兒子纏綿的病疾，背負著憂愁，背負著苦難；在冷寂的夜裡，在昏黃的燈下，在床前的空地上，走了一圈又一圈，直到她兒子沉沉睡去。啊！假如當時，諸神能將我的病痛移轉給母親，她也會毫不猶豫地背負下來。

就這樣，我稚嫩而多疾的小小生命，便在母親不斷的憂慮與關懷，在母親一連串的希望與失望，在母親溫暖的背上，在煙灰蒸騰的藥罏邊，終於熬了過來，終於長成一個還算有用的人。

「藥煎好啦，喝下去吧！」

我霍然一驚，睜開眼睛，便看到母親站在面前，手上捧著一碗熱氣騰騰的藥汁。一時之間，竟有些恍惚，分不清是現在，或是那已逝去的童年。然而從母親滿佈皺紋的臉龐，稀疏而枯乾的頭髮，我才憬然而覺，這已是二十多年後的今天；在我又一次大病之時，母親猶然回到藥罏邊，熬出一碗融注了她的憂慮與關懷的藥汁。我凜然坐起，從母親手上接過藥碗；但我猶疑了片刻，沒有立即去喝它。我已經是一個裝滿了新知識、裝滿了科學觀念的現代人，再也不會毫無置疑地接受這樣古老而落伍的藥方——雖然我也未曾眞正地研究過它。

「喝下去吧！這是祖傳的祕方！幾代人都喝過它哩！」

唔！我一口一口，慢慢地呑嚥著，終至全部飲盡。我想，我一口口呑嚥下去的，都不是藥汁，而是一滴一滴對於祖先、對於依舊如昔的母愛的懷想吧！

如今，許許多多現代母親的新形象，就像時裝一樣地不斷展現著。但是，不管怎麼新，怎麼變，總該有她永恆不變、讓人常思常行的一面吧！就以我來說，儘管母親已經衰老，已經落伍，儘管我如何成爲一個求新逐變的現代人，但藥罏邊的母親，卻已在我心中凝成一幀永恆不變的圖像了。

茶杯・故友

向晚之時，我散步過幾條街巷，一個接著一個行人漠然地與我擦身而過，沒有說一聲「嘿！」或說一聲「嗨！」更沒有問一聲「吃飽飯了嗎？」或問一聲「要去那兒？」這是一個讓你走上千遍，也同樣覺得陌生的都城。

我順路去訪C，與他說些家常事。C喜歡穿長袍和唐裝，喜歡喝茶、聊天、聽歌和作詩。他喜歡一切比較古典、清雅、淳樸、閒適的品味與情趣。而他只不過四十多歲，不算老朽，還是能靜觀奇事異物的中年人。

他照常沏給我一杯文山包種清茶。茶杯是十年前在他家就常常用過的白瓷馬克杯，很普通，很家常，很不講究的茶具。但杯子外面那幅繪著十八世紀汽車的圖案，內面那片一直未曾洗清的深褐色茶垢，在我眼中心中，卻有一種很特殊、絕非偶然的過客所能體味得到的感覺，彷彿從這圖案和茶垢上，能夠辨認出許多品茗談笑的歲月。這樣說，坐在C的家裡，我寧可輕撫著這只普通而家常的馬克杯，而不願高擎著名貴的茶具哩！

談了一會兒話，C說一面喝著茶，一面聽幾首歌也不錯。他關掉當頭的大吊燈，打開昏黃柔和的壁燈。然後，搬出他的手提錄放音機，裝入一卷卡式錄音帶。錄音機仍是幾年前就見過的那架老舊而簡單的錄音機，錄音帶也是反覆聽過好多次的那卷錄音帶。周璇清脆嬌甜的歌聲，隨著單調樸拙的弦樂伴奏，從那架音效不太好的錄音機中，很平面地流瀉出來。他傾靠著沙發，把眼睛閉上，不再理睬我，彷彿已沉浸在歌聲中。

這樣的音響！這樣的歌曲！一切都那麼老舊，爲什麼不換換新穎的呢？這你就不懂，這你就不懂！我懂，我懂！我不只一次問這問題，C不只一次告訴我：他九歲離開南京，隨著父母親到臺灣來。臨走前幾天，母親還攜著他和哥哥到玄武湖去划船，看荷花。午後，岸上不遠的茶棚，不斷傳來周璇的歌聲。就是這樣平面的音效，單調樸拙的伴奏，清脆嬌甜的嗓音。啊！原來他不但用耳聽著歌曲，更用心聽著許許多多而今不再的往事。如此說來，這些在我聽來很簡陋的歌曲，對他而言，已非只是歌曲本身的悅不悅耳而已，其中更包含著他無以言宣的滄桑之情。啊！在他的耳中心中，還有比這更豐富、更動聽的歌曲嚒！他說我不懂，我是眞的不能與他一樣，從這歌聲中去咀嚼那份思舊的情味；我說我懂，我只能知解到他是一個很念舊的人。就像偶然在他家作客的人，無法體味到我輕撫著那只馬克杯的感覺。哦！你知道嗎？那是一種用自己的歲月，用自己的眞情去釀造的滋味，因此也只有自己才嚐得出來哪！

C眞眞是一個很念舊的人。有一次，我們同在南臺灣，得了一天空，他邀我一起回到他的故居——岡山的一個眷村。踏進眷村的大門口，水泥噴石子的門柱，已然斑駁著歲月的鏤痕。進門就是一列整齊的園圃，圍著空心磚砌成的矮欄。

「我和一群少年的玩伴，時常排排坐在這矮欄上，目送著紅單車去上學。」他摩搓著一塊粗糙的空心磚。

「什麼紅單車？」

「一個女孩子，騎著紅單車，我們就叫她紅單車。」

「哦！現在人呢？」

「早就兒女成群啦！」

從C的瞳孔中，我彷彿可以看到一幅圖像：一群理著三分平頭，臉上剛開始冒出青春痘的少年，排排坐在矮欄上。幾十隻眼睛一起從巷道那端，把「紅單車」接過來，然後又把「紅單車」送出大門口。接著，便七嘴八舌，用不久前才變粗的嗓子，發表個人的觀後感。而今啊！「紅單車」已兒女成群。這些傢伙呢？當然已各自成家，各處一方，幾年也謀不到一面了。

回到他家，C又帶我到後院去，在紅磚牆腳下，找到幾個已被幽草掩沒的圓形窟窿。他告訴我，高中時代，常和幾個伙伴在這裡擲鉛球。那時，他們還為了爭論誰比較像「聞雞起舞」的祖逖，而吵了幾次嘴。結論是誰比較像？當然是我！C抬起他還頗粗大而肌肉卻已鬆弛的臂膀，作出投鉛球狀。四十多歲，甚肥胖的軀體，在斜陽中，約略還有當年的三分英姿吧！而那幾個爭著當祖逖的伙伴呢？究竟在那行那業著了先鞭？

C就是這樣喜歡懷舊。許多往事、舊物、故人，他都不輕易捨棄。十多年了，我一直在他家進進出出，一直端著那只白瓷馬克杯，一直聽著那架老舊的錄音機。不管我得意也好，失意也好，有錢也好，沒錢也好，用得著也好，用不著也好，他都待我如文山包種茶，清澄、爽快、芬芳；而逐漸地，我竟也成爲他懷舊的一部分了。

夜漸深，他從周璇的歌聲中，從玄武湖的荷花中，魂兮歸來。我告辭回家，他提著一袋垃圾，陪我走到巷口。他把垃圾丟進箱中。哦！這樣一個人，應然不會將朋友當作垃圾一般地丟棄啊！

走過夜市，在燈火照燭之下，許多人正熱烈地猜著拳，喝著酒，吃著肉，論著交情。從很古老的時代開始，就有許多朋友們在這種地方認識，在這種地方鬧翻，在這種地方彼此出賣。或許，今天晚上，在這塊小小的夜市，就會有人爲了酒資分攤不均，爲了對方不肯痛快乾杯，爲了一句不順耳的話，爲了借錢不成，爲了……而用拳用刀破碎多年的交情哩！有時候，你不能不覺得，人與人之間，愈來愈像浮雲，愈像泥沙，愈像波瀾，愈像皮鞋，愈像霓虹燈，總是那樣飄浮、疏離，翻覆，破舊就摔，粧點華麗卻又閃爍不定。然而，人際間，不管怎麼趨新，怎麼善變；我還是確信，你我之間總該有其不變，而讓我們永生去固持、去懷想的一面吧！只是，你有這個心嗎？

湯匙・妻子

一枝不鏽鋼湯匙，橢圓形的匙杓，修長的匙柄，柄上鑄印著麥穗的圖案。這是一枝從五金店，幾塊錢就可以買到，很平凡、很日用的湯匙。

這些天，妻一直在找尋這樣的一枝湯匙。她認眞地翻遍了廚房裡所有的櫃子，卻仍然沒有找到。她沉暗著臉色，似乎有些惆悵，有些氣惱。

「掉了，再買一把呀！」

「不一樣，它已經跟了我十多年，嫁來你家時，我還捨不得丟掉它，便一起帶過來。是誰拿走了它？」

「唔！它竟然還是妳的陪嫁品哩！」

我一直沒有注意到這枝湯匙是什麼時候出現在我家，因爲它是那樣的平凡，那樣的不惹眼，隨時可以丟棄，更隨時可以再買啊！妻也一直沒有說過它的來歷，但我如今倒憶得她似乎特別鍾愛這枝湯匙，總時常派它上飯桌；用罷，立刻洗滌，收妥在碗櫥的抽屜裡。啊！原來，這還是陪著她成長，隨著她出嫁的舊物。說不定，將來還要讓它陪著女兒成長，陪著女兒出嫁哩！

它怎麼會讓妳這樣地鍾愛？這你是不明白的！就像所有被收藏、被懷想的舊物一樣，總是刻鏤著一段小小的故事：高中時代，她為了上學帶飯包，便到五金行去選購湯匙，第一眼就喜歡了匙柄上麥穗的圖案；那使她想起《聖經》「路得記」中拾穗的女人。老婦人「拿俄米」失去了兩個兒子後，決定獨自從旅居的「摩押」，回到故鄉「以法他」。她的兩個媳婦是摩押的女子，是猶太人眼中的外邦人，如果隨她回以法他，將會受到鄙視和欺侮。她嚴厲地命她們離開她，各自去改嫁。大媳婦「俄珥巴」含淚地走了；二媳婦「路得」卻堅持不肯捨棄婆婆。她說：「不要催我離開您。我已經下定決心，您往那裡去，我也往那裡去，你住在那裡，我便住在那裡……您死在那裡，我也死在那裡，葬在那裡！」終於，她跟隨著婆婆回到以法他，即使受到當地人的歧視與羞辱，她也能忍受。她只默默地、勤苦地在麥田中，撿拾人們收成剩下的麥穗，回家供養婆婆。哦！多感人的故事，多念舊的女子。金黃而飽滿的麥穗，就像路得內心聖潔豐實的眞情；就為了麥穗，就為了這個故事，她遂決定買下這枝湯匙，並且永遠去珍惜它。

妻也是一個十分念舊的女人。她從不任意唾棄自己所曾寶愛過的人或物。祖母去世了，她從將被丟棄的遺物中，撿回一只錫鑄的針線盒、一把拂塵、一柄葵扇。雕鏤著牡丹花的盒蓋，一層暗灰的塵垢，累積著祖母多少縫縫補補的歲月。拂塵是用馬尾編成的，當年祖母常用它來替自己的母親驅趕紗帳中的蚊子，但如今早已脫毛得疏疏落落了。而葵扇則是祖母親手裁製的，在古老的夏夜裡，她曾用它將膝前的小兒幼孫們搧入夢鄉。手把上的汗垢，還記錄著她愛撫兒孫的辛勞哩！這樣的東西，雖不值錢，但教我怎能丟得掉呢！妻如是云云。

去年的秋天，我們又回到鳳林山下那座古老的庭園，那是妻的娘家。走到門前不遠的橋上，透過檳榔林條條的間隙，就可望見那幢在風雨中站立了幾十年的老屋。屋頂上的黑瓦，雖已更換過兩次，但依然盤據著一片一片的青苔。上等檜木的板壁，沒有塗過漆，樸實地袒露著它的本來面目，但也早已不復舊時顏色了。

妻非常喜歡這個生於斯長於斯的家園。站在每一寸的土地上，她都可以聽到往日自己的哭，自己的笑。

那一日，我們相偕到祖父和祖母的墳上，去洗刷墓碑上的苔痕，修剪墓垤上的雜草。在初起的朝陽中，妻彎著腰，正在拔除幾棵已經結穗的狗尾草。她穿著一襲米黃色的長袖襯衫，胸前的蝴蝶結帶柔軟地垂落下來。唔！她今天怎麼會穿出這件衣服呢？記得她第一次與我約會時，就是穿著這襲襯衫，在暮色中，穿過一片寬闊的草坪，向我盈盈地走來。

「今天什麼日子，記得嗎？」

「啊！啊……是我們結婚三周年的紀念日。」

「中午，媽媽將爲我們準備慶祝的餐點。」

她繼續拔著草，蝴蝶結帶靜靜地垂掛在她胸前。我看不到她斗笠下的臉龐，但猜想此刻她一定在笑著。在亮麗的陽光中，她彎著腰，手牽長長的草穗，竟彷彿米勒畫中那個路得拾穗的姿勢。

妻眞眞這樣喜歡念舊，在她心中，對人對事對物，總有許多恆定不變的固持。這些天，爲了那枝鑄印著麥穗圖案的湯匙，我看得出她的惆悵和氣惱。

「小妹，妳有沒有拿走一枝不鏽鋼湯匙，柄上印著麥穗圖案。」最後，她詢問了寄居家中的妹妹。

「有，我拿去帶便當用。」

「啊！那好，那好。明天，我換枝新的給妳。」

「唔？」小妹有些訝異和不解。

她當然不明白，她當然不明白。我望著妻那已掃去惆悵和氣惱的笑臉，忽然也有些想笑。「我眞希望自己就是那枝湯匙」，我終於大笑著說。

「爲什麼？」小妹疑惑更深了。

在這樣的時代中，王寶釧的故事，釵頭鳳的傳說，早已成爲腐朽的笑料了。走在街坊，若果你還跟得上時代，就應該淡然地目送一個昨日才與你分手的情侶，黏著另一個陌生的背影，走入發色鋁門的咖啡屋中。對於不斷更新街頭合影的伴侶，我們眞是越看越習慣了。然而，我還是相信，總該有一種不變的因素，讓人們倆倆相依去攝下一幀照片，放在篋笥之中，直到發黃，仍然不改他們莊嚴、眞誠的面目！

餘音

我無意於抱著破舊的古琴，對著日新月異的時代，去高彈不入時人之耳的古調。我清楚地知道，變，是歷史演進的必然，但我更清楚地知道，不變，是宇宙恆存的當然。先能守常，然後才能眞正地通變啊！

不管我們如何隨著時代改變，在我們親子之間，朋友之間，夫妻之間，以及更多的其他人之間，總該有些什麼恆常不變的東西，讓我們生生世世去固持、去懷想吧！藥罏可以不再是藥罏，馬克杯可以不再是馬克杯，湯匙可以不再是湯匙；然而，母親猶然是母親，朋友猶然是朋友，妻子猶然是妻子。在我成爲他們思舊的一部分時，他們當然也已成爲我永生的繫念了。我就是如此喜歡懷舊，也喜歡肯於懷舊的朋友；那會使我們能彼此恆定地擁有。

站在埂上，有日日被拔除的雜草；站在樹下，有日日被掃去的落葉；站在灘頭，有日日被流失的泥沙；站在巷口，有日日被傾棄的垃圾；站在街邊，有日日被變換的時裝；站在墳間，有日日被掩埋的生命。啊！一切逝去者的跫音，彷彿千足萬腳，接踵地奔向沉沉的歷史，奔向茫茫的宇宙；然而，寥天啊！吾生之父；大地啊！吾生之母。從古至今，自今而後，您們都始終不變地包覆著、承載著這些蠕蠕的眾生。仰望您，俯瞰您，我們是應該相信，在我們生命之中，總有足可永恆的物事啊！

——一九八九年十一月・選自漢藝色研版《手拿奶瓶的男人》

圍牆

我於客廳望見妻子隔著庭院圍牆，正與鄰居男人說話，狀甚親切。圍牆高僅及腰，以空心磚砌就，圬以水泥，再刷上油漆。

這樣的景況，年來實頗常見，或然，妻子也曾於客廳如斯望見我與鄰居女人隔牆聊天吧！

圍牆高僅及腰，似乎兩家人想避面都不行。左鄰姓李，有子約六歲，正與我兒相彷彿。他們經常從牆端冒出兩個小腦袋，鼻子頂著鼻子，眼珠瞪著眼珠，或胡謅，或爭吵，或交換玩具。右鄰姓蘇，子女尚幼。我兒近來剛學會爬牆，頗自鳴得意，每見蘇家有人出到庭院，便蹬上牆頭，高舉雙手叫喊：「叔叔好」、「阿姨好」！

如此圍牆，除了標示兩家地界，宣佈彼此財產範圍之外，實在隔不住什麼。

「圍牆太矮，最少要高出男人一個頭呀！」

我把內心的不安從嘴巴擠出來。建商是個鄉下的歐吉桑，他有些疑惑的望著我。那時，我在台北住了三十餘年，正打算搬到花蓮這個鄉村。

許多年來，心中始終有一堵很高的圍牆；我站在牆的這一面，另一面卻有好幾隻眼睛，其光閃爍，每欲穿牆而過。

心中這堵牆起造於何時？由於不知不覺，故無復記憶。但大約是三十多年前，從嘉義鄉間移居台北許久之後吧！

回顧起來，我童年的鄉間並沒有什麼圍牆，印象裡到處杈枒著疏落的籬笆，高約及胸，別說滿園春色關不住，就連桑椹與土芭樂都紛紛越籬而出，隨孩童們攀採哩！至於老少男女隔籬呼喚、閒聊，或借米借鹽，實為家常景象。

唯一的高牆就在村南，緊緊圍住有錢的柯大戶，噴洗灰色細石，鐵門紅漆。聽說牆內畜有狼犬，甚為兇惡。當時，柯家孩子很少和我們玩在一塊兒。片牆之隔，恍若不屬於吾村的「另個世界」，於今思之，那種感覺仍甚怪異。

後來移居台北，很驚訝的發現，其高更甚於柯家的圍牆到處都是，並且牆頭鑲嵌著破碎的玻璃瓶，彷彿千百隻狼犬張牙待噬。每戶人家都是「另個世界」，而行過牆外者，好像是走在世界邊緣的陌生人。

我曾住過一條巷子，兩邊是四層樓公寓。一樓庭院圍牆高不可攀，紅漆鐵門鎮日深鎖。

尤其巷尾那戶人家，不知所事何種行業，遷入半年，猶未曾照面。某星期日早上，陽光很是熠耀，我牽著小女兒散步去，經過巷尾那戶人家的牆下，黃槐頗不甘寂寞的踰牆而出，鮮黃的小蕊綴滿翠綠的枝椏。有一隻金龜子正小憩葉蔭之間，「我要，我要」，小女兒指著那隻蟲子。我以搶籃板球的姿勢，騰身而起，連枝帶葉夾著金龜子，手到擒來；正自得意間，牆端卻迸出一顆碩大的腦袋，平頭短髮，目如火炬，暴喝一聲：「幹啥！」吾女為之驚嚇大哭。

其後，窄巷相逢數次，總是漠然擦肩而過，始終不知彼此名姓。某日傍晚，眾聲喧譁，「巷尾人家，白日遭竊」，聽說有鄰婦瞥見一中年男子翻牆而入，她以為是屋主忘帶鑰匙；而且那是「另個世界」的事，誰都無由去過問呀！

我心中的圍牆就這樣一天一天的加高起來。吾雖愛吾廬；然而，從鄰人的瞳孔中，我彷彿看到「吾廬」對他們而言，亦是不可踰越的「另個世界」。

如今，我攜著這堵高牆移家花蓮鄉下。「圍牆太矮」，但是這個從沒有住過城市的建築商，似乎看不到我心中的那堵牆，因此並沒有理會我的抗議。

移家之初，日夜為這矮牆而惴慄，那種感覺恍若衣不蔽體，被人窺伺無遺。尤其深宵後，躺在二樓臥室，我的心眼越過窗戶，穿透夜幕，而落在庭院間，便赫然看見黑影幢幢翻牆而來。我為之輾轉反側，久久不能入眠。直到感受翻牆而來的不是幢幢黑影，而是左鄰右舍的郁郁之情，那樣的惴慄才逐漸冰釋。

李家夫妻皆爲人師。蘇家則男爲軍官，女爲護士。他們雖不多金，卻饒情義。每日，在庭院中，我們總會隔著矮牆相見數次。而相見都是不期然，或澆花，或洗車，或掃除，或同時自外歸來……，相見便很自然的隔牆閒話家常。至於彼此有什麼東西分享，只須靠著牆邊呼喚幾聲就行了。而最快樂的是這幾個小傢伙，彷彿是三家牧場合養的羊兒，從此圈鑽到彼圈，終不分彼此矣。

「這圍牆好像多餘了吧！」的確，如此圍牆除了標示兩家地界，宣佈彼此財產範圍之外，實在隔不住什麼。

近來，我們正在商議把圍牆拆掉，改設一條可坐可臥，可以輕易跨越的長板凳。從此，我們將不必化作蝴蝶，就能在三家庭院花樹間自由穿飛。

我清楚的看到，心中那堵高牆正如烈陽下的冰塊，逐漸在消溶。而「另個世界」似乎也已模糊了邊疆。這些天，我一直在懸想著：不必按電鈴，便可以串門子；只要在庭院邂逅，「嗨！您好」，然後隨意往長板凳一坐，就開始「天南地北」起來。

——一九九八年八月・選自躍昇版《聖誕老人與虎姑婆》

你是你自己

木末芙蓉花，山中發紅萼。
澗户寂無人，紛紛開且落。

——王維．辛夷塢

噢！賽凡，此刻你正在做些什麼呢？

你說，你最怕見人，熱鬧的場所，你是不會去的了。你總是冷酷地陷自己於孤獨，很可能又鎖在閣樓上，那低矮昏暗的自囚室哪！洞簫一遍又一遍地吹奏著「荒城之月」，直到嘴肌瘦硬，口水從洞簫的底孔滴淌出來。唉！「痛苦也是一種享受」，其實當你向我這樣說的時候，我從你的臉上眞的看不出什麼享受的滋味。你爲什麼一定要裝飾自己呢？

前日，你姊姊來，說到你十二月一日又鬧了一場脾氣。你也無須責怪姊姊多嘴，她眞的用焦慮、憂傷的語氣，與我談起你。你當然知道她會說到那些事。賽凡，我知道狄南是你最好的朋友。你將他的婚禮看得比自己結婚還重要，我也能體會；但是，你覺得自己寒酸，沒有一套夠體面的禮服，好去參加婚宴，因而大鬧情緒，把一件父親剛買給你的夾克剪爛；這卻讓人難以消受了。你父親是窮、是不夠給你光彩；然而，他所給你的可能比任何有錢的父親所給他兒子的還要多；因爲，有錢的父親給他兒子的或許只是千萬分之一，而你父親給你的卻幾乎是全部。我不知道，你是用什麼樣的心情去剪爛這份豐實的父愛！

噢！賽凡，假如你眞是誠心去爲狄南祝福；那麼，即使你赤裸地走上前去，也沒有人會認爲你是瘋子。難道你眞是想像自己穿著體面的禮服走進鬧轟轟的禮堂時，所有的人都會把眼光從那對正等待祝福的新人身上移開，而投射到你身上來嗎？因此，你才要那麼刻意地裝飾自己，以贏得別人的一顧！噢！賽凡，不管你會怎麼咒罵我，我已不能不殘忍地剖開你的心，你那裡眞是誠心要爲狄南祝福，你只是想藉他的婚禮作爲舞臺，然後讓自己去扮演小生，希望贏得掌聲而「爲人作態」！你爲什麼總是活在別人的眼光中？假如眼光眞可以殺人，那麼第一個被殺的必定就是你！

噢！賽凡，不要以爲全世界的人都等著要瞧你。我這樣說，也許會更加使你覺得被漠視；然而，你是否細細想過，每日在街坊上迎面擦肩而過的人們，誰曾記得誰呢？當你聳著肩、縮著脖子，兩手插在口袋裡（這是你慣有的姿勢，不是嗎），穿過西門鬧市，你又記得誰呢？不要覺得這個世界淡漠，淡漠有時候是另一種自在，而熱切也可能會讓人窒息。聽說以前有個漂亮的男人，名叫「衛玠」，走到任何地方，都有成群的觀眾熱切地圍觀。有一回他被擠出病來，而且一病不起。他就是這樣被「看殺」了；然而，像「衛玠」這樣引人注目者究竟並不多。我相信他在千百隻眼睛的交射中，除了受矚目的愉悅之外，應該另有一種不得自在的痛苦吧！我眞的很喜歡在人潮中，像一滴水珠自由地流動著。想想，魚相忘於江湖，鳥相忘於雲空，不也是一種彼此了無掛礙的況味嗎？

噢！賽凡，眞的不要總以爲全世界的人都等著瞧你，很多投向你的眼光，或許只是爲了看你身後兩隻當街交媾的野狗。假如，我們還能輕鬆地活下去，至少有一部分的理由是因爲我們不被關心！當你開始懂得在熱鬧的人群中，自在地享受孤獨，你便不必再刻意去囚禁自己、製造孤獨了；更不必一走進人群裡，就想到如何「爲人作態」。

噢！賽凡，你知道，演員最在乎別人的眼光；他們的工作便是「爲人作態」。舞臺下觀眾的多少、掌聲的多少、獎賞的多少，都可以影響到他們表演的情緒；但你看過沒有觀眾的表演嗎？

在一個迷濛著陰雨的寒夜，我偶然走過鎭郊一座「萬應祠」前，廣場上正在表演酬神的野臺戲。相信嗎？戲臺前竟然連一個觀眾都沒有。在野臺歌仔戲已完全被冷落的今天，如此寒夜，誰不躲在家裡看電視！誰願意撐著雨傘，在刮臉的酸風中，站著看一場戲！

我就是因爲看到沒有觀眾，才突然發生興趣，想看看他們怎麼表演下去。戲臺上那個飾演李三娘的苦旦，揮著鞭子正在教訓頑皮的兒子。她用哽咽的聲音唱著你娘磨房辛苦產下了你，唱著你爹從軍一去不再回，唱著你這般頑劣怎堪寄以希望。在哀淒的胡琴伴奏聲中，那個厚粉都掩不住臉上皺紋的苦旦，兩掛淚水竟沿腮流瀉了下來。我看戲從來都不曾像此刻這樣感動。不只是因爲劇情的哀怨，更因爲一場沒有觀眾卻又這樣認眞的表演。我知道，她們爲了生活而不得不演出沒有人看的戲。然而，當她們走出戲臺，當胡琴聲響起，她們卻已渾然忘去了自己，忘去了臺下是不是有人鼓掌，而化身爲李三娘、樊梨花、孟姜女、祝英臺……。啊！即使這世界已死寂，也應當還有諸神在喝采吧！

噢！賽凡，你生長在一個窮苦的家庭，父親做著粗工，勉強養活一家人。從小，你就老是穿破舊而不合身的衣褲上學。記得你向我說過，有一次你穿的短褲，屁股上破了一個洞。班上的小女生指著破洞譏笑你。你羞憤地把一個聲音最尖銳的女生揍哭了。你還說，中午吃便當時，你不敢完全掀開盒蓋，總是遮遮掩掩，因爲便當裡沒有紅燒排骨、滷蛋或香腸……。噢！賽凡，這也不能怪你。你那時還小，怕別人瞧不起你，這毋寧是一個孩子常有的心理。然而，現在你已長大了呀！可以不必再活在別人的眼光裡了呀！

賽凡，你聽說過一個小故事嗎？孔子有個學生，叫作「子路」，就是那個講話很爽快，惹得孔子罵他「粗野」的大男孩。你記得吧！他也很窮，平常都穿著破舊的衣袍；但是他站在紈袴華服的人群中，卻昂昂然，一副很神氣的模樣。你知道他為什麼能這樣嗎？因為他已能從內在去認識自己、肯定自己、相信自己。所以，他可以不去理會外表，不去追求別人虛浮不實的品評。你說他很體面，他是子路；你說他不體面，他仍然是子路。子路之所以為子路，絕不是因為穿了一套光鮮的衣服，更不是因為別人幾聲廉價的讚賞。

噢！賽凡，我還能告訴你什麼呢？此時，你在怎樣想？怎樣做？我想到的倒是在公園裡被修剪得整整齊齊，日日「為人作態」的花木，同時又想到那生長在荒山野嶺，自在地開開落落的花木；那眞是兩種生命況味的對比呀！詩人，若果你眞有靈，今夜，請在夢中攜著賽凡到你的「辛夷塢」去，靜靜地觀看那「澗戶寂無人，紛紛開且落」的辛夷花。噢！賽凡，夢中醒來，你又會怎麼想、怎麼做呢？千言萬語，其實我要告訴你的也只有一句話：

「你是你自己，不必為人作態！」

——一九八九年十一月．選自漢藝色研版《手拿奶瓶的男人》

遠與近

妻說，今天上午在街坊間，與D君錯車而過。D君是我的好朋友。她彷彿看到D君右手握著方向盤，左手拿著「大哥大」，嘴巴像游魚浮在水面開合呼吸，正向某個遠方傳送他的心聲吧！

一手方向盤，一手電話機；什麼時候，D君已是這樣徹頭徹尾的現代人了。「天涯若比鄰」，想必他因此而經常與某些人，在聲音的世界中，享受著這種「雖遠而近」的情趣吧！

D君是我的好朋友，與我同住H市，相隔幾條街道；但是，不見他，卻已將近兩年。沒有聽到他的聲音，也有同樣長久的日子了。我是D君的好朋友，但未必是他最需要通話的人。人，到了某種年紀，情誼便只適合封藏在古雅的陶甕裡；等到實在非常空閒時，再取出來品嚐它的醇度，彼此大笑著說：「你還是我最愛的一罈老酒。」

四年前，當我還住在繁鬧的T市，與住在H市的D君相隔好幾座山好幾彎水好幾段橋好幾條路。然而，每年總是藉著陪妻歸寧之便，至少和D君見兩回面；甚至到他家小住三日，杯盞間，徹夜暢談。自從我移居H市，與D君相隔數街，沒想到卻反而兩年難得一見了。

我曾經跋涉千山萬水，去欣賞只能過眼的櫻花；卻從不在意鄰牆沉默地探出枝葉的台灣山茶。

在T市，我住了許多年。那時候，C君就住在隔街的隔街，走路只要三分鐘，便可以敲門閒聊。然而，我與C君卻經常一年見不到一次面。有事，就在聲音的世界裡交通；事情說清楚了，便各自暫時把對方封藏起來。

幾次，我路過C君的家門，仰望樓窗燦亮地流瀉而出的燈影，伸手很想按下門鈴，卻隨又縮了回來。C君是我的好朋友，此刻卻不是我最需要談話的人。等我空閒的時候，再與他一起品嚐情誼的醇度吧！

他總是在那裡！一株沉默地佇立的台灣山茶。

就這樣，我與C君竟然將近三年沒有見面。某日，午後，他的妻子在電話的那一端告訴我：「昨夜，大雨，C車禍慘死！」雖然，她繼續在聲音的世界中，彷彿貼近我的耳朵，訴說著車禍的經過；但我卻已乍然跌入無邊的靜寂中。C之影像與種種往事也恍若邈不可及，而他其實就住在我家隔街的隔街。

如今，我在H市。D是我的好朋友，但我只是聽說他一手方向盤，一手電話機，在聲音的世界中，正與某些人享受著「天涯若比鄰」的情趣。而我是他的好朋友，卻不是他最需要通話的人。

那株在鄰牆沉默地伸出枝葉的台灣山茶，會一直佇立著，等待我天涯賞花歸來嗎？在這人人一手方向盤、一手電話機的世界中，我們已無法從聲音去丈量人與人之間的遠近了。

——二〇〇〇年三月・選自麥田版《上帝也得打卡》

小飯桶與小飯囚

那日午後，我們一家人走過市場的角落；一個臉皮黝黑的婦人蹲坐在地上，面前擺著兩只籮筐；妻突然眼睛發亮，叫著說：「呀！田螺。」她俯頭看看跟在身旁的一對兒女，毫不討價還價的就買了二斤。

「我要煮給默默和圈圈吃，很有趣哦！讓他們用牙籤一顆一顆挑肉出來，有趣極了。」妻開始愉悅的訴說著，小時候沒有許多零嘴好吃，經常盼望的是，祖母煮鍋田螺，孩子們人手一盤，排坐在屋簷下，用牙籤挑出螺肉，一顆一口，「你知道那有多美嗎？」她彷彿經歷三十年還餘味猶存的舔舔嘴巴。

然而，一九九四年夏天，那日的傍晚，女兒默默與兒子圈圈並坐在飯桌邊，十多分鐘過去了，一盤田螺卻只被吃掉了幾個。「好吃，捨不得吃嗎？」妻等待著他們的回答：「對呀！」但是，孩子卻苦著臉，說：「媽，我們可以不吃了嗎？」

我看到妻的眼神，先是驚詫，繼而失望，最後則是一片惘然。「假如是漢堡、薯條，你們可就吃得高興了吧！」妻有些無奈的嗔責，孩子卻嘻皮笑臉的說：「對呀！」

我們對看一眼，搖搖頭，沉默的把一大盤田螺吃完，的確猶有童年的餘味。「時代眞變得離譜了」，妻恍然從懷舊夢中醒來。

其實，我早就從飯桌上的「罵聲」中，驚覺到時代變了。自孩子懂得拿筷子吃飯開始，便時常聽到或出自於妻或出自於我的「罵聲」：

「這樣也不吃，那樣也不吃，你們究竟要吃什麼！」

孩子們對著滿桌飯菜，卻皺著眉頭，哀求說：「再吃一口就好，可以嗎？」我忽然覺得他們眞像一對小囚徒，被監禁在用飯菜砌成的牢獄中，不知該如何脫困。「罷了，小飯囚，去玩吧！」他們如逢大赦的逃離飯桌。

瞪著這對「小飯囚」的背影，我的瞳孔突然閃過另一幅雖已陳舊卻猶然清晰的圖像；讓時間倒回一九五〇年代吧！場景也全然與現在不同，沒有漂亮潔淨的餐廳，沒有古雅的柚木飯桌，當然也沒有色香撩人的菜餚。九〇年代的「小飯囚」們根本無法想像那時候飯桌上的情景——瓜棚下擺著一條長板凳，凳面擺著一鍋彷彿蚯蚓糾結的番薯籤撈飯，鍋邊擺著一碗公的醬燒魚，凳旁列坐著一家七口人。穿短褲、裸露上身的父親，背脊很像炭烤的魷魚，他正嚴肅的瞪著蠢蠢欲動的孩子們。母親比較和藹，滿是汗漬的臉龐，剛走出廚房，還黏著斑駁的草灰；她微笑著說：「眞像一群餓鬼。」五個小傢伙，四顆光頭，一顆西瓜皮頭，臉上共同的特色是，汗珠和著泥粉渲染出一幅「平林漠漠煙如織」的水墨畫。其間兩泓秋水，天光反照，正炯炯然射向凳上的那碗醬燒魚。

「眼珠別瞪了，吃吧！」父親終於開口。

二弟起筷如飛，搶到兩尾最肥大的鯽魚。大哥、四弟身手也不錯，各有收穫。三妹在母親的幫助下，還不致空碗。但弱小的么弟筷子只伸了一半，碗裡便只剩醬湯以及一些零碎的魚肉了。他兩眼一紅，哇的哭出來。公正的父親猛瞪二弟，他只好乖乖的讓出一條魚。

「連死人骨頭都啃下去，唉！這群小飯桶。」父親總是這樣喟然的罵著。

從一九五〇到一九九〇，當年「筷法如神」的「小飯桶」們都已做了父親。吃飯的地方，從瓜棚移到裝潢得很漂亮的餐廳，長板凳換成匠心設計的柚木桌子。桌上擺的是當年不容易吃到的白米飯，以及好幾道烹調精緻的菜餚。然而，罵聲卻由「小飯桶」變成「小飯囚」哩！

我知道，那個年代，母親最大的快樂是，看著「小飯桶」們筷影交錯，碗盤如洗。而最大的煩惱則是，要如何弄到更多的米菜，才能塡滿這一口一口彷彿無底的飯桶！這個年代，我知道，妻最大的煩惱卻是，究竟要變出什麼花樣，才能讓這對「小飯囚」高興的伸出筷子。而她最大的快樂，也就是小傢伙們不再把餐廳當做牢獄！

我曾經是「小飯桶」中的佼佼者，當然明白，在匱乏裡，只有好好的運用自己的腦筋和手腳，才能掙到快樂。而快樂卻往往被藏在一座鎖著許多道鐵門的城堡中，我們總是興趣盎然的找尋開門的鑰匙。而今，「小飯囚」們還沒動腦筋，伸手腳，就已經有人把「快樂」盛在盤中，端到面前來。但是，他們卻搖搖頭說：「夠膩了！」然則，再問他們：「你究竟想要什麼？」他們還是搖搖頭說：「我也不知道呀！」

其實，當年「小飯桶」們很嚮往能過著像「小飯囚」那樣的生活，要什麼就有什麼。但是，他們卻無法一步跨越幾十年的歲月。如今，他們所嚮往的生活，已經眞的擺在「小飯囚」們面前了，而「小飯囚」們卻似乎並沒有過得比「小飯桶」快樂。這不禁讓人迷惘起來，「快樂」究竟是個什麼滑溜溜的東西，要如何才能抓住呢？

時代的演變，其實就是人們捕捉「快樂」而向前奔馳的足跡。「快樂」是在「匱乏」中追求到「豐足」的那種感覺。當人們盲目的向前狂奔，闖入一片豐足之地，卻遺忘了曾經匱乏的滋味；那麼，豐足所帶來的便只是饜膩之後的反胃罷了。

假如可能，我應該讓「小飯囚」們飢餓三日；然後再煮一盤田螺，看他們是否也「筷法如神」。時代再這樣的變下去，這種情形或許會成爲眞實，而不僅是「假如可能」。問題是：「小飯囚」們會這樣覺得嗎？

——一九九八年八月・選自躍昇版《聖誕老人與虎姑婆》

吾兒，在無邊的空曠中與我相遇

面對吾兒，那幼小的生命，我曾經有一種想笑、想生氣而又想哭的感覺。

吾兒，我們喚他乳名爲「圈圈」。年方六齡，開始揹著比他背部還寬大的書包去上學。他很高興，因爲有好多小朋友可以一起玩；雖然到現在，他還是沒有弄清那些小朋友的名字。我想，在孩子的世界中，「名字」其實一點都不重要。

吾兒圈圈竟然已經揹起書包上學去，我是有些不肯相信這事實。在印象裡，他穿著一條白色背心、淺藍的三角短褲，正從客廳的彼端蠕蠕地爬行過來。當記憶的匣子還來不及把這張照片換掉，而他就已經揹起書包要去上學了；但我總覺得，他還是在渾沌中蠕蠕爬動的小生命。

近午，我到學校去接他回家。吾兒圈圈卻不在教室前面等待排路隊。四處找尋，仍不見蹤影。

白日朗朗，操場因此格外顯得空闊，彷彿沒有邊際的曠野。孩子們已排好路隊。訓導主任則正刺耳地說著大堆話。我站在一棵麵包樹下，從人群裡搜尋吾兒，他被喚作「圈圈」。圈圈竟不見蹤影；雖人聲喧譁，眼前的世界卻變得一片荒寂，只有白日朗朗照著無邊的空曠。

我轉身焦慮地預計離去，卻突然看見：一個孩子正從操場的邊緣踽踽向中間走來。白色上衣、藍色短褲，揹著比背部還寬大的書包。如此制式的模樣與所有孩子無別，唯一不同的是：他把橘黃色的鴨舌帽倒過來戴，讓帽簷不至於遮住臉上的陽光。

眼前這世界恍然又熱絡了起來。我發現他的同時，他也看見了我。吾兒，就在操場無邊的空曠中與我相遇。他的臉頰上是汗水與泥巴調成的風景畫，兩串乳白色的鼻涕便是由石穴湧出的流泉。吾兒渾然不覺周遭喧譁的世界，只是燦開笑容，仰臉呼喊著：「爸爸！」

我好想笑，但突然又有些生氣起來，大聲責問：

「你跑去哪裡？讓爸爸找不到！」

「我到那邊去看蝸牛呀！」他指著操場東面，那是一排扶桑花圍就的矮籬，籬外另是一個田野的世界。

「你怎麼沒有跟大家一起乖乖的排路隊？」

「爸爸，什麼是路隊？」他一臉茫然。

我的氣乍然消洩無遺，俯身凝視這個還在渾沌中蠕蠕爬動的小生命。此刻，他正揹著沉重的書包，倒戴鴨舌帽，渺小的身軀孤獨地站在操場無邊的空曠中。他似乎渾然不覺，十幾公尺外，正有一群一群的孩子排著整齊的路隊；刺耳的訓話聲猶自喧囂未息。我眼眶竟爾無端地濕濡了起來。

至今我依舊不明白，在那一刻裡，爲什麼忽然會有想哭的衝動！

——一九九八年八月．選自躍昇版《聖誕老人與虎姑婆》

我是從急流中抽身的一滴水

一九九四年，七月十六日，台北仍然像一座巨大的烘房，而我們是堆擠在架上，等著被烘乾的肉脯。這樣的日子，我已過了三十餘年。

當搬家工人發動卡車，滿載地駛離這條我一家人出出入入十多年的巷道；我看了這幢公寓幾眼，竟然不覺絲毫的哀傷，便如此平淡地告別了繁華的都城。從今天晚上開始，我們一家人就將遠離塵囂，在花蓮鄉野的風聲、蟲聲中入夢，而在鳥聲中醒來。

「當隱士去啦！」朋友們都這麼說。其實，這時代能有什麼眞正的隱士！連最高峻的玉山都是人來人往的國家公園了。山裡山外，同樣是不能免於穿衣吃飯的人間世。告別都城，住到鄉間來，只是想讓自己生活得不再那麼違背眞實的心情罷了。

我的心情並沒有太特別。小時候，住在嘉義海邊很鄙陋的一處漁村。廳堂牆上有個老舊的掛鐘，那是唯一能精確地顯示時間的地方。當時，我們都還很小，看不懂鐘面上的羅馬數字；其實，我們也用不著看它，就像徜徉在屋前屋後，或田裡田邊的雞鴨一樣；誰管他現在幾點鐘，肚子餓了，就隨意弄些什麼東西來吃，生鮮的地瓜或土豆可以嚼得津津有味，帶皮的甘蔗更讓我們直啃到牙床痠痛。肚子飽了，便就地取材，玩起各種戲耍；陀螺都是我們自己砍樹枝削製成的，一群孩子就圍在廣場上，把陀螺打得漫天價響。或者，到田裡抓來蟋蟀，在木麻黃的蔭下挖幾條小溝壕，將蟋蟀放進壕中，便燃起戰火來。或者……。有人玩累了，樹蔭下，草堆旁，隨處都可以呼呼大睡，直到被「抓」回去吃飯。

在這大自然中，從沒有誰要我們一定怎麼樣，但也沒有誰要我們一定不怎麼樣。我們從不曾感覺被誰特別愛過，卻也不曾感覺被誰特別不愛過，更沒有飽學之士講那麼多愛的道理。我們就如同溪邊的野鴨子，或沙灘上的招潮蟹，天生地養，簡單、眞實而自在地活著。如今，我所要的心情就是這樣，並沒有太特別吧！

我當然明白，逝去的日子不可能再來，將近五十歲的年紀，也不至於幼稚到還要天天去玩著打陀螺、鬥蟋蟀的遊戲。但是，如今我已長大到比從前更有能力決定自己的生活，難道就不能讓自己找回那樣簡單而自在的心情嗎？

近些年來，在大都城的生活中，內心有一種痛苦日益加深；我是一滴掉入急流中的雨水，無法決定自己的速度和方向。並且，在這急流中的每一滴水，難以避免地相互擠壓，卻又彼此陌生。因此，這是一種無告的痛苦。

我不是歸隱，只是一滴水從急流中抽身罷了。這裡同樣是人間世，既有左鄰，更有右舍，大家也得每天穿衣、吃飯和工作。不過，我們比較像是野塘片片荷葉上的水珠，無須奔競，也不必擠壓；偶爾隨風緩緩滾動，即使滑落，也是掉進一泓平靜的塘水。

「時間」不是鐘面上的刻度，而是一種心情。在這裡，沒有人會抱著「時間就是金錢」這種計較分秒、焦慮得失的心情去過日子。因此，假如你不以「效率」去苛求他們，或許便能欣賞他們那種水牛漫步似的時間心情了。

「空間」也不是地圖上的比例尺，它同樣是一種心情。你應當同意，走在人擠人、車牴車的街道上，是一種心情；而走在清曠的田野間，又是另一種心情。在這裡，我如何才能傳達給你一種大都城所缺欠的空間心情——隨意徜徉，行所願行，止所願止。

不管別人拿什麼心情去看待生活；我對生活的心情一向是：即使做爲一滴水，也要自主地選擇流速及方向。因此，我不是歸隱，只是一滴水從急流中抽身，選擇了另一種如野塘或小溪一樣的時空心情，讓自己及妻兒們簡單、眞實而自在地活著。

——一九九八年八月・選自躍昇版《聖誕老人與虎姑婆》

輯三

麥當勞與火車

人生的終極理想，
是一種「應然」而又「必然」的大事，
不能輕易改變；
但現實存在中，
有許多過程性的事兒，
又何妨「應機」而作？

另一種男人

引言

你認為男人有幾種呢？我認為只有兩種：一種是會做家事，一種不會做家事。不會做家事的男人，你可能見過很多了，或許你自己就是吧！從前，自許為大丈夫的男人，都視家事為小婦人該做的賤役。聽說，男人的頭腦只用來成大功立大業，而男人的雙手也只用來掌握財富和權力，他們常很驕傲地認為自己是男人中的貴族。

現代，這種男人中的貴族也還不少：有一個男人連煎蛋都不會，平常總是坐享母親或妻子的烹調。一天，休假在家，母親有事外出，妻子到學校教書。近午，這個高貴的男人肚子餓了，打電話向妻子說：「中午下課，趕回來做飯啊！坐計程車快一點！」我並不佩服這個女人如此辛勞，上了半天課，還得趕計程車回家燒飯給閒得無聊的男人吃。我佩服的是這個男人，因爲我即使餓死了，也不敢打這種電話給正在忙碌的妻子。

這種男人，你也佩服吧！但假如你天生沒有這種命，最好不要去學樣。雖然，這種男人很堅持傳統；但問題是，現代許多婦女一點也不傳統。你還想當男人中的貴族嗎？弄不好，連開水都沒得喝哩！

那麼，你恐怕不能不走出傳統，走向現代，當「另一種男人」，把煮飯、洗衣、帶孩子看作你的副業吧！

煮 夫

「君子遠庖廚」，這是許多男人不肯下廚房的藉口。君子爲什麼要遠庖廚？理由是：不願讓血腥之氣染上高貴的身體，不忍眼睜睜看到牲畜被宰殺。很仁慈吧！然而奇怪的是，肉吃得最多，甚至嗜食猴腦、熊掌者，都是這些離廚房遠遠的君子們。因此，他們被稱爲「肉食者」。雖然，瞧不順眼的人罵他們：「肉食者鄙！」其實，他們眞的很聰明，殺生的罪名讓別人去擔待，口福嘛，自己佔著享受。

這種藉口似乎不太能讓人服氣，尤其是現代的廚房，根本沒有血腥味，豬牛雞鴨更用不著自己去宰殺。其實，男人之不肯下廚房，最主要的原因，恐怕是認爲動鍋動鏟乃賤役之事；眞正有用的男人都應該去做大事業。什麼大事業？比較懂得修飾的人說：「治國、平天下啦！」比較坦白的人就說：「升大官、發大財啦！」這些事的確很費精力，也比較像是了不起的男人所做的事。因此，他們不會也不肯下廚房去煮碗麵或炒個蛋，說起來也很當然。

自己不肯下廚房，誰下廚房？有錢，還怕沒人下廚房嗎？廚丁、廚娘任你挑選。在古代，這一行業很低賤。我只是想不通，這些高貴的男人們，每餐從高貴的嘴巴吞進去的酒肉，卻是一雙雙低賤的手摸過捏過揉過的東西，這不是很矛盾的價值觀念嗎？

沒錢請不起廚子的男人怎麼辦？這份賤役當然就落到女人身上了。女人應該煮飯給男人吃，誰規定的呢？大概是上帝吧！誰叫妳生作女人，既不懂「治國平天下」，又不懂「升大官發大財」，不煮飯，還幹什麼？這種男人雖然沒錢，卻往往比誰都驕傲，不這樣，怎麼維持虛浮的自尊呢？

總之，以前的男人，不管偉大或不偉大，有錢或沒錢，都有一個共同的特性：絕不下廚房——當然，專業的廚子除外。因此，他們不能不知道茅坑在那裡，卻可以不知道廚房在那裡。把家裡的廚房錯當茅坑，還不算是糊塗哩！

現代的男人堅守傳統，不肯踏進廚房一步者，恐怕還很多。這種男人，有的也忙著「治國平天下」、「升大官發大財」，家裡不缺廚子，太太只管搽口紅、修指甲就行了。既然這麼有本事，就是躺著讓人伺候也沒有人怪他。但有些男人，並沒什麼大本事，賺點錢勉強養家活口。太太同樣上班勞累，下了班，還得趕緊下廚房準備晚餐。他卻坐在電視機前，快樂地收看卡通片或歌仔戲，不時轉頭向廚房吼兩聲：「動作快點兒行不行？餓死了啦！」這種傢伙沒有大男人的本事，卻很有大男人的架式。

時代是有些不同了，這種不下廚房的男人固然不少；但另一種常常擔任「煮夫」的男人卻也很多。男人之所以當起「煮夫」來，原因各有不同：或者是娶了一個把菜館當作自家餐廳的懶婦；或者是娶了一個連煮蛋都不會的貴婦；或者是娶了一個時常躺在床上的病婦；或者是娶了一個吃定男人的悍婦；或者是娶了一個忙於事業的強婦……總之，這輩子「煮夫」是當定了。但這種「煮夫」，出於環境的逼迫，實在不得已；對於煮飯是不是有損男人尊嚴、煮飯是不是有什麼樂趣、男人該不該煮飯等問題，並沒有好好想過。

眞正標準的「煮夫」，應該想過這些問題。煮飯之所以會損害男人的尊嚴，一則因爲這個男人的自尊心太脆弱了，一則因爲把煮飯看成低賤的事。

眞正的自尊心，絕不是靠外在的修飾來支撐，而是從內在去自求肯定。那種喜歡戴金面具、銀面具的男人，通常很怕面具上薰染了油煙。不要說煮飯，你請他替一個病弱的老婦人提行李上車，或扶持一個殘障的小孩走上臺階，他都會覺得有損高貴的形象。奇怪的是這種人卻常會幹些隨地吐痰、在冷氣車裡抽菸或買電影票不排隊的事。其實，一個眞正有成就而從內心肯定了自己的男人，除了不道德的事之外，還有什麼事能損壞他的尊嚴呢？

我一直不太能想得通，爲什麼煮飯會是一件低賤的事？在你自己的生活天地裡，只要是正當的事，會有那一件事是低賤的呢？如果說吃飯是一件高尚的事，爲什麼煮飯是一件低賤的事？我想，最主要是因爲我們把「吃飯」看成是「被給予」的事，而把「煮飯」看成「給予」的事。「被給予」是坐在那兒讓別人爲我服務，滿足我的慾求；「給予」是獻出我的能力，替別人服務，滿足別人的慾求。「被給予」是一種接受、消費的行爲；「給予」是一種創造、生產的行爲。將「被給予」看作高貴，而相對將「給予」看作低賤，那是一種封建貴族的剝削心態。其實，最可憐、無能、低賤的，就是這種從不知付出而但知坐享其成的傢伙。只有一個能力很高，不斷創造、生產的人，才會去「給予」。「給予」，是最高尚的一種行爲。這是一個「給予」爲尚的時代了，一切能提供「服務」的行爲，都會贏得別人的尊敬。假如你的健康是可貴的，那麼替你挖肛門、割痔瘡的醫生當然是高尚的。那麼，你還有什麼理由將「煮飯」看作低賤的事呢？

「煮飯」有樂趣嗎？很多工作，只要你將它當作藝術，從工作自身的創造中，便能體味到樂趣。「煮飯」當然可以是一種藝術，平常的「煮夫」，雖未必要像名廚一般，在烹調技術上費那麼大的功夫；但當你很用心地燒好一道菜，就像畫家作好一幅畫，難道不是一種樂趣嗎？例如，你熟練地將一片片裡脊肉的纖維拍鬆，浸泡到蒜泥、薑汁、黃酒、砂糖、醬油和成的調味料中。然後沾上油炸粉漿、麵包粉，用適度而穩定的火力，將它炸成金黃色。撈上來，灑些胡椒粉，當你一口咬下去，那種又酥又香的感覺，是不是很愉快呢？假如，再得到你的妻兒或客人的讚賞，那麼你熏滿油煙的臉龐，就更有光澤了。

「煮飯」既然算不得是低賤的事，也無損於男人的尊嚴，其中更有不少的樂趣。那麼，在事業上行有餘力的男人們，有時候充當「煮夫」，燒幾道菜慰勞工作辛苦的妻子，不也是一種家庭的歡樂嗎？至少，不要鬧在家裡打電話，召回忙碌的太太煮飯給你吃啊！

我是不很懂治國平天下，也不想懂升官發財的男人，在專業學術研究與文藝創作之餘，始終將烹調當成一種樂趣。準備幾道可口的菜，等著妻子下班回家，一起晚餐，這竟然成爲我一天中最愉悅的事了。

有時候，幾個鐘頭前，還站在莊嚴的講臺上，儀容整潔，用優雅的姿態向學生談論著美麗的詩詞。此刻，卻在廚房裡，穿著短褲、汗衫，揮動菜刀，砍向一隻生雞的脖子。我從來都不覺得，這兩種形象有什麼衝突。人總是要生活，實實在在的生活。生活的意義，有些就在這刀俎鍋爐之間。殷代最偉大的政治家伊尹，不就是從刀俎鍋爐之間解悟了治國平天下的道理嗎？請不要將「高貴」看作一個不著人間煙火的面具吧！

浣男

或許，你還記得「竹喧歸浣女」是一幅怎樣的圖像。十幾年前，山野鄉村，一條石塊磊磊的小溪，溪水清清淺淺，你可以看到一群女人或蹲或跪，低頭在平整的石面上搓洗著衣服。有時，還揮著杵棒搥打厚重的襖子。她們一面工作，一面說說笑笑，似乎很安於這份繁重的家務。一家七、八口，換下來的髒衣服，夠她搓到兩臂痠痛；然而，再辛苦的日子，不也這樣熬過來了嗎！衣服洗好了，裝在竹籃中，她們便三三兩兩地循著一條曲折的黃泥小路，穿過一片翠綠的竹林，在喧嚷的笑聲歌聲中，走回家去。

站在現代的洗衣機前，「浣女」彷彿已是一幅古樸而褪色了的圖像。那曾經是傳統婦女們一種辛苦卻又美麗的生活，在兩手搓洗之間，她們可以盡情傾吐著各人的哀樂，或描述著各人的憧憬。其中，也可能有些亂頭粗服而不掩國色的女子，後來被迎進侯門，成爲同伴艷羨的貴婦。聽說，讓吳王夫差著迷到亡國的西施，就曾經是苧蘿山下溪邊的浣紗女哩！

比較起來，舊時代的男人拒絕「洗衣服」更甚於拒絕「煮飯」。爲什麼？恐怕是因爲煮飯畢竟躲在廚房裡，即使自己覺得有些窩囊，也沒有人看見；但是，洗衣服卻得拋頭露面。假如，將溪邊或水井邊的一群浣女換成男人，那會是一幅怎樣的圖像呢？因此，以前的男人，你叫他端著一盆衣服到溪邊或井畔去洗，打死他也不肯。聽說有一個男房客，自己不會洗衣服，好心的房東太太幫他洗，卻因此而壞了名節哩！

我只是想不通，爲什麼男人肯去挑糞便、撿破爛、擦皮鞋，卻不肯去洗衣服？難道洗衣服就是那麼女性化的工作嗎？蹲在那裡，扭動著手腕，在肥皂泡沫起滅之間，搓洗著一件件的衣服；千百年來，我們已經把這樣的動作完全歸給女人，就像我們把穿著裙子、扭著臀部走路的動作完全歸給女人一樣——這已經是不假思索的生活規格了。我們不就一直生活在各個被固定好的規格中嚒！

男人可以做盡壞事，仍然是個男人。例如，當街揮刀殺人，或喝醉酒回家揍太太。這些事再怎麼壞，卻有很多男人敢做，甚至還因此自以爲有男性的氣魄哩！你可以罵他：「惡棍」，卻不能罵他：「女人」。聽說，諸葛亮激司馬懿出戰，就是派人送去一套女人的衣服，並附了一封信笑他：「與婦人何異哉！」什麼時候，「女人」已成爲比「惡棍」更讓男人無法忍受的罵詞！這就不難體會爲什麼男人寧肯挑糞便而不肯洗衣服了。只問強弱，不辨好壞，這就是大男人的生活哲學嗎？

現代，洗衣機已普及每個家庭。許多男人更有不洗衣服的憑藉了，每天洗完澡，把髒衣服、臭襪子丟給太太，就沒事了。有些家庭，爲了節省時間、用水及洗衣粉，每天將全家的髒衣物往大簍子一扔，星期日再來總清洗。

其實，一個人每天換洗的衣物，差不多只有一套內衣褲、一件襯衫、一雙襪子、一條手帕。洗澡之後，只要十分鐘，便可以洗濯乾淨了。不管男女，大約國民小學高年級以上，就能夠輕鬆地勝任這件工作。爲什麼一定要將髒衣物像酸菜一樣淹漬在簍內，然後將勞力集中在主婦身上呢？所謂「生活」，就是從「料理自身」開始，「一身之不治，何以天下國家爲？」人的惰性，從這些日常生活小事，最容易顯現出來。

小時候，我常陪著母親到水井邊去洗衣服，其實我那時候的興趣，只是在玩水、玩肥皂泡沫，或是偷看鄰居可愛的小女孩。長大以後，覺得母親一個人要清洗全家七口的衣物，實在太辛苦了。每天一大木盆的髒衣服，常常讓母親搓到手指生繭或破裂。因此，我便往往主動幫助母親，混在一群浣女中，竟然也相當自在。大學畢業後，多年客居在外，自己洗衣服更是當然的事了。結婚以來，一方面是想到女人也同樣要在外工作賺錢，爲什麼回家還得替男人洗衣服？一方面也是自己洗衣服已成習慣，所以每天的換洗衣物，都在沐浴之後，順手料理乾淨。家裡的洗衣機，只用來清洗床單被套，或厚重的大衣。

時代總是在變，現在的住家都有自來水，洗衣服已用不著拋頭露面了。那種還活在大男人古老、封閉殿堂中的現代男性固然不少；但是，另一種把洗衣服視爲自己生活一部分的男人也很多。他們至少已能料理自身，不致每天將髒衣服、臭襪子當作妻子工作勞累的「獎品」了。

後陽臺是每個家庭生活形態的櫥窗，只要你細心，從這裡往往可以看出社會變遷的影像。在這盛熱的夏天，每個夜晚，我洗完澡之後，打著赤膊到後陽臺去晾衣服，經常可以望見對面兩家的後陽臺上，也正有打著赤膊的男人在晾衣服。昏黃的燈光下，他們看起來昂昂然的，卻顯得很熟練、很有力氣。我們經常如此地相見，逐漸彼此熟稔起來，有時對望一眼，各自綻開會心的微笑。

看起來，這時代和從前是不太一樣了；「浣男」不再是見不得人的傢伙。現代的公寓，一幢樓房，每家的浴室都在同一個位置。我常在想，假如把浴室的外壁都換成落地窗，那麼在夜晚七、八點鐘左右，你可能會看到每家的浴室中，都有一個穿著短褲、赤裸著上身的男人，低頭在水槽中搓洗著衣服。這幅「浴室浣男」的圖像，雖不如「溪邊浣女」那麼美麗，卻也另有一種現代化的壯觀哩！

奶爸

你聽說過「奶媽」，但你聽說過「奶爸」嗎？「奶媽」可以是一種職業，而「奶爸」卻不是，他指的是能親身餵養自己孩子的那種男人。

已往，牛奶還沒有取代母奶，男人受到生理上的限制，根本不可能親自去餵養孩子；因此，養孩子也就當然地成爲女人的事了。在繁衍後代這件事上，男人似乎很輕鬆愉快。他們的責任就是把錢丟給妻子，「多買些東西給小狗子吃」、「小狗子發燒啦！妳記得帶他去看醫生」。比較負責任些的男人，還會注意到孩子的教育問題。不夠負責任的男人，自己孩子究竟怎麼長大的，完全不知道。難怪只要能賺幾個錢的男人，都希望太太儘量生孩子。生養的痛苦艱辛，他能體會嗎？

就因爲這樣，男人也把養孩子和煮飯、洗衣服同樣視爲小婦人的賤役，有損男性的氣概。別說替孩子把屎把尿，他們絕不肯去做，就是陪妻兒上街，他們也多不願抱孩子。穿著制服的軍人，規定不准在公共場所抱孩子，大概就是怕英雄抱著孩子，看起來不免有些婦人模樣吧！只是我們不太明白，爲什麼一個用「愛」的臂膀擁抱著自己孩子的男人，竟會減損英雄氣概？

然而，奇怪的是，許多自以爲高貴的男人卻喜歡飼養貓、狗、猴、鳥等寵物。他們可以不厭其煩地餵牠們吃東西，替牠們清理屎尿，一點兒都不覺得這是低賤的工作。假如你有這種父親，假如你從嬰兒時候就懂得抗議，可能會從襁褓中跳起來，喊道：「爸爸，我寧願換作籠中那隻畫眉鳥！」

就因爲這樣，已往，父愛總是顯得平淡、生硬而嚴肅，沒有母親那麼深濃、溫馨而親切。父親與兒女之間，也彷彿隔著一面暗色的玻璃帷幕。

時代總是在變，現在母奶已被牛奶取代了，只要你有時間，只要你不認爲手拿奶瓶，或爲孩子清理屎尿，會有損男人的氣概，就儘可以充當「奶爸」。讓你的手從權力、金錢上暫時移開，握握奶瓶，抱抱孩子，你將體驗到一種與權力、金錢完全不同的滋味。這種滋味，可能還會產生力量，讓你更有精神去開創輝煌的事業。

你已作爲孩子的父親。你說很愛自己的孩子。我們可以相信你這份愛的誠意；然而，你說你很愛花，卻從未見你替花澆水、施肥，那麼你將如何證實你的愛。愛，是一種不斷地、實質地「給予」的行動，也只有在這行動中，你才能體證了愛。女人就是在懷孕、分娩、教養的行動中，體證了深厚的母愛。母愛是這樣「痛」出來、「苦」出來的，而父愛呢?作爲男人，已注定無法去體驗懷孕與分娩的痛苦；假如願意，還可以嘗嘗教養的艱辛。就從艱辛的教養過程，去體證一份眞實的父愛。

去年，我們有了第一個孩子。妻與我總覺得，這幼小的生命，所需要的應該不只是把奶頭塞進嘴巴裡，餵飽肚子就行了。當生命發胚的時候，便已開始在學習。智慧的成長，好習慣的培養，都必須隨著奶嘴的吸吮一起進行；而這些，都不是用金錢的代價可以買取。將孩子交給一個我們不夠了解的職業奶媽去照顧，可能只是有「養」而無「教」罷了。

因此，我們決定要親自去教養孩子。妻在上班，目前家裡的經濟狀況，還需要她這份薪水。而我在教書，一星期有好幾天在家。我幾乎別無選擇，毫不遲疑地就接下「奶爸」的工作。

現在，那種輕易不肯握一下奶瓶的男人固然不少，但我相信甘心充當「奶爸」的男人更多。

有一次，我抱著小女兒出去散步，在一條寧靜的長巷中，看見前面也有兩個男人抱著小孩，回頭，竟然還有三個抱著孩子的男人。他們（當然包括了我）都用堅實的臂膀緊摟著孩子，走幾步，就禁不住親孩子一下，咿咿呀呀地和孩子童言童語起來。就這樣，幾個抱著孩子的男人，在一條長巷中，走成一行溫馨的隊伍。

又有一次，我帶著小女兒上市場，碰到一對夫婦，女的提著菜籃，男的抱著孩子；孩子長得非常不錯。賣菜的婦人問他們怎樣養孩子，女的還支支吾吾，不知該如何回答時，男的已如數家珍地說了一大串，都是實實在在的經驗。我彷彿從這男人的身上看到了自己，「嗨！你好，我們都是手拿奶瓶的男人。」我很想這樣向他打招呼。

另外還有一次，我去理髮。理髮廳很小，只有兩張座椅。老闆是個三十多歲的男人，親自操剪。今天他很忙，一面替我理髮，一面要照顧坐在嬰兒椅上的孩子；但他的興致很高，不斷地向我描述他這小女兒多漂亮，多聰明，多有福氣。說得高興起來，便俯身下去親一下孩子。或許是怕我不相信她的女兒很有福氣，還特地把她的頭髮撩開，揪出耳朵來給我看。我眞怕他太用力，不小心把孩子的耳朵撕下來哩！根據我的觀察，他這女兒的漂亮、聰明、福氣，大約僅及他自己所形容的一半。尤其，和我女兒比起來，那就差多了——我說的可是眞話啊！

現代人往往被困在「自我中心」的價値牢獄中，大多以爲本身的成就才算是事業。其實，還有什麼事業比種族的繁衍、文化的延續更大呢？當了一年多的「奶爸」，在自己辛勤的教養中，看著孩子豐盈地成長，那眞是一種無比的快樂，也才深深體會到，生命的繁衍與教養，眞是如此重大的事業。在平凡、繁瑣的雜務中，我眞正體證到什麼是父愛，又該如何去愛。假如，你認爲眞正的事業應該具有創造性，那麼將孩子教養好，讓他活成一個獨立自足、健全無憾的生命，豈不是最具創造性的事業；還有什麼事業比創造新生命更重要呢？

結語

我無意去提倡「男人必然要做家事」，我只是想追問：「爲什麼男人必然不做家事？」有何生活的模式、價值的規格是一定不變的呢？人生的終極理想，是一種「應然」而又「必然」的大事，不能輕易改變；但現實存在中，有許多過程性的事兒，又何妨「應機」而作？時代既已走到無法用「內」、「外」去分割男女的倫理分位，很多女人投向外面，與男人分擔了家庭生計的任務；那麼，男人還有什麼理由犧牲夫妻之間的公平與和諧，去矜持虛浮的自尊呢？

——一九八九年十一月·選自漢藝色研版《手拿奶瓶的男人》

婚之變貌

未婚媽媽之家

向晚之時，伊們好興致地提議散步到港口，路是平直的，人是歡悅的。伊們是戀愛中的女孩，只認識自己的幸福！

走過那幢白色的樓房，紅葉紛飛的野橄欖，半掩著寂寂的院門。四個女人坐在門前，靜默地看著蹀躞過面前的情侶。秋的蕭瑟自禿盡的枝椏間，灑落在伊們臉龐上。伊們的肚子都高得如墳丘，一個不幸的生命，正等待著誕生。

「這是什麼地方？」

「未婚媽媽之家！」

「哦！誰是那些孩子的父親呢？」

伊們似乎驚覺到感情竟會有這樣的陷阱，遂側臉看一看與自己齊步的男孩，但伊們又將如何去辨識對方之忠實與否呢？

坐在門口的女人想著些什麼？怨對方的虛僞？怨自己的愚昧？或是憂慮孩子的不幸？都有吧！那些好玩弄感情的人也許並不了解——玩弄感情的結果，常是玩弄了自己的兒女。進一步說，就是玩弄了生命的尊嚴，玩弄了他自己！坐在門口的女人啊！伊們以很大的代價，才拆穿了一具愛情的假面。或許，伊們想大聲宣告自己痛苦的經驗，去提醒步著後塵的另些女人。但另些女人在沒有親自去經驗這種痛苦之前，卻常又不肯相信。所以，未婚媽媽之家，便一直有高挺著肚子的女人，坐守著寂寂的院門，靜默地看著走過門前的情侶，料想伊們的命運。

伊們的肚子是包孕不幸的墳丘，伊們的臉龐是彌佈凄涼的沙漠，而走過門前的情侶，卻只認識自己的幸福。戀愛中的女孩呵！何妨多望一望這幢白色的樓房。坐在門口的女人，可能正在敘說一齣愛的悲劇，砌立一座避免不幸的指標！

鬼嫁

朗朗然的天幕垂蓋著鬱綠綠的平野，黃泥小路蜿蜒向綠野的盡頭。一頂花轎，沒有鼓吹的伴奏，幽寂寂地自小路那端走來。近了，花轎前面，一個男人穿著簇新寬大的衣服，臉上一顆顆站立的青春痘，彷彿都冒著紅光。花轎後面，一個臉皮黝黑的男人，提著赭紅色的竹籃，頻頻自籃中掏出爆竹，讓喜悅隨一枚小小的爆竹炸開。花轎之中，卻不斷傳出嗚嗚的啜泣聲。

「新娘爲什麼哭呢？」伊們還是一群不懂事的女孩，蹲踞在長滿低矮的蘆葦的路旁，困惑地迎送搖擺而過的花轎。

「因爲伊怕男生嘛！」那個名叫銀花的女孩猜測著。

伊們常如此談論童年看花轎的故事。而今，銀花卻已坐上花轎，成爲另一群女孩談論的對象。

一頂花轎在鼓吹的喧騰中，穿過古老的街道，走向另一個坊里。花轎前面，穿黑色西裝的男人，蹣跚著步履，低垂著頭顱。初冬的陽光，沒有曬暖他臉上的陰冷。花轎後面，另一個男人，提著赭紅色的竹籃，自籃中掏出爆竹，一枚枚地燃爆，爆起驚心的脆響。花轎之中，卻沒有新娘的哭泣。

「爲什麼新娘不哭呢？」

「因爲伊被男生害死了！」

銀花墮胎之後，男人告訴伊：爲了彼此的幸福，我們最好還是分開吧！銀花無法了解男人這句話的哲理，伊只是想著；此情不渝！

伊死後，伊的父母堅持要將伊的靈魂嫁給那個男人，並用花轎鼓吹來迎娶。

伊們送走了花轎，卻始終想不通一個問題——

那個男人爲什麼不肯娶一個活生生的女人，卻又不得不娶一個日夜瞪視著他的良心的女鬼！

——一九九一年八月・選自漢藝色研版《傳燈者》

陽光下的自囚者

「那一定是假的！」我說這話時，並沒有經過思索，只是下意識直覺的反應。

二伯父說了一個故事：他走在舊金山的街上，一個穿著很平常，但並不襤褸的老人攔住他，很禮貌地說：「先生，今天是我的生日，你能請我一頓午餐嗎？」老人說這話時，一點都不靦腆，態度自然得就像對多年的老友或鄰居提出一個人情之常的請求。好啊！二伯父就請他到餐廳吃了一客牛排，並且爲他買了一盒生日蛋糕，彷彿在祝賀一個多年老友或鄰居的生日。他根本沒有想到去盤問：「先生，今天眞是你的生日嗎？」

「那一定是假的！」我的意識作了這樣直覺的反射。

「這種事也有可能是假的，但我卻更願意相信它是眞的。花一點小錢，請一個看起來孤獨的老人吃頓飯，並不是壞事。何況，因爲這餐飯使他覺得快樂，這一點都不假。」二伯父嚴肅地這樣說，「有人伸手向你要個幾塊錢，或開口要你請他吃頓飯，喝杯酒，這是在美國街道上偶會碰到的事。他們不一定是乞丐或騙子。你願意，就給錢；不願意，就不給。卻很少人會去盤問眞假。」

我忽然覺得有些不安與疑惑，不安的是我這種過度敏感的疑慮，也許太冒瀆了人性吧！疑惑的是我爲什麼會那樣不經思慮，就認定這種事必然是假的？

「我這麼想，也許錯了！」

「不能完全責怪你。一個人的觀念，有一部分是社會環境所塑造成的。在我們的社會中，可能你看過太多欺妄的事吧！」他爲我解釋說。

啊！眞是這樣嗎？眞是這樣嗎？

許多年前的一個夜晚，我走過火車站附近一處昏暗的廊簷下。「喂！少年的，我要到汐止去找親戚，缺少車費，能幫助我幾塊錢嗎？」一個矮瘦的中年人攔住我，靦腆地向我伸手。我沒說什麼，給了他十五塊錢。半個多鐘頭後，回途再經過那兒，竟然發現他以同樣的說詞，向一位年輕小姐伸手要錢。我沒有拆穿他的騙局，說實在我怕他另一隻手正藏著一把「惱羞成怒」的尖刀。然而，我卻壓抑不住一股同情心被糟蹋，分辨眞假的智力被侮辱之後的忿懣。幾年之後，在高雄車站，一個服裝很整齊的男士，向我遞過來一枝鋼筆，「先生，我要到嘉義去，缺少車錢。鋼筆給你，你給我一百塊錢好嗎？」我用極尖銳，也極冷漠的眼光盯了他半晌，然後擺過頭去看著候車室窗外熙熙攘攘的行人，沒有說任何一句話。

許多年來，碰到這種事，我下意識的反應是：「那一定是假的。」在車站裡、在戲院前、在街道上，我也常冷眼看著很多人總以非常漠然的態度，去應付一隻隻求援的手。有時候，這隻手伸自一個自稱沒有子息的老人。

「你從那個老人是不是這天生日去洞察他的假，我從那個老人吃飯時的快樂去相信他的眞。我們都沒錯。但我很害怕『欺妄』與『猜忌』惡性循環之下，我們都將變成陽光下的自囚者！」

此時，我的瞳孔中彷彿展現一幀圖像：一個面孔冷硬，眼光驚疑的人，正蹲坐在四面牆壁的牢房中，注視著從天窗洩進的光亮。最後，他以相當自負的智慧，拆穿了一幕老天爺的騙局——

「這陽光一定是假的！」

——一九九一年八月．選自漢藝色研版《傳燈者》

信仰有時是一種懲罰

1

在一個小鄉鎮的教堂裡，年輕的牧師正認眞而生硬地講道。道與現實生活，還有一段他沒有能力補滿的鴻溝，因爲他才剛從學校畢業，只知道上帝或先知們怎麼說。

信徒們靜肅地坐著，漠然的臉上並沒有悟道的喜悅。牧師說了些什麼，他們似乎聽不懂。他們只是一群在凡俗的生活中，平靜地吃吃穿穿了一輩子的老人。

牧師說了些什麼，並不重要。星期日，到這裡來，只是一種休息，一種不必追究「爲什麼」的信仰，一種從習慣中得來的平安。

不管牧師說了些什麼，不管風雨陰晴，他們總是要來；這是一種好習慣，只要坐在這裡，他們就覺得平安。

啊！他們的罪惡感，可能並不在於生活中做錯了什麼，而在於破壞這個好習慣——即使因爲忙碌而無法坐在教堂，聽牧師說些聽不懂的道理。

習慣，是一條無形而有力的繩索。

2

火車剛從花蓮站駛出，一個鄉下老人敬愼地捧著一尊新雕成的神像，不知要護送到那裡？他沒有座位，正準備席地坐下。

一個早就過了中年的婦人站了起來，很恭敬地讓座給他。並不是因爲他年老，而是因爲他捧著神像。婦人就從花蓮站到板橋，途中疲累地站著打盹。但假如她不讓位給神，可能會不安得生病吧！

沒有人知道她平常怎樣對待父母、兒女與親友。然而，她對這尊木頭雕成的神像，的確恭敬而慷慨，寧可忍受長途站立的疲累。

人能以待神之心去待人，神就在自己心中。當然，這道理她是不懂的。她所懂的是對一尊木偶虔誠的奉獻。

奉獻，有時也是一種投資，能夠交換神明的賜福。這顯然比同情貧苦之人所做的施捨，有著更多「回收」的希望啊！

因此，我們便知道，爲什麼募錢建廟，總比募錢建孤兒院來得容易。有時候，神對人類之愚蠢與貪婪最大的懲罰，便是讓他們不再同情自己。

3

他們「供奉」師父，更甚於供奉父母。

師父是得道、能與神佛交通的先知。他能教他們打坐、念經、練氣。但主要的是他能代神佛發言，說些神祕的道理，祛除他們莫名的不安，堅強他們缺乏自我肯定的心靈。徬徨與脆弱之心，就是神佛最寬敞的殿堂。

師父忙著與神交通，不事生產。「他給我們平安，我們就得給他生活」，他們是這樣想的吧！因此，他們「供奉」師父，更甚於供奉父母；無怨地擔負他一切衣食住行的需求，恭敬地爲他做一切生活上的瑣事，甚至跪著奉茶、讀信，有如失去自我的奴僕。

然而，他們卻從來都沒有反省過，假如能這般「供奉」父母，也同樣可以得到平安，何須師父代替神佛的賜予！有時候，神對人類之無知最大的懲罰，便是讓他們奴役自己。

4

我常想，神是否眞能拯救那些從來不反省自己的人！當人們已失去反省能力之時，上帝與諸神都只是一條一條的繩索。因此，有時候，信仰就是一種懲罰，而教堂與寺廟也只是人們自己用情欲或習慣築成的牢獄罷了。

——一九九一年一月．選自九歌版《智慧就是太陽》

這棵不修不剪的雜草

——寫給阿Q

阿Q：

自從魯迅把你帶到人間，六十多年來，人們始終不斷地談論著你，彷彿談論著遠在非洲，落後、貧窮、愚蠢、窩囊、卑劣的低等民族。甚至，你已成爲這種人的代名詞了。

人們談論你，通常是譏罵，或者可憐。阿Q，你雖然一個字都識不得，也總該知道，如你一般肯把自己罵作「蟲豸」的人實在很少。因此，譏罵你、可憐你的人，大多不會把自己也當作「阿Q」。他們通常被稱做「知識分子」，比你有學問多了；高出你，何只一個頭哩！

譏罵你的人都說，你是中國文化孕育的怪胎，代表中國人愚蠢、懦弱、貪婪、怕強欺弱、勢利眼……等陰暗的性格；那都是中國文化渣滓的結晶。我不知道，講這種話的人對中國文化究竟了解多少！阿Q，我一直想不明白，你怎麼會有這般重要，一身承擔了中國文化所有的罪愆！

如果，我沒有記錯，你壓根兒就是一個沒念過半天書的粗漢，連個圓圈都畫不好。說起來，你活得再鄙野不過了。因此，人類與生俱有的性子，都元元本本地表現出來。這些性子，難道高貴的英國人、法國人、德國人……就沒有呀！其實，人就是這麼個玩意兒，不管他是那國人，從某些角度看來，並不比貓狗可愛到那兒去。依我的看法，阿Q，你那些性子，大抵不是中國文化鑄造出來的。反倒是，你生來太窮，沒有好好接受眞正中國文化的教養才會不修不剪地活得像棵雜草。誰糟蹋了中國文化？要算這個帳，爲什麼不找趙太爺、錢大爺去；他們都是抱過書本，活得有嘴有臉的「紳士」呀！

人們認爲你實在很窩囊，挨了揍，只會用什麼「精神勝利法」。但是，我在想，假如當時你把那條不值幾文錢的小命，和有錢有勢的痞棍拚掉了，會有人把你當烈士嗎？阿Q，像你這樣一棵雜草，在人家的大樹下，不活成那副德行，還能活成什麼樣子！其實，不管什麼人，受到欺侮而不想氣死或悶死，都只能像你這麼想了。記得我念初一的時候，在路上，多看了兩個抽菸的高中生幾眼，就被他們狠揍了一頓。我比他們弱小，家裡又沒有做大官的爸爸，或幹「遊俠」的哥哥。除了痛哭一場之外，只好在心裡頭把他們想成大烏龜，然後用鐵鉗子夾斷這兩個大龜頭。這麼想，的確舒服多了哩！

小尼姑曾經罵你「斷子絕孫」。但是，三十年代的劇作家陳白塵卻說你「子孫繁多，至今不絕」。難怪我不管走到鄉村或都市，到處都碰得到你的子孫。

阿Q，你知道嗎？比起你的子孫來，你眞的相當落伍了。他們現在已經開發、進步而有錢起來。並且，你的那些德行，也早被他們發揚而光大之。不相信？你看——你在臨死之前，還認眞地想把個圓圈畫好；但他們卻都故意地把圓圈畫得越扁越好。你只不過摸了小尼姑的臉蛋兒，頂多是嘴巴嚷著要和吳媽睏覺；但他們可就厲害了，強暴女人，還要狠狠地戳上幾刀。你只不過是肚子餓慌了，跑進尼姑庵偷了幾條蘿蔔；但他們卻吃撐了以後，還有的貪贓，有的搶劫，放肆地玩樂。你只不過偶爾吹個小牛皮，撒個小謊。他們卻厚著臉皮，在眼睛雪亮的人們面前爭說瞎話。你幫人家打雜，一向很認眞；但他們不拆爛污，就覺得吃大虧了……

阿Q，你這些子孫們，果眞個個比你出色多了。我想爲他們取個和你同樣響亮的名號，就叫「阿丫」好了。可能又有人要說，這些現代「阿丫」們也是中國文化孕育的怪胎。然而，他們早就洋化而現代化了，到處講的都是科技、說的都是民主呀！

當年，魯迅把你帶到人間，是爲了讓中國人看清他自己。然而，假如在鏡子裡看到的永遠都是別人，一切譏罵都只是嘴巴說說而已的論調。那麼，阿Q，你也就只是一個被茶餘飯後閒談的野臺戲丑角罷了，與中國文化有什麼關係！阿Q，難道你眞的將成爲中國人永不醒覺的一場夢魘嗎？

（**案**：阿Q是魯迅小說〈阿Q正傳〉的男主角，收入小說集《吶喊》一書中，民國十三年由北京新潮社初版。）

——一九九一年一月・選自九歌版《智慧就是太陽》

食筍與觀竹

食　筍

曾經聽人說過：不喜歡吃苦瓜，不喜歡吃青椒……卻絕少聽人說過：不喜歡吃竹筍。筍，它不以濃膩的味道，讓你的味覺得到短暫而強烈的刺激；卻在清淡中，讓你覺出一種新鮮眞純的風味。因爲它味不偏極，所以再偏食的人，也能接受它。筍，就是這樣淡淡然地親和了各種口味殊異的人們。楊廷秀〈記張定叟煮筍經〉說：「淡處當知有眞味」。這話很有涵義，可以當做食筍的經驗，更可以當做人生的經驗。清淡中自含眞味，或者從清淡中去品嘗眞味，這都是最高深的人生境界。如此說來，中國的高人雅士喜歡食筍，或許他們品味竹筍，就彷彿在品味人生哩！

食筍，和吃蓮子、喝茶，都是飲食中的雅事。雅事才能入詩，所以古代文人的詩歌中，有許多描寫這些雅事的作品。凡雅，多不離清淡。而濃膩，常不免入俗。筍、蓮子、茶，都是很清淡的食品，因此吃喝都是雅事。清淡之味深，不容易立即動人嗜慾，但越嘗越覺其有味。濃膩之味淺，輕易引人喜歡，卻也輕易讓人厭棄。想做清淡的雅事，便往往需要細心、耐心、靈心。食筍，雖是飲食中的常事，但要吃得雅，吃得有體味，吃得有心得，恐怕不僅須用嘴巴去吃，更得用心去吃哩！

不過，中國人吃筍，有時會吃得很矛盾；既喜愛它的滋味，卻又不忍傷害它的生命。有人愉快地歌詠著：「新筍初嘗嫩馬蹄」，也有人憐惜地歌詠著「忍剪凌雲一寸心」。每一隻新筍，都是一個等待成長的生命。所以韓愈站在群筍之中，竟有「環立比兒孫」的感覺。這些幼嫩的生命，如果不去摧折它，將來凌霄挺立，應該是可以預期的。那時，竹聲蕭蕭，又是另一種景象啊！陸游不就曾有這樣的嚮往：「剩插藩籬憂玉折，預期風雨聽龍吟」。南朝沈道虔，有人偷拔他家屋後的新筍，他制止說：「惜此筍，欲其成林」。愛惜新筍，就像愛惜幼童一般，總期望他將來能夠成材。這樣看來，食筍應是智者之念，想的是「物盡其用」的價值觀；惜筍應是仁者之懷，想的是「物得其生」的價值觀。然而，千古以來，食者自食，惜者自惜。我們的世界，原就是這樣各是其是地自古運轉至今，你要食筍？要惜筍？那就隨你吧！

臺灣食筍的季節很長。不說冬筍，單是春筍，就可一連吃上四、五個月。山麓的城鎮，人們更可以吃到新採的鮮筍；那眞是非常愉快的一種享受。自從我定居臺北盆地邊緣的新店以來，在飲食上，喝文山包種茶，吃新採的鮮筍，是最讓人樂在其中的口福了。

春夏之間，清冷的早晨，家居附近的山農們，挑著一簍一簍的竹筍，穿街過巷，湧向市場。他們在市場外圍的巷道邊，就地擺下竹筍，等待過路的顧客。在晨曦中，彷彿是古代的趕集市場哩！

賣筍的人頂著斗笠；斗笠下是一張黝黑、粗糙、滿是風霜鏤痕的臉；臉下是一雙筋脈交錯，好似老竹盤根的手臂；手上則是潮濕的黃泥；黃泥便沾著一隻一隻永遠不可能成竹的嫩筍。賣筍人操著鋒利的短刀，削平筍腳，刀過處，污泥盡落，露出又白又嫩的筍肉，誘發著人們的食慾。

只看得見肉體而看不見靈魂的現代人啊！物盡其用，是他們最崇高的生活信條。能叫能啼的灰面鷲、臺灣獼猴、梅花鹿……都不能得到他們的愛惜，何況是不言不語的竹筍！惜筍而不食，在現代人的眼中，那只是一則理想人性的神話而已。我也是現代人之一，性喜食筍，有什麼道理，吃完再說吧！

觀竹

竹，是中國人文精神的表徵之一。古代的知識分子常用它來怡情養性，或寄託人生觀。

因此，它雖無春華之美，卻能博得人們的觀賞。

竹之所以能引人觀賞：一方面是因爲它具有特殊的姿態，一方面是由於它具有特殊的質性。

竹子的姿態之美，大約在於線條的整齊，色調的和諧，以及柔軟的動感。它瘦削而修長，筆直指向天空，主幹沒有蕪雜的分枝。通常一片竹林，萬竿羅列，大小如一，因此形成整齊的垂直線條。它的主幹圓形，環節分明，竿竿相似，因此又形成整齊的圓形線條。這兩種線條便交織成一幅完整而美麗的圖案。一般樹木，主幹多是蒼老乾澀的灰褐色，只有竹子是鮮新潤澤的青翠色。一片竹林，一片漠漠無際的青翠，那是一種怎樣充滿生機的感受啊！通常，樹木的主幹都很生硬，在狂風中，仍然堅持著屹立不搖的力感。唯有竹子，它的主幹挺直而又充滿彈性，在風中作出很有韻律的搖擺，彷彿是一個肢體柔軟而充滿動感的舞者。竹子這三種姿態之美，都需要團體性的表現。因此，觀賞松樹，可取獨一的對象。觀賞竹子，卻須面對一大片竹林，才能領略「數大之美」。這樣說來，竹子應該是非常具有群性的植物了。

瘦削修長，凝青含翠，隨風搖曳，給人的印象是一種瀟灑飄逸的韻致。或許，就是這種韻致，使得隱逸之士常選擇它作爲寄跡的場所。晉朝的嵇康、阮籍、山濤、向秀……「竹林七賢」們曾經在它的蔭下，抱膝吟嘯，揮塵清談。唐朝的李白、孔巢父、韓準、裴政……

「竹溪六逸」們也曾經在它的蔭下，擊節狂歌，飛杯痛飲。這些瀟灑飄逸的高士，在酒酣耳熱之間，是否恍惚覺得自己已幻化成一株株搖曳的修竹呢？

竹子特殊的質性，由於各人體會不同，所以說法也不一。唐朝劉巖夫的〈植竹記〉說它「剛柔忠義」。竹子勁直有節，不怕霜害，表現了剛毅的個性。但它又柔軟而有韌性，雖彎曲而不折，表現了柔韌的特質。因此，說它剛、說它柔，都很容易了解。但說它忠、說它義，這又爲什麼呢？「虛心而直，無所隱蔽，忠也」，「不孤根以挺聳，必相依以森秀，義也」。盡己之心，便是忠。能扶持別人，便是義。竹子內心寬大正直，沒有隱飾，而又能相扶相持地成長，那眞是忠義兩全了。白居易的〈養竹記〉說它「固直空貞」。固是指竹根穩固，「固以樹德，君子見其本，則思善建不拔者」；直是指竹性正直，「直以立身，君子見其性，則思中立不倚者」；空是指竹心空虛，「空以體道，君子見其心，則思應用虛受者」；貞是指竹節堅定，「貞以立志，君子見其節，則思砥礪名行，夷險一致者」。剛直、柔韌、根固、心虛、有節，這本來都只是客觀的物性，但在中國知識分子的眼中，卻成爲人生觀的表徵。他們將理想中美好的人格，投射到竹子身上，於是竹子便成爲賢人高士的化身了。

竹子，從外表到內涵，都具有豐富的美與善。所以它一直是文學家、哲學家的寵兒。晉朝的王子猷愛竹成癡，簡直到了不能一天沒看竹子。他曾經向人借用一幢空宅，剛住進去，便命人栽種竹子，說：「不可一日無此君」。又有一次，他經過吳中，聽說有一戶人家，極有好竹。主人知道他會來看竹，很想結交這位名士，便準備好好招待他。誰知王子猷根本不先去拜訪主人，而直接到竹園中，對著竹子又吟又唱起來。恐怕，在他眼中，竹子要比俗人可愛得多哩！六朝名士揮灑性情，往往有許多奇怪的嗜好，王子猷這樣喜愛竹子，應該不算什麼不良嗜好吧！至於，他從竹子領略到什麼美感，覺悟到什麼道理，他沒有說過；只有等我們也和他一樣用情愛竹，用心觀竹，才悟得其中消息了。

有許多景物的觀賞，常受時間、氣候的限制，但看竹子，可說是「無時不宜」。鄭谷的詠竹詩說：「宜煙宜雨又宜風」，不管在煙霧中，在雨中，在風中，都是看竹的好時間。當然，晴朗的天氣下看竹，就不用說了。煙中看竹，取其朦朧的氣氛。雨中看竹，取其清冷的情調。風中看竹，取其搖擺的舞姿。同時，雨中風中，更兼得各種自然交響的音聲。想來，鄭谷對觀竹眞有深刻的體會了。

或許，你也曾有過觀竹的愉悅。在溪頭？在阿里山？在花蓮？在宜蘭？或在你家的庭園中？不管在那裡，靜心地倚坐，或從容地蹀躞，用你的眼去看，用你的耳去聽，用你的心去感受。可能，你將不知不覺地走入中國文化一處虛靈的源泉中，而與阮籍、嵇康、王子猷、……冥然而合哩！

——一九九一年一月·選自九歌版《智慧就是太陽》

假如你到「鹽寮」來

一個名爲「鹽寮」的地方，其實並不出產「鹽」；正如同一個人倘若取名爲「有德」，也不一定就眞的有德了。我們這個世界，從渾沌死後，人們便反覆在玩弄著名實相欺的遊戲。

「鹽寮」不出產「鹽」，那麼它出產的是什麼？

它的背面是山；山不高，但無仙，故亦不名。其植物以蘆荻爲主，間以雜草，實無森秀之美。它的正面則是海；海深且廣，碧波是藍天垂落而鋪展的裙襬，蒼茫不知邊際，雖無龍，然已靈矣。「鹽寮」以海而召人。

背山有寺廟，名「和南」。「和南寺」祀佛，規模頗大而建築簡陋，水泥外牆裸露在風雨中許多年，苔垢默然宣讀著漫長的歲月，想來香火並不十分鼎盛吧！聽說住持和尚投注不少金錢製作多媒體；這樣的時代，似乎弘教已不能只靠唸經了；卻不知宣傳的效果如何呢！

寺廟的對面，只一條馬路之隔，沿著海岸，綿延數里，便是一家接一家的海鮮餐館，以烹食活生生的龍蝦、九孔、螃蟹而出名。不用依靠多媒體，便「香火」盛極，食客們趨之若魚攤上的蒼蠅，一斤龍蝦千餘元，亦食之而不惜；然則，當海鮮餐館的老闆，要比當寺廟的住持輕鬆愉快多了。

與海鮮餐館相距不遠，有隱士二人，比鄰而居，一為孟東籬，一為區紀復；兩者頗異其趣。

孟氏居茅屋三間，不喜遊人打擾，故門雖設而常關。其屋似頗簡樸，我從窗外彷彿望之，卻見室內佈置，很是清雅，展現著可以入詩的生活品味。其男女情愛或親子天倫之樂，亦向不枯乏。他識得哲學，曾經倡說愛生、環保的道理。不過，隔鄰海鮮餐館的老闆們卻聽不懂哩！

區氏見現代社會物慾橫流，便斷然捨棄高職厚薪，獨身到這裡，親手搭建幾幢板屋。屋甚簡陋，可謂四壁蕭然。他歡迎過慣奢侈生活的人們來這裡靈修，睡地鋪、燒柴火，洗的是泉水，吃的是從市場撿拾的蔬果。讓日子回到最自然、最簡單的境地；彷若天上的飛鳥、山林的走獸。

孟氏雖出世而入世，是個追求獨特生活品味的名士：區氏雖入世而出世，是個苦心贖世的修道者。然其背俗則一也。不過，有趣的是他們何以同時隱居在這樣世俗的地方。

「鹽寮」不出產「鹽」，它出產的是寺廟、海鮮餐館和隱士。我曾經站在「和南寺」的門前，看著也想著「鹽寮」這種很奇怪的文化現象。

假如你到「鹽寮」來，將會做出怎樣的選擇？三者之中，何處是你最大的興趣？或是三個地方都想去，但請你排個順序吧！先到海鮮餐館大吃龍蝦，接著到廟裡去燒香拜佛，最後到隱士那兒體驗清貧的生活。這樣的順序，有人不同意，那就反其道而行也可以啊！

或者，三個地方你都不想去。其實，我覺得獨坐岸邊，靜默地眺望蒼茫無際的大海，也是一種不錯的選擇。

——一九九八年八月・選自躍昇版《聖誕老人與虎姑婆》

麥當勞與火車

1

走進「麥當勞」，我想到的是「火車」；坐在「火車」上，我想到的是「麥當勞」。

「麥當勞」與「火車」有什麼關係？沒關係。我猜，誰都不會將他們扯在一起吧！

然而，我就有些不同了。走進「麥當勞」與坐在「火車」上，我都會奇怪地想到「水」。

有人開始說我瘋了，對嗎？「麥當勞」與「火車」與「水」又有什麼關係？毫無關係。

但是，走進「麥當勞」與坐在「火車」上，我的確想到了「水」。然後，由「水」我又想到了「中國人」。

瘋了，這個人眞的瘋了！「麥當勞」與「火車」與「中國人」究竟有什麼關係？

2

「麥當勞」是美國人在台灣許多城市中的「租界」。他們用美國方式管理中國人的嘴巴、肚皮與衛生習慣。

「香港」的中國人被英國管了一百多年，聽說變得很守法。不過，現在已被中國人收回自己管理，以後還守不守法？只要看看上海、廣州……就知道了。

中國人最大的奇蹟是：駕著賓士豪華轎車，卻打開車窗，非常果敢地將一包垃圾扔在街上。然而，即使這種人，走進「麥當勞」，也會變得很「文明」。吃完漢堡，很主動地收拾好剩下的垃圾，丟進清潔箱裡。

我不喜歡漢堡，比起中國的飲食文化，它只算是幼稚園級的餐點，適合味蕾發育不完全的孩子們去吃。

假如，我有什麼喜歡「麥當勞」的理由，便是它讓骯髒的中國人，在那塊小小的「租界」內，忽然變得愛乾淨起來。

他們營造了一種「氣氛」，每個走進裡面的人都不能不認同：自己製造的垃圾，不把它收拾乾淨的人就是「豬」。大家都會側目看著他。

3

幾十年來，台灣省鐵路局只做成功了一件事：對號列車全面禁止吸菸，讓旅客享受到清新的空氣。

然而，這個成果卻是費了幾千個日子，逐漸改革來的。許多年前，高級的列車裡，「煙害」連蚊子都受不了。不曉得從什麼時候開始，抽菸的旅客都被趕到單號車廂，互相「薰陶」。又不曉得從什時候開始，癮君子被集中到第一節車廂。如今，大菸槍就只能站到車廂外的過道去吞雲吐霧了。

他們終於營造了一種「氣氛」，叫坐在火車上的人都不能不認同：車廂裡，抽菸的人就是一隻「臭鼬」。假如眞有人燃起菸來，便可能會聽到鄰座的聲音：「請你到車廂外去，好嗎？」

4

現在，應該有人同意我把「麥當勞」與「火車」聯想在一起吧！

在「麥當勞」與「火車」上，我想到了「水」，也想到了「中國人」。假如我說：「中國人是水」，你懂得這意思嗎？

「水」，裝進圓桶裡是圓形的；裝進方池裡是方形的。一池清澈的水，雖有幾滴污穢掉進去，很快就被消融，池水依然清澈；倘若滿池混濁，即使注入幾杓清泉，也同樣很快就被消融，池水依然混濁。

中國人是水，但如今已沒有幾個「水質管理員」懂得這個道理；甚至率先攪混一池污水！

——一九九八年八月・選自躍昇版《聖誕老人與虎姑婆》

日日望著街道的老人

至今，我仍然不知道他的名字；雖然，我幾乎日日都可以碰見他。

傍晚，牽著小女兒默默的手，走到那條長巷盡頭，沿教堂苔痕斑剝的紅磚圍牆拐個彎，便看見了他——一個日日望著街道的老人。他總是在騎樓的水泥柱下，站成一尊舉頭凝望的石像。

老人髮已凋盡，頭皮如經霜的柳橙；一目霧翳，彷彿剝殼的龍眼；滿腮都是花白的短髭；臉上則沉沉如眼前灰濛濛的暮色。

默默起始有些怕他；這不夠和藹、漂亮的老人哪！

他總是站在這兒，凝望街道上亂竄如鼠群的車陣以及蠕動如蛆的人潮。他等待著什麼呢？找尋著什麼呢？這樣大的年紀，應該有孫兒陪著他呀！然而，他卻總是孤獨地倚柱靜靜站著，站成一尊凝望街頭的石像。

他一眼看到默默，大概就喜歡了她吧！如暮色的臉，竟有餘暉返照的溫煦。「小妹妹，這麼體面呀！」他展露整齊的假牙，笑了起來，並伸出枯硬的手揪揪她辮子。默默聽不懂「體面」的讚詞，仍然有些害怕，回身抱住我的大腿。

我們就這麼認識了，但我一直沒有問起他的名字，只知道他姓胡，就讓默默喊他「胡爺爺」。逐漸地，默默也感受到了他的善意與親切，每次轉過教堂的圍牆，就老遠地喊著「胡爺爺」。此刻，望街的石像，便從脖子開始活了起來，側頭，然後眼睛、嘴巴、眉毛以及臉上的每一條皺紋全都活了。他沙啞而大聲地笑著，蹲下去，張開雙手，迎接默默飛奔過來的身子。

就這樣，我們幾乎每個傍晚都要碰面。此時，他總是特別開心，暫時把視線從街頭移到這個逗他呵呵大笑的小女孩身上。

逐漸，他談起了些往事：就像許多老兵一樣，都有段與時代變亂相偕的悲苦。當他扛起槍，和一些也是炎黃子孫打著不知其所以然的陣仗時，才二十多歲。從青史中，我們看到每一枚勳章都墊著纍纍的白骨。死亡，是他當時最可能的歸宿；思鄉，是他當時最無可投告的哀愁；從離家以後，他就再也沒有見到父母弟妹了。

在臺灣退伍下來，一直做著教堂後面那座莊園式公寓的管理員。大門口一間又矮又窄而爬滿迎春花的磚房，就是他窩身的地方。莊園中，每個門戶內都是溫暖熱鬧的家，而他卻只能守著空洞的大門，聽著許多窗帘內透出的笑語。

「你常站在這兒幹什麼呢？」

「沒幹什麼，看看人也好呀！」

喔！這老人日日望著街道，不找尋什麼，也不等待什麼，就只是爲了看看人而已。活在鬧市中的人，很難體會人在荒漠曠野的感受；而這老人活在鬧市中，卻彷彿獨在荒漠曠野，聞跫音而喜悅。這樣的感覺，誰能體會得出來呢！

前些時候，許多少小離家，鄉音不改而鬢毛已衰的老人，正爲著可以歸鄉而喜悅。儘管有些人四十年來竟已忘了故居的地址，忘了家門的方向，甚或忘了親人的名字；然而，在葬身異地之前，能摸索著回去看看，即使看到的只是親人的墳草青青，也堪療慰蝕骨的鄉愁吧！這樣的感覺，年輕如我者實在不容易體會。我也曾經有著深深的鄉愁；但是，只要我願意，隨時可以買張車票，三個鐘頭以後，便能回到南臺灣，看見那個風中雜著淡淡鹹味的故鄉。

「可以返鄉了，怎麼不回去看看呢？」

「回去，找誰呀！一顆炸彈丟下來，早死光了，連墳墓都沒有。回去，找誰呀！」

他竟然連再睹親人的青青墳草，都沒有這個機會了。那麼，他的鄉愁該是難以療慰的絕症。看著這尊望街的石像，每根皺紋似乎都是解不開的愁結，我忽然有些難過起來。

如今，已一連幾天沒有再看見他了。默默不斷地追問著，「爺爺呢？爺爺呢？」他生病了嗎？回鄉了嗎？死在小屋中而沒有人發現嗎？不管他歸向何處，我似乎都應該去探問些消息。

這天傍晚，當我牽著默默走到騎樓下，不知不覺地靠著水泥柱站定，眼前正川流著一臉漠然或惶然趕路的人群。我忽然想到，在這時代，究竟有多少個如此日日望著街道的老人呢？

——一九九一年一月·選自九歌版《智慧就是太陽》

這時候

這時候，一排送葬的隊伍，奏著哀淒的樂音，緩緩地拐過那條兩旁都是竹籬的小路，走向遠處雲氣薄騰的山坳。沒有人說話。

這時候，淺黃的油菜花，像細細密密的雨點，均勻地皴在翠綠的畫紙上。成千上萬的白紋蝶，如隨風飄浮的花瓣。

這時候，在醫院裡，正有一個嬰兒脫離母體。他呱呱地哭啼著，手腳不停蠕動。

這時候，一條繁鬧的街上發生車禍。那個男人仰躺在地上，血泊像雨後未乾的積水。機車殘骸，一塊一塊地散落街面。

這時候，一個老人坐在公園樟樹下的椅子上，靜靜地看著滿池盛開的蓮花。花梢棲息著兩隻交尾而黏在一起的蜻蜓。圓大的綠葉下，傳出陣陣如鼓吹交響的蛙鳴。

這時候，一條沒有汽車出入的巷子裡，幾個孩子有的打羽球、有的踢毽子、有的捉迷藏。忽然兩個孩子打架了，哭了，又笑了。

這時候，遠方的山頭上，白雲不斷變換著各種圖形。一隻高空盤旋的老鷹，陡然急速俯衝下去，迅又飛騰上來，爪上多了一條掙扎著的小蛇。

這時候，在海灘上，一隻狐狸狗蹲坐著。牠定定地瞪著海面；海面搖蕩著幾艘小船。灘上卵石磊磊，很多人彎著腰，認眞地揀拾自己喜歡的石頭。釣客們沿岸一字排開，裝餌、甩竿、等待、拉竿……。

這時候，一駕戰鬥機在幾十里外撞山，火光灼天，煙氣瀰漫著蔥翠的山腰。

這時候，一家賓館的某一個房間裡，一對男女正在做愛。赤裸的軀體像兩條白鰻扭在一起。地板上散落著凌亂的衣物。

這時候，氣象報告說後天將會有一個強烈颱風侵襲本島。

這時候，新聞報告說波斯灣的戰爭一觸即發。

這時候，一座橋垮了。

這時候，一粒草籽發芽了。

這時候，一個聲音說：

沒有我，這個國家便不存在！

這時候，我躺在客廳的沙發上，剛從夢中醒來。睡前沒有關掉的電視機，螢幕上正好出現一張政客的臉。他張大嘴巴，吐出了那一句話：「沒有我，這個國家便不存在！」

在夢中，我是一粒剛發芽的草籽。

這個世界，在任何一剎那間，都有許許多多的事物在各個現場同時發生。它們出現、消失；消失、出現。沒有任何一物是多餘的，即使一粒草籽；但是，也沒有任何一物是——不可缺少的，即使是一個自以爲偉大的「人」！

——二〇〇〇年三月・選自麥田版《上帝也得打卡》

人是唯一會讀書的動物

這宇宙間，人是唯一會讀書的動物。而人之與其他動物最大的差異，恐怕也就在「讀書」這一回事了。

然而，人究竟爲什麼要讀書呢？這問題，別說那些每天被大考小考「烤」得焦頭爛額的可憐孩子們回答不上來；就是讀了大半輩子書，胸前掛著「博士」牌子的專家們也不見得眞正弄清楚。曾經有一個搞電腦的「博士」，在課堂上對文學系的大孩子們說：「什麼詩呀！詞呀！孔子呀！老子呀！讀這些有啥用處？隨便唸唸就好了，趕緊出國去改學電腦吧！」異哉此「人」，其所見與大狼狗無別，就算胸前掛個「博士」牌子，頂多是價格比較昂貴的「名種狗」罷了。

讀書只爲了賺錢，賺錢只爲了吃飯。人類未免把「吃飯」的問題搞得太複雜了。豬，無須讀書而飽食終日；就是不依靠人類豢養的虎狼，也用不著爲了口腹之需而讀書呀！

或許有人會認爲我引喻不類；然則，我就說個賺錢吃飯無須讀書的故事給你聽吧！我家附近的市場口，有一婦人焉，眇一目，另一目則連自己之名姓亦認不得。她每日於市場口賣蚵仔麵線，趨食者如爭蚯蚓之鴨群。某日，問彼：月入幾金？彼瞬目而笑，伸五指，反覆者三。「十五萬元？」彼頷首曰「是」。我爲之仰天嘆息，那位「電腦博士」讀書二十餘年，耗去數百萬元學費，竟然尚不明白，賺錢吃飯只在鍋鏟之間，與讀書有何關係？

人活著，假如只是爲了一張嘴巴、一具軀體，不管吃得多好，穿得多媚，都不一定非要讀書不可。市井之間，財大氣粗、享受奢侈者，多的是不讀書之輩。然則，讀書究竟是爲了什麼？爲了貼上「士」的標籤，以驕其鄰里嗎？故「學士」之不足，必進之以「碩士」；「碩士」之不足，必進之以「博士」。倘若讀書眞的只爲了一張張標籤，那讀書人與櫥窗中的貨品有何不同？「勞力士」再怎麼名牌，那也只不過是一隻供人玩弄或使用的手錶罷了。

人，的確是這宇宙間唯一會讀書的動物；然而，眞正懂得爲什麼要讀書的人卻不多。爲了吃飯而讀書，爲了學位標籤而讀書，固然不懂得讀書的眞諦，但畢竟於人無害。難道讀書也有害處？當然，自古以來，大奸大惡之徒未有不讀書者。別說漢唐明清，就說我們所目睹的現狀吧！能讓千千萬萬人受害者，絕非目不識丁之輩。其害人之多寡，往往與讀書之高下成正比。「知識」顯然變質爲犯罪的利器了。聽說倉頡造字的時候，鬼神爲之夜哭。爲什麼呢？因爲鬼神預知到，人類有了文字之後，腦筋會越來越複雜，什麼虛僞狡詐的壞事都幹得出來，甚至連鬼神都會慘遭利用或修理哩！因此祂們被嚇哭了。

果眞如此，「讀書」其實爲人類以至萬物帶來了極大的災難。因而我將期待一場天火，焚盡世間之書，讓人類再回到渾沌蒙昧的境地，日與鳥獸遊息。或許，這還比知識爆發的現代，讓人活得幸福哩！

不過，事情還沒有悲觀到如此地步。假如，讀書是爲了追求眞理；眞理像活生生的細胞。那麼，讀書而至於害人，便只是細胞的癌化而已。彼非健康之讀書者，而是惡病之讀書者。這種人即使讀盡天下之書，貼上幾張「博士」的標籤，仍然不懂得爲什麼要讀書。

人究竟爲什麼要讀書？你可以說出千百個答案。倘若爲了賺錢吃飯，爲了學位標籤，爲了把別人踩在腳底下以建立自己的尊榮，這都不是好答案。那麼，你還可以說：爲了討個好老婆或嫁個好老公，爲了找到一份高貴的工作；這樣說，雖然頗爲切實，似乎還是不免俗氣了些。然則，你可以再換個說法：爲了變化自己的氣質，爲了提升自己的生活品味，爲了實現自己的才華與理想……。

人，眞的是這宇宙間唯一會讀書的動物，並因讀書而活得和其他動物不一樣。這不一樣的生活就是「文明」。「文明」生活有二個面相：一個是便利而舒適；一個是彼此懂得相愛；而且這二個面相必須兼得。甚至「相愛」是文明生活最終極的意義。假如，讀書是爲了追求文明的生活，而文明的結果卻讓人類比其他動物更不懂得相愛；那就不如不讀書了。

如今，書籍已不僅是汗牛充棟，而是氾濫成災。每日捧著書的人也遠超過漢唐明清，但眞正的「讀書人」卻越來越少。「書」與麵包、咖啡甚至保險套、槍械實無兩樣。因此，我們眞正的問題並非人們讀不讀書，而是人們捧著書本的時候，到底有沒有想清楚：究竟爲什麼要讀書？

——一九九八年八月．選自躍昇版《聖誕老人與虎姑婆》

「翹鼻子情聖」自傳

「翹鼻子」，朋友們都這麼叫我。但是，我老婆卻暱稱我爲「情聖」。鼻子翹不翹，一般人看得出來。情聖不情聖，卻只有我老婆才能體味。

「翹鼻子情聖」，這諢號可也不是憑空而生。它非但因爲我鼻子之翹，還關係到另一個比我之鼻子還翹的鼻子。

朋友們到我家玩，對客廳、書房甚至麻將間，都沒有興趣。他們最大的興趣，在乎我與老婆的臥室。

臥室中，有一張大床，六尺見方，高級護背彈簧墊，軟中帶硬，裹以米白棉質床單。這，很適合「情聖」施展手腳吧——當朋友們這麼戲謔時，我聰明的老婆都笑而不答。

不過，我知道，他們對臥室最大的興趣並不在這張床舖，而在床頭上方的裝飾牆上。

牆上掛著一塊原色檜木，約一平方尺。這是底座，上嵌一只象頭，以粗麻線編織而成，耳朵、眼睛皆具。而最重要的是，它有一條比例上特別粗大的「鼻子」，甚長，略曲，向上作八十度挺翹，其狀引人遐思。

對了，就是這條「翹鼻子」，讓朋友們覺得既神奇，又羨慕，再加滿肚子不敢吐出來的嫉妒。

「普通的象鼻子嘛！有什麼稀奇呢？」

這傢伙顯然是第一次參觀，還沒摸到底。此種問題一向用不著我回答，很多好事者搶著擔任「解說員」。

這，可不是普通的象鼻子。奇得很哩！它翹起的高度到了晚間就會有變化。八十度、七十度、六十度……，有時還會下垂喔！每天晚上，「翹鼻子」和他老婆上床，究竟是「舉人」，還是「秀（朽）才」；是「中流砥柱」，還是「倦鳥歸巢」。這這這，這完全要看牆上那條鼻子翹到什麼程度！聽說，許多年來，其鼻之翹，都維持在八十到七十度之間，只偶然下垂了一次。因此，老婆快樂得不得了，高呼他為「情聖」。

解說完全正確。友人某非常羨慕，卻又有些遺憾：「這翹鼻子，要是能像『威而鋼』一樣量產，我第一個訂購！」但是，也有一個不識貨的傢伙，竟然質疑：「這檔子事，舉不舉，自己就可以決定，怎麼如此迷信！」

這傢伙也太不了解中國文化了。吉凶禍福，自有徵兆，此之謂「天人感應」。遠的不說，就說這科學昌明的二十世紀吧！某政要，高尚人也，家中有一座木雕水牛。聽說，牛頭會自動或抬或垂，此公升不升官，完全視牛頭抬起的高度而定。某年，牛頭高抬九十度，他遂毅然「順應天意」，競選總統。

牛頭之於象鼻，其妙一也。不過，對我這小人物來說，總不總統，沒關係，我並不想「服萬人之務」；但是，「性」不「性」福，卻關係重大，即使「服一人之務」，也不能洩氣呀！

然而，老天爺還眞不可靠。某日，牆上的「翹鼻子」忽然不翼而飛。茲事體大，今夜究竟「舉」或「不舉」？我這「情聖」完全茫然了。

——二〇〇〇年三月・選自麥田版《上帝也得打卡》

我在市場遇見魯迅

我在市場遇見了魯迅。我們都是男人，卻提著菜籃子。其實，這也沒什麼稀奇！

他精瘦如昔，還是理著平頭，每根頭髮都像鋼絲。唇上濃密的鬍鬚，則是一把很耐用的鞋刷。老舊的襖子，也不知幾天沒換洗了。

「爲什麼您會到這兒來？髒亂的市場呀！」我問。

「因爲這兒最中國，懂嗎？」他的話仍然很尖銳。

「您不喜歡生鮮超市？」

「是的，那兒看不到中國人的嘴臉，沒意思。」

我們停步在一座魚攤子前。黃魚很昂貴，一兩索價十五元。不過，「雪菜黃魚」的確很好吃。我今天有些異乎尋常的興奮，大聲向魚販子介紹：

「這就是魯迅先生，很了不起！」

魚販子剖開兩條黃魚的肚子，掏出內臟，在一小盆水裡涮了兩下，順手就將這盆滿是鱗片、腸肚的髒水往旁邊水溝裡倒。

「魯迅，哦！演電視劇的嗎？」他向魯迅瞪白眼。

「難道你沒看過他的〈阿Q正傳〉？」

「晚上八點檔的連續劇嗎？台視、中視，還是華視？」

我再也興奮不起來了。魯迅悄聲告訴我，那兩條黃魚是假貨，便宜的紅花魚染上黃色素，就可以多賣不少錢。

說到阿Q，我忍不住關心起來。小尼姑罵他「斷子絕孫」。阿Q眞的沒傳嗎？魯迅告訴我，阿Q賤得跟老鼠差不多，也特別會繁殖，子孫遍布海峽兩岸，而且個個比阿Q更出色，新名號就叫「阿Y」。

「魯迅先生，是不是打算寫〈阿Y歪傳〉呀？」

魯迅陷入沉思，然後搖搖頭說：

「不寫了。我當年棄醫從文，以爲文學可以醫治中國人的靈魂。但〈阿Q正傳〉已寫完七十多年，中國人卻越來越阿Q，甚至阿Q之不足，變而成阿Y。沒用，不寫了。」

我了解魯迅的心情。兩個男人買完菜，走到市場轉角一家醫院門前。醫生姓錢，我熟識。但不知他與〈阿Q正傳〉中的「錢太爺」有什麼親戚關係？

錢醫生是高級知識分子，總該了解魯迅與阿Q吧！我又興奮地向他介紹，尤其是有關魯迅棄醫從文的事蹟。然而，錢醫生正忙著拿聽筒、寫病歷，連頭都沒抬起來。

——二〇〇〇年三月．選自麥田版《上帝也得打卡》

輯四

人與獸之間

一棵沉默的樹，
被種植、被賞愛、被憎惡、被砍掉、被同情、被存留，
在人們轉念之間，已幾度歷經生死！
其實，在這個缺乏真確知識基礎的權力世界中，
我們都可能是一棵幾經生死的樹，
但卻千萬不能只是沉默！

狗的研究

引　言

最近，我對於狗有了些研究。我研究的不是狗的品種、市場或飼養方法，而是人們怎樣看待狗。

研究之一

很多人曾經如此地罵過人：「狗改不了吃屎！」然而，多少人細細想過這句話的意思呢？「屎」，當然不是什麼好東西；但是，狗卻很喜歡它，即使受到阻擋，仍然一直不能改掉這樣不良的嗜愛。換句話說，在人們的眼中，「狗」是只知嗜愛，不辨好壞的傢伙。因此，假如有人只知嗜愛，不辨好壞，我們便罵之曰：「狗」。

這就讓我想起一個故事來，某位富商痛快地喝盡一杯酒，向一位正在說好說歹的哲學家說：「喂！搞哲學的，人只要知道喜歡什麼東西就行了，管他是好是壞；你說那麼多道理，幹麼！」哲學家很有禮貌地回答：「先生，就這一點而言，您所見與『狗』略同！」

「喜歡」，從最低層次來說，是生理慾求，是每一種動物都具有的本能；連蒼蠅都知道喜歡腥臭、蚯蚓都知道喜歡泥巴。而辨識好壞，卻是價值判斷，是人類才具有的智慧。在生理慾求的層次上，誰都不能證明自己高人一等，甚至不能證明自己高「狗」一等。否則，「飯桶」、「酒鬼」、「色狼」、「煙槍」不都是偉人了嗎？

那麼，誰要證明自己不是一隻改不了吃屎的狗，證明自己比別人高級，就得拿出一顆能知道什麼是好什麼是壞的心來啊！

是誰說過，公平而有智慧的批評，應該把自己也包括在內。但很多人罵別人「狗改不了吃屎」的時候，常是昧著心眼地先認定自己不是狗，甚至自我膨脹爲聖賢、爲上帝。假如，這時候能想想自己，或許會恍然發現原來自己也是一隻改不了吃屎的狗。

我承認自己用這話罵過人，站在燈紅酒綠的街邊也常看到滿街是「狗」。然而，把心眼扳回來看看自己，有時候何嘗不是一隻大狼狗、貴賓狗、哈巴狗或土狗。大狼狗雖比哈巴狗要強悍些，貴賓狗雖比土狗要體面些，但其爲狗則一也。不過，人要免於爲狗，首先就得常常回看自己是不是已不知不覺地淪落爲狗。最可怕的是自己淪落爲狗而不自知，卻還在罵別人：「狗改不了吃屎！」

研究之二

人們常讚揚狗的「忠實」，而視之爲美德。因爲，狗是那麼死心眼地認定牠的主人而唯命是從，並且很盡責地吠咬每個陌生的闖門者——不分善意的拜訪或惡意的入侵。

在我來想，人們如此賣力地讚揚狗的「忠實」，無非是想合理地肯定奴役的行爲；當你把被奴役者「忠實」的表現視爲一種美德時，那麼你對他所施加的奴役行爲，便不再是一種罪惡。這一來，你就可以理所當然，不分對錯地發號施令了。

不過，看任何事情總是有許多不同的角度。你是狗的主人，當然會對牠的「忠實」非常滿意。然而，當你是闖門者的時候，不管你是善意的拜訪也好，或惡意的入侵也好，必然對不停狂吠、齜牙咧嘴的狗非常不滿，並且罵之曰：「狗腿子」、「狗奴才」、「狗仗人勢」。

這就你來說，是一種心態的矛盾。對狗而言，更是兩邊爲難。不知該怎麼做，才能讓雙方都滿意。但是，能兩面討好的狗通常不多。到底要忠實得讓主人很滿意？或敷衍得讓闖門者沒有怨言？狗兒們常只能選擇其一。牠們的選擇，絕大部分會靠向主人一邊，因爲對牠們而言，「吃飯」實在太重要了。

假如，人們能離開「主人」或「闖門者」的立場，替狗想一想，多少都會同情牠們的

「狗」際困境吧！我在想，那些苛求狗必須忠實的主人們，有時候眞該扮演一下閫門者的角色，嘗嘗被吠被咬的滋味。這樣，他就能領悟到，所謂「忠實」也該分辨是非好歹。那些罵「狗腿子」、「狗奴才」、「狗仗人勢」的閫門者們，有時候也可以扮演一下主人的角色，那麼對於狗兒們盡責的吠咬，也就不會那麼埋怨了。

然而，人們的毛病就是當個「主人」就忘掉「閫門者」的立場；當個「閫門者」就想不到「主人」的立場。因此，狗兒們如果眞想脫離這種兩難的困境，恐怕就只有一條路了——獨立自主，不再靠誰吃飯！

我常覺得很悲哀，在人際關係這樣複雜的社會裡，每個人都可能不免爲「狗」。人類造成狗的人際困境，也造成他自己的人際困境。如果眞要脫離這個困境，除了狗兒們期許自己能獨立自主之外，同時，也該期許人們不要把奴役別人視作那麼當然。給別人自由，也就是給自己自由。請問有誰能保證自己永遠都扮演「主人」，而不在命運的導演之下，客串一下「狗」的角色呢？

研究之三

兩隻狗搶吃一根骨頭，常見的解決方式是彼此咬來咬去，直到有一方皮破血流地逃開爲止。

兩個人爲了些利害問題，又吵又打，彼此不肯講理。你可能會冷眼旁觀，而罵之曰：「狗咬狗一嘴毛！」

這樣說來，在人們心目中，狗是不懂得講理，只會用爪牙解決利害問題的傢伙。因此，一個人假如不講理而好張牙舞爪，就與狗無異了。

在我的印象中，從未見過兩隻動物打架的模樣是很好看的。狗咬狗固然醜態百出，兩虎相爭也同樣都狼狽不堪。當然，再美的女人，一旦彼此抓頭髮、扯衣服，眞會醜得讓你從此對美人失去興趣哩！

的確，人之所以比狗高尙些，原因之一便是人懂得採取美好的方式，去解決彼此的爭執。可惜的是，很多人常在衝動之下，「狗態」百露而不自知。

坦白承認，我曾經爲了所謂的「一口氣」而露過「狗態」。當時，也不自覺其醜陋。直到有一天，我站在籃球場邊，冷然看著兩個傢伙爲了搶球而扭打成團。他們青著臉、瞪著眼、歪著嘴、咬著牙、喘著氣、粗著脖子，完全改色變形的臉上，再也找不到絲毫文明的痕跡了。這時，忽然有人罵說：「狗咬狗一嘴毛！」我悚然一驚，想到自己從前與人爭吵或打架的時候，是否也這般「狗態」畢露！是否旁邊也有人這樣罵我！

人與狗的分別，往往只是一「態」之隔。「人態」一丟，就立刻現出「狗態」來。然而，放眼所謂文明的人間，卻時常可以看到許多「狗態」。有一個早晨，臺北市公館附近，交通仍是一向的混亂。在擁擠的車潮中，正有兩個年輕人站在車旁爭吵。後車追撞前車，誰對誰錯，應該是很清楚的事。但後車的駕駛者卻揮舞著壯大的拳頭，狂吠曰：「誰叫你停車讓我撞到！」我忽然覺得他眞像一隻兇惡地咆哮的大狼狗，正展示著自己的利牙，說：「我的利牙就是眞理！」

你要改變一個人醜惡的形貌，首先就得讓他看清楚自己，因此人類發明了鏡子；讓他憎惡自己，也是心理學上一種治療的方式。有一個小男孩很喜歡虐待動物，怎麼勸誡都不聽。最後，他的父親想出一個辦法，捉來家裡的貓兒，就在小男孩面前，狠狠地虐待著牠，先用鉗子拔牠的爪子，然後一小撮一小撮地扯下牠的毛。貓兒很悽慘地嘶叫著；父親則切齒吐睛，一副惡煞的模樣。小男孩突然覺得很噁心，忍不住大叫說：「爸爸，不要這樣啊！」從此，他就不再去做出這種讓自己都憎惡的行爲了。唉！這隻可憐的貓兒。爲什麼總是要有人當烈士，才能刺激那些不自知醜惡的傢伙去反省呢？

狗是我們的鏡子，那些「狗態」畢露的人也是我們的鏡子。然而，爲什麼這文明的人間，卻還是到處在發生「狗咬狗一嘴毛」的醜事。有智慧的人，從別人身上看到自己所欠缺的美德；沒智慧的人，從別人身上看到自己還未滿足的慾望。當你站在旁邊罵別人「狗咬狗」的時候，是否也想張開利牙，找一隻你討厭的狗，咬牠個滿嘴皮毛呢？那麼，小心回頭看看，可能正有人冷眼等著看你的「狗態」了。

研究之四

聽說，牛的個子雖然很碩大，但在牠眼中，所有的東西看起來都比實際的大了許多。因此，牛總是那般自卑和溫順。相反的，狗的個子雖然並不大，但在牠眼中，所有的東西看起來都比實際的小了許多。因此，狗總是那般自大和兇悍。

眞的這樣嗎？這實在是無可證明的事。不過，我們倒是常罵那種自我膨脹的傢伙：「狗眼看人低！」在人們的眼中，狗除了不辨好壞、忠實、奴隸、不講理之外，又多了一個「自我膨脹」的形象。

一頭大水牛，不管是在田裡拉著犁、在鄉間黃泥路上拖著車，或在牛棚裡嚼著青草；靠近牠，你一定不會感到被輕視、被排斥的壓力。但是，狗就不同了。一隻陌生的狗，不管你是多麼了不起的身分，牠似乎都不將你瞧在眼內；只要你走近牠身旁，牠就狠狠地喝斥你一頓。

「自負」是一個人對自己的期許與肯定，本來並不是壞事。然而，一個人假如必須藉輕視別人、排斥別人，才能肯定自己；那麼，這種「自負」就很可厭了。狗眼之看人低，一方面是對於自己以外的人物看得不眞實，先把他們壓矮了半截；一方面又因此而自我膨脹，把自己撐得像個飄然升天的大氣球。

不過，這種自我膨脹的「大」，通常都很虛浮，禁不住外力的打擊。你一定有這樣的經驗：一隻看起來很兇悍的狗向你狂吠，假如你眞是壯起膽來，狠狠踹牠一腳，或敲牠一棍；牠必定立刻閉上狗嘴、夾著尾巴，逃得比誰都快。或者，你丟一塊肉給牠，牠也會低下頭，搖著尾，一副感恩不盡的模樣。

很多人都明白，大水牛的謙卑與溫順，容易得到大家的親善與讚揚。但這些人卻偏又生就一對「看人低」的狗眼，實在捨不得自我膨脹的快感。怎麼辦呢？「牛的面具，狗的心眼」，已經是很多人所信奉的座右銘了。不過，狗的心眼究竟不是牛的面具所能蒙得住啊！一得意忘形，便忍不住又「狗眼看人低」了。

我總覺得，能眞切地看清楚別人，才能眞切地看清楚自己。適當地尊重別人，也就是適當地尊重自己。不察實際，便拿「狗眼」把所有人都看低了，就等於看低了自己；因爲，他已將自己降格爲一隻只知「自我膨脹」的狗！

結論

人們怎樣看待狗，就等於怎樣看待自己。孟子對人的研究，結論是：「人人可以爲堯舜」；我對狗的研究，結論是：「人人可能爲狗！」堯舜與狗，你只能選擇其一。

——一九九一年一月・選自九歌版《智慧就是太陽》

龍的研究

引言

一個人會對某樣玩意兒崇拜到瘋狂而癡呆時，不用問也知道，他心裡是多麼希望自己能變成那玩意兒。假如，這個願望自己實現不了，他甚至會補償性地希求兒子幫他實現。你總聽說「望子成龍」吧！倘若做不成龍；兒子呀！做個龍屁、龍屎或龍尿也行。

因此，「龍」這玩意兒，你根本不必去追究是不是眞的存在？長成什麼模樣？牠只不過是中國這個民族幾千年來共同的夢想。牠大多時候是個美夢，但也有可能變成噩夢。這個夢，到今天，仍然沒有醒來。

研究之一

這會是一個什麼樣的夢？竟然如此不易醒來！

假如說，鳳凰代表的是男人理想的愛情對象，烏龜代表的是長壽，麒麟代表的是德行；那麼，龍代表的就是尊貴的權位了。

因此，說到龍，人們便立刻聯想到尊貴的帝王。甚至，幾千年來，龍已成爲帝王的代名詞了。帝王即位，就叫龍飛或龍升；帝王的身子，叫龍體；帝王的面孔，叫龍顏；帝王穿的衣服，叫龍袍；帝王坐的椅子，叫龍椅；帝王乘坐的車馬，叫龍馭……依此類推，那麼帝王放的屁，就可以叫做龍屁，其屎曰龍屎、其尿曰龍尿。這麼看來，帝王實在是一隻人間罕見的動物，從頭到腳，沒有一寸是「人」。不但如此，被他碰過的東西，也不是人能用的哩！

帝王不是人；人也生不出帝王這種稀有動物。因此，古來尊貴的帝王，都不是人生的，而是龍和某個睡在野外的女人交配而生。舉個例子來說吧！古代有個女人叫劉媼，田裡工作累了，就躺在湖邊睡覺，卻作了一個「外遇」的夢；外遇的對象不是人，而是神。忽然，雷電交加、天色昏暗，她的丈夫趕緊跑過去叫醒她，卻意外地看到一隻蛟龍壓在他老婆身上。不久，劉媼懷孕了，生下命定要做皇帝的兒子，他的名字就叫「劉邦」。

依照這種慣例，想生個做皇帝的兒子，最好讓女人躺在野外睡覺，說不定那天被龍看上眼，來一段保證丈夫都不生氣的「外遇」，這輩子就做定皇爸、皇媽了。問題是，誰知道龍喜歡什麼樣的女人！

這就是中國人幾千年來都醒不過來的夢，即使到這麼科學的今天，很多人仍然還在夢中。因此，碰到龍年就拚命生兒子。但是，假如沒有劉媼如此特殊的「外遇」，人畢竟只是人，怎麼生得出那種命定做皇帝的動物呢？說不定生出來的是個蚯蚓、泥鰍、蜥蜴，甚至毒蛇哩！

皇帝不是人而是龍，他的後代就叫龍子龍孫。然而，即使真龍生出來的兒子也會變種呀！難道你沒聽說過「龍生九子，各有所好」嗎？

聰明的古人曾經研究出龍生九子，卻並非條條都是龍，當然也就做不成皇帝了。這九個變種的怪胎，各有自己特殊的才能和嗜好。

「囚牛」喜歡音樂，最好讓牠拉拉胡琴或玩玩鋼琴，當個音樂家；「嘲風」喜歡冒險，飛簷走壁，最好就讓牠做個上山下水的冒險家；「蒲牢」喜歡吼叫，能幹什麼呢？當個聲樂家，不然就沿街叫賣饅頭；「霸下」很有力氣，喜歡扛東西，可以做舉重選手，或碼頭工人；「螭吻」喜歡爬到高處去瞭望，最好是開偵察機，或做個斥堠兵；「狴犴」喜歡和人爭吵、打官司，可能適合當個律師吧！「饕餮」喜歡吃，而且食量很大，做個大廚師再好不過；「狻猊」喜歡煙火，大概可以開設炮竹廠或香燭鋪；至於「睚眦」嘛，牠的喜好就很特別了，看到什麼生物都殺，去幹屠夫最恰當，只是弄不好，就是個滅門血案的殺人犯了。

這麼看來，龍的子孫很難控制得純種，什麼夾七雜八的傢伙都有，甚至還會生出殺人犯哩！這時，美夢可就要變成噩夢了。難怪古來皇帝所生的兒子，多的是正事不會幹，吃喝嫖賭、打架殺人卻樣樣精通的混球。誰生出像南齊東昏侯或隋煬帝這種兒子，都是噩夢一場啊！

假如，有人還說做皇帝是有「種」的，也有「命」的，那就是騙小老百姓的神話了。依我的研究，與其想生條龍，不如生個眞眞實實的人。人就是人，爲什麼一定要做稀有動物呢？

研究之二

對中國人來說，龍確是權位或事業的象徵，想做條龍，表示有上進心，並沒什麼不好。但是，龍絕不會是天生命定的品種，乃是由凡物慢慢修煉變化而來。

你一定聽過這樣的故事。《辛氏三秦記》中說，山西省的河津又叫作「龍門」，水勢非常湍急，魚鱉都游不過去；如能游過去，便化爲龍了。《交州記》也有類似的記載，只是「龍門」換在交趾的封谿縣，並特別強調說很多魚鱉碰得頭破血流，把河水都染紅了。

啊！我在想，芸芸眾生何嘗不就是大河中的魚鱉，人人都企圖闖過險要的那道窄門，希望一旦變化成龍，也好做出一番功業來。成則龍，不成則魚鱉，其中的關鍵只在於各人用了多少智慧與氣力罷了。碰得頭破血流，那也是應該付出的代價吧！

然而，魚鱉一旦變化成龍，就必須活出龍的模樣和性子，可別還是一副魚鱉的嘴臉呀！古人曾經說過：「蛇化爲龍，不改其文」。這便是天生的賤種了。

龍之所以爲龍，就在牠能無限的變化，所謂「能幽能明，能細能巨，能長能短」。能無限變化，才能應付風起雲湧，詭譎不測的機緣。

你知道嗎？有很多傢伙就是能大不能小，或能小不能大；能隱不能現，或能現不能隱。就拿獅子來說吧！不管什麼時候，總要擺出那副山大王的姿態；但是，當牠被獵人的網困住時，還得小老鼠幫牠脫險哩！而小老鼠嘛，掉進大尿坑裡，恐怕就非溺死不可了。螢火蟲總是放不下燈籠，非要指點別人來捉牠不可；至於貓頭鷹呀！只能躲在黑暗中，一見到陽光，便有眼如盲了。

因此，龍最大的本事就是「知機」，能與「時」變化；這才配稱爲「神」。凡是固執僵化，自我膨脹或自我萎縮，沒事喜歡活現寶，知道前進卻不明白後退，這種種人都稱不上是龍。

依照我的研究，我們這時代的魚鱉們，幾乎都拚命要擠過龍門。但擠過龍門的傢伙，卻很少能活出神龍的模樣與性子，怎麼都改不了那副魚鱉嘴臉！

研究之三

人們一提到龍，多誤以爲全是善類。其實，龍族裡卻不少壞胚子，牠們被稱作「毒龍」、「孽龍」或「惡龍」。

龍管轄的就是雨水。什麼時候下雨？該下多少？絕不能亂來。但是，毒龍們往往喜歡濫用職權，有時候猛下雨，淹死一大堆老百姓；有時候卻不肯給一滴水，讓人們鬧著旱災。更兇惡的，甚至還會吃人哩！

晉朝周處在長橋下斬殺的那條蛟龍，是地方上的大害蟲。《宣室誌》記載，西北地方有一條黑河，河中毒龍爲患，百姓非常痛苦，常得準備些「牲禮」去賄賂牠。

龍一旦作起惡來，小老百姓實在對付不了牠。因此，人們只好期待「屠龍英雄」的出現了。當毒龍被屠掉的時候，通常都是「圍觀者如市」，一起鼓掌稱快。然而，我們這世間，敢挺身屠龍的人並不多啊！

依照我的研究，毒龍可以說無所不在。牠不一定藏在深山大澤裡，而是藏在每個人心中。這毒龍也就是人們妄動的情慾。誰能提得起利劍，斷然斬掉牠呢？

近些年來，面對波濤滾滾的人間，難以數計的毒龍不斷張牙舞爪，彼此撕咬扭打，終至糾纏成一團解不開的死結。而中國呀！這個對龍崇拜到近乎瘋狂與癡呆的民族，都快變成毒龍之窟了；你能說這不是一場噩夢嗎？

結論

當人們已完全不明白「龍」的象徵意義，也不明白變化成龍必須運用多少智慧和力氣，只愚蠢地迷信自己就是龍種，卻又遮掩不住魚鱉的嘴臉，甚至氾濫著情慾。那麼，我敢說，「龍」已不活在現代的中國了。請從今以後，別再以「龍的傳人」沾沾自喜吧！

——一九九一年一月．選自九歌版《智慧就是太陽》

烏龜的研究

引　言

自從我研究了烏龜之後，便不知道該拿什麼態度去對待牠才好。

牠能預卜吉凶禍福，的確讓人敬重；牠壽長千年，的確讓人羨慕；牠能潛伏忍耐，的確讓人佩服；但是，牠遇事縮頭縮尾，卻又讓人瞧不起！

不過，爲烏龜想想，不免覺得牠有些委屈。唉！何只做人難，做「龜」也難！假如牠遇事不縮頭縮尾，又怎能活得那麼久呢？

研究之一

走過算命的攤子，有時會看到，紅綢布上趴著一隻不知死了多少年的烏龜。牠已經用不著縮頭縮尾了，空洞的龜殼只剩下頑固的盾板。然而，就靠著它，人們可以預卜吉凶禍福。

您知道中國人爲什麼相信烏龜可以預卜吉凶禍福嗎？最大的理由——因爲牠是「神靈之精」。一個生命能活到千年之久，非神即靈，當然也就看盡世間的好事與壞事了。可能，人們就是要藉重牠豐富的閱歷吧！

然而，這事想來卻滑稽得讓人落淚。人們憑牠而能預卜吉凶禍福，牠卻無法預卜自己的吉凶禍福。否則，牠也就不致被宰殺，並獻上自己的軀殼，作爲占卜的用具了。《莊子》就曾說了一個故事——

一隻神龜託夢給宋元君：

「明天，我會被一個名叫余且的漁夫捉到，請您救我呀！」

這個夢果眞應驗了。宋元君命余且獻上這隻神龜。他並沒有忘記放走神龜的允諾；然而，當他面對這麼難得一見的大神龜時，卻又生起另一個念頭：「殺牠來作卜具，一定很靈驗吧！」宋元君心中非常猶疑，於是叫人用「龜甲」占卜，結果竟是：「殺龜作爲卜具，吉。」

唉！這隻「神靈之精」的大龜，竟然沒有預卜到，殺牠的不是漁夫余且，而是牠所求救的宋元君。不過，牠的軀殼被用來占卜了七十二次，每次都非常靈驗哩！

您不覺得這個故事很有趣、很讓人難過，甚至爲之怵然有所戒惕嗎？

這隻神龜能預知自己會被漁夫捉到，卻又躲不過網羅，難道眞的有「命」嗎？牠死後的軀殼占卜那麼靈驗，卻又不能預知自己會被宋元君殺害。唉！難道不管如何的神靈，其「知」都有所不足嗎？生命的存在，眞是何等的弔詭啊！

靈龜不能預卜自己的吉凶，卻能以牠的屍骨去預卜別人的禍福。而拿著龜殼在預卜別人吉凶禍福的命相專家，又能預卜他自己的吉凶禍福嗎？人從鏡子之中，永遠只能認識到自己的假象。然則，人之缺乏「自知」之明，就眞的是一種無法突破的命限嗎？

何只烏龜必須以牠的屍骨才能驗證別人的吉凶、指示別人的明路；人類不也一樣必須以纍纍白骨才能驗證子孫的吉凶、指示子孫的明路嗎？

這就讓我想到，如今每日喧喧嚷嚷的人們，都似乎很清清楚楚地知道別人的好壞，卻從來都不能明白地知道自己。有時，站在蠢動如龜的人潮中，不禁悲哀地想——難道眞的沒有那種不必殺生的「先知」嗎？

面對滿街「烏龜」，我只剩一個想法——假如人類眞的已完全失去反省自知的能力，那麼即使殺盡所有「烏龜」，也無法藉以預卜人類的前途！

研究之二

中國人爲什麼那樣推崇烏龜，因爲牠活得長久。而活得長久，卻是人們始終無法達成的最大願望哩！即使想要什麼就有什麼的秦始皇，也畢竟還是要不到壽命。這怎麼不讓人見老烏龜而起敬呢？

您是知道的，人一旦沒有壽命，也就什麼都保不住。想要壽命，其實也就是想保住他已經擁有的一切——權力、金錢或情愛。所以，中國人將「壽」看作是「五福」之首。然而，幸好上帝掌握了這一把生命最根本的鎖鑰，沒有交給人類。否則，恐怕連「上帝」的寶座，都會被秦始皇篡奪啊！

上帝的聰明，就在於知道把「壽命」給予沒有什麼野心的烏龜。

然而，您知道貪婪的人類是永遠不會就此甘心的。他們不但拿烏龜來歌頌那些活得比較長久的傢伙，美其名曰「龜壽」；並且努力探究烏龜之所以長壽的祕訣，而搞出什麼「龜息」的名堂來。

《抱朴子》說，有個人叫做郗儉，曾經在一座墓穴裡向大烏龜習得呼吸導引的工夫；只是，誰見了郗儉活到現在呢？唐代有個道士袁天綱，他看詩人李嶠睡覺時，氣從耳朵冒出來（這叫做「龜息」），說他必能活得很長壽；但是，李嶠卻不過活了七十歲。唉！聰明到什麼事都做得出來的人類，卻想學做烏龜而不成，悲夫！

人活著究竟有什麼價值？這個問題，能回答出來的人已越來越少，但人們想學做烏龜的心願卻依然不變。而且聽說方法精益求精，已從呼吸導引進步到科學藥物了。

烏龜雖然不懂得活著的價值，但牠們活那麼久，縱使對世間沒什麼益處，至少也沒什麼害處。而不懂得存在價值的人們，倘若有一天能讓他們活得像烏龜那般長壽，那才眞是世間最大的不幸哩！

假如人之活得長久還有什麼意義的話，恐怕就在他閱盡了人世的滄桑，而累積了豐盈的智慧，得以指引子孫的明路。龜能長壽而知吉凶，曰神曰靈。人能長壽而知是非，曰聖曰賢；這也就是爲什麼人們尊敬老人的原因吧！否則，人老了，卻只知道一手捧鬍子，一手搶鈔票，就難免惹人大罵：「老而不死，是爲賊！」

近來，「老賊」一詞頗爲流行，而菜市場竟然也出現了被當作肉食售賣的大海龜。已往，中國是以老人爲中心的社會；象徵神靈、長壽的烏龜，即使無所不吃的中國老饕，也不敢去吃牠。

如今，中國已走到以年輕人爲中心的社會，什麼都在求新求變。「烏龜」似乎也將被視爲「老賊」。我眞的替烏龜擔心——總有一天，牠們會成爲年輕人滿足口慾的新奇菜肴。這大概也是所謂「求新求變」吧！

研究之三

烏龜爲什麼能活那麼長久？我想，原因之一便是牠從不浪費精力吧！

您聽說過這樣的故事嗎？有個老人捉了四隻烏龜來墊床腳。二十幾年後，老人死了。人們移開床鋪，四隻烏龜竟然還活著。

這故事似乎有點兒荒誕，但有關烏龜超乎一般耐力的傳說卻非常多。或許，您並不太相信這些神話。然而，卻無法否認「忍耐」是烏龜的美德之一。至少，把頭一縮，趴在那兒，幾天都不動一下，這就不是您所能做到的事哩！

「忍耐」，就是不浪費精力去做沒有效果的事。尤其，當環境對牠不利時，牠更能默默地承受下來，保住一口生命的元氣。而「忍耐」最高的境界就是「寧靜」，從肢體到心靈，徹底的寧靜。

然而，「忍耐」並不是很容易的事。烏龜天生有這份美德，人類卻沒有；那必須靠修養，才能做到。我想，人之缺乏耐性，最大的原因，一則是慾望太多，二則是太相信自己的聰明與魄力；您同意嗎？

近來，人們已完全失去了耐性，多是浮躁地把精力消耗在搶人與防止被搶的把戲上，而荒廢正事。每天總可以看到許許多多傢伙，不知道為什麼而把自己和別人搞得聲嘶力竭。到最後，很可能搶到的肥肉，也只好留給活得長久的烏龜去享用了！

研究之四

您大概用過「龜孫子」、「縮頭烏龜」這些詞罵人吧！可能您還會配上鼻子一哼，嘴角一撇的表情哩！

烏龜的縮頭縮尾，實在很讓人瞧不起。不過，事情常常也可以換個角度來看——一隻勇猛的大狗惡狠狠地撲出去，卻被人一棒打回來；您可能就會訓誡牠說：「凡事不要強出頭呀！」

其實，每一生命族類都有適合他們自己的生存方式。烏龜就是烏龜，碰到打擊，除了把頭尾一縮，躲進上帝所賜給牠的堅固堡壘之外，您想牠還能拿出其他什麼本事呢？

不過，您必須明白，大約在一億年前，始祖龜便和「偉大」的恐龍一起在洪荒的世界中，展開生存的競爭。爪牙銳利的恐龍早已滅絕，而只會縮頭縮尾的烏龜，卻仍然子孫興旺。

您大概也看過「箱龜」吧！當牠把頭和腳縮進甲殼裡，然後用盾板把身上所有的洞口關閉起來時，便好像一口石頭箱子，連兇猛的老虎，恐怕也拿牠沒辦法！

我無意倡導「龜縮哲學」。只是想提醒很多人，「張牙舞爪」絕不是解決困難的唯一方法。您一定要烏龜學狗的模樣，見影就吠、見人就咬，牠還能那麼長壽才怪哩！

人性比任何動物都複雜，有人其性如狗、有人其性如豬、有人其性如龍、有人其性如蛇……但也有人其性如龜。

烏龜就是烏龜，何必勉強裝龍扮蛇呢！況且，深於世故的人都知道，人生眞是千變萬化，應世就當可狗可豬、可龍可蛇，有時候更何妨做做烏龜。烏龜們云：「反正我把頭一縮，就隨他們去磨牙吧！」

結論

根據我的研究，烏龜不只是一種動物，牠更是中國人某些觀念的化身。他們鄙視烏龜的畏縮，卻常用「龜縮」的方式解決問題；他們佩服烏龜的耐性，卻都非常浮躁，浪費精力；他們推崇烏龜的長壽，卻又不懂得活著有什麼價值；他們敬重烏龜能預卜吉凶，卻不能知道自己的好壞。唉！假如人們實在弄不清自己的矛盾與迷惑，就只好拿烏龜作爲借鏡了！

——一九九一年一月・選自九歌版《智慧就是太陽》

鼠的傳人

引言

這些年來，許多人、許多事，總讓我不由得想起老鼠，這膽小卻又貪婪的東西！

我們可以試著爲牠打扮一下：那雙賊溜溜的小眼睛，最好戴上金框眼鏡，或許會顯得斯文些。兩顆專用來偷吃東西的大門牙，嗯，戴上口罩最好。至於那身毛皮呀，應該穿上一套剪裁合度的西裝；不過，尾巴可得藏好。

你不覺得很多人就是這副模樣嗎？有時候，走在街坊上，又擠又亂的人群及車潮，多的是有縫就鑽的傢伙。那種感覺，就像置身鼠窩。

最近，我很努力地研究，人和老鼠究竟有什麼差別？這問題似乎有些荒唐。人兩隻腳走路、老鼠四隻腳爬行，差別不是很明顯嗎？然而，老鼠會偷，人也會偷，你說他們又有什麼不一樣！

研究之一

我一直有個疑問，爲什麼十二生肖中，老鼠會排在第一呢？論勤勞，牠比不上牛。論勇猛，牠比不上虎。論溫柔，牠比不上兔。龍的神奇變化，馬的挺拔剛健，牠更是比不上。就說蛇的狠毒吧！那也是一種本事。山羊會爬岩壁，能吃苦，有耐力；老鼠實在不能和牠們相比。至於猴的矯捷、雞的盡責、狗的忠實、豬的肥美，也都各有老鼠所比不上的好處；可是爲什麼卻讓老鼠占第一呢？

小孩有一種說法，或許可以解釋這個謎。動物舉行賽跑大會，來決定大家的排行。牛拚命地跑在最前面。老鼠呢？這膽小的東西，牠早已偷偷地爬到牛角上了。眼看牛就要衝到終點，牠輕輕地往前一跳；結果，牠不費吹灰之力就拔得頭籌。

這是童話，你當然不會相信。但是，我相信，我信的不是動物眞的舉行過賽跑，而是老鼠眞的會幹這種偷偷騙騙的事，而且有時候的確能占到便宜。

你還不相信嗎？那麼，就讓蘇東坡說個眞實的故事給你聽：某夜，東坡聽到老鼠齧物的聲響。他搥了搥床板，聲音便停止了。過會兒，聲音又響起。他喚童僕點上蠟燭，發現聲音從一個木箱中傳出。童僕打開木箱，只見躺著一隻死老鼠，便將牠倒出來。誰知死老鼠剛觸到地面，便突然復活，在兩個聰明的人類還沒轉過腦筋之前，牠已竄得不見蹤影。

東坡終於弄明白是被老鼠騙了。老鼠被關在木箱中，出不來，便故意弄出聲響，引人打開箱子，然後裝死而求脫。多狡猾的傢伙！這伎倆，豬恐怕想不出來，猴子或許想得出來，卻不屑爲之吧！

鼠性怯懦而貪婪、多疑而狡猾。然則，牠有什麼本領呢？「偷」與「騙」而已矣。但是，就憑這兩個本領，便贏過牛的勤勞、虎的勇猛，而到處吃香喝辣。

在十二生肖中，虎、龍、蛇、猴，不肯靠人吃飯，故多避居深山大澤。其他，都要看人臉色，才有飯吃。不過，牠們或者出賣勞力，或者出賣皮肉，總是對人有些好處呀！就除了老鼠，牠既靠人吃飯，卻又拿不出什麼交換的條件，只好憑著「偷」與「騙」。奇怪的是，這套伎倆，對聰明的人類竟然很管用；因此，鼠之肥者，甚多矣。

從這項研究中，我幾乎不能不做成這樣的結論：吃香之道無他，唯「偷」與「騙」而已矣。

你難道不覺得，我們這個社會，老鼠眞的越來越多。很多人做不成龍、虎，又不肯辛苦地做牛做馬。於是，他們發現，做老鼠，確是天地間最便宜的事。因爲，他們越來越相信，在一個競爭的群體中，吃香之道無他，唯「偷」與「騙」而已矣；直到一場「滅鼠運動」開始。

研究之二

或許，你並不知道，老鼠看起來很猥瑣，又好偷好騙，但「官癮」卻特別大。

其實，這道理不難了解，自卑者往往自大。他心裡頭明白，憑他那副猥猥瑣瑣、偷偷騙騙的德性，即使戴上金框眼鏡，穿上西裝，別人也一樣瞧不起他。

老鼠就是老鼠，稍不注意，口罩便遮不住大門牙，褲子也包不住長尾巴了。於是，他很想做官，即使弄不到什麼「長」，弄個什麼「委員」或「代表」也好；反正人們一向就把「官」看做「金面具」。戴上「金面具」，大概就遮得住專事偷竊的大門牙了。

你可能不相信老鼠愛做官，但這裡有故事為證，請看《河東記》上說：李知微夜遊文成宮，在朦朧的月光下，忽見幾十個小矮人，聚集在一棵古槐樹邊。其中，有一人身穿紫衣，向眾小矮人說：某某，我封你為西閣舍人；某某，我封你為殿前錄事……原來，他們正在分配官位哩！

分封完畢後，紫衣人問：「你們都還滿意嗎？」只聽有一個很響亮的聲音說：「我們都很滿意！」但另有一個低弱的聲音卻說：「雖不滿意，但可以接受！」然後，只見他們紛紛鑽進樹頭的洞穴中。翌日，有人挖開洞穴，竟是個很大的老鼠窩。

或許，你認為這是個鬼話，不相信。然而，我相信；我信的不是老鼠眞會變成人，而是鼠輩成群，就眞的會幹出權力分贓的勾當。如果你還不相信，那麼我再提一個「以鼠爲師」的故事讓你參考。

李斯，是古代一個「官癮」很大的傢伙。年輕時候，他在地方官府裡幹個小職員。某日，見廁所中有隻老鼠，又瘦又髒，被狗追著跑。又某日，在米倉中，看到另一隻老鼠，又肥大又體面，很從容地享受滿倉的穀米。聰明的李斯，立刻領悟了一套「老鼠哲學」：「人賢不肖如鼠，在所自處耳」。於是，他發誓一定要做「米倉老鼠」。

果然，他終於做到「米倉老鼠」，吃得又肥又大又體面，直到在「鼠咬鼠」的鬥爭中，被更大的老鼠幹掉了。其實，老鼠就是老鼠，不管住的是廁所或米倉，其爲鼠則一也。

老鼠一旦做了官，就很難滅除。狡猾如鼠，必然懂得一個道理：「投鼠忌器」。因此，只要他抱著「寶貝」不放，你就奈何不了他哩！春秋時代的晏子，早就發現這種「官老鼠」的可怕。有一天，齊景公問他：「治國何患？」晏子做了很妙的比喻：「最怕社鼠！」

什麼叫做「社鼠」？「社」就是祭祀土神的廟宇，也象徵著政府。在社廟裡做窩的老鼠就叫「社鼠」。「社鼠」有何可怕？晏子說，你明知道他在社廟裡幹盡壞事，卻不敢用火熏他，因爲怕把廟也燒掉；更不敢用水灌他，因爲怕把廟也淹掉。

不知你是否發現：當今之世，早就「社鼠」成群；但又誰奈何他呢？

研究到這裡，你總該相信，鼠輩沒有不愛做官的吧！當然，做官的也不一定都是鼠輩。

是鼠不是鼠，套句李斯的話：「在所自處耳。」

結論

基於對老鼠多年的研究，我的結論有兩點：

第一、天地不仁，為何讓這可惡的東西，具有這麼強的繁殖力？近些年來，真的眼見老鼠越來越多。不知你是否也警覺到，有一種新型的「鼠疫」正迅速在流行。

此病不感染人的身體，而感染人的心靈。凡得此病者，性情與心態越來越像老鼠，並且毫不以為恥。走在街坊上，我總會有些惶懼，俗諺說：「過街老鼠，人人喊打」；問題是，假如有一天，老鼠滿街，那麼可能喊打的是老鼠，挨打的卻是人！

第二、中國人一向自以為是「龍的傳人」。這可以是一種自我期許，也可以是自我膨脹。依我的研究，從目前的情況來看，是自我膨脹。現代中國人的這副德性，確切地說，絕不是「龍的傳人」，而是「鼠的傳人」。

最後，順便要說，我一直有兩個遺憾。一是我雖對老鼠非常有研究，也了解很深，卻始終想不出滅除老鼠的好方法；二是我一向發誓，不管是肥是瘦，絕不做老鼠。然而，讓人懊惱的是，我生肖屬鼠。君子非但誓不為鼠，就是和老鼠扯上關係，也是可恥的事呀！你以為然否？

——一九九一年一月．選自九歌版《智慧就是太陽》

我只想回到自己的家

我在某一家三樓的前陽台被捕；撞翻了兩個盆景，紅蟬花與雀舌黃楊躺倒地上。捉住我的傢伙，是一個膚色黝黑、體格強壯的男人。他的手勁很大，按得我脖子差一點兒斷掉；爲什麼就不能溫柔些呢？

我看到他興奮地張大了嘴巴，緊緊抱住我不放。從來都未曾這麼靠近人，我感到快要窒息了。

他快步下樓，走到一個小女孩和一個小男孩面前，得意地把我推出去，說：「你們看，這是什麼？」

兩個小傢伙同時尖叫起來，臉色竟然因爲亢奮而漲紅。小男孩伸手把我攬了過去，小女孩也伸手搶著要撫摸我。他們很熱情。

「爸爸，我們會好好照顧他！」

他們眞的很熱情，但我只覺得非常恐懼，使盡力氣掙扎，甚至用嘴巴咬住他們的手。然而，他們的熱情似乎一點兒都沒有因此減退，還不斷稱讚說：「好好玩哦！他竟然會咬人！」

他們開始討論著，應該替我安排住在什麼地方最舒適。小女孩說：「我願意拿出一塊最喜歡的絲絨，替他鋪張柔軟的床。」他們又討論到，應該給我吃什麼最可口最營養。小男孩說：「我願意拿出最愛吃的核桃，讓他享受一頓豐盛的晚餐。」

他們眞的很熱情，自認爲給了我最好的東西，卻始終不曾問我究竟需要什麼。我只覺得非常恐懼，瑟縮在角落裡。別說核桃引不起我絲毫的胃口，就連水我也沒心緒去喝；雖然我的確又餓又渴，但這時候我最需要的卻不是這些。

他們似乎閒極了。男人顯得沒什麼耐心，看我不吃不喝，嘀咕了幾句便走開。但小女孩與小男孩卻大半天陪在我旁邊，注視著、談論著，並不斷試著引誘我吃喝。

傍晚，這家裡的女人回來了。「你們別瞎好心啦！沒看他嚇成那個樣子嗎？」她倒是比較懂得我。

夜色漸漸深了，但我怎麼也闔不上眼睛，那張舒適的床，碰都沒碰一下。這時候，他們已睡著了吧！我卻還是瑟縮在角落，雖然身旁有最舒適的床和最可口的核桃，但我只覺得世界無邊的黑暗。此刻，我除了恐懼之外，更感到哀傷與孤獨。這絕對不是我眞正嚮往的世界。他們始終不曾問我究竟需要什麼。難道從今以後，我都得過著這般被「關愛」的日子嗎？

第二天，小女孩彷彿感覺到什麼，反覆放送著一卷音樂帶：叢林中，風聲、水聲，此起彼落的各種鳥鳴聲。

她是想慰藉我的鄉愁吧！然而，這一切是多麼不實在。「家鄉」絕對不是用耳朵聽得到的啊！

「你們不必爲他造一個家，只需讓他回去自己的家。」女人對孩子們這樣說。我的眼淚忽然湧了出來。

我，只是一隻無名的小鳥，偶然在飛翔途中折損了翅膀。我不需要絨床與核桃，只想回到自己的家。

——二〇〇〇年三月·選自麥田版《上帝也得打卡》

一隻鳥的飢餓與悲傷

這時候，我只敢站在電線桿的頂端，向腳下的稻田張望。眼前一幕景象，眞叫我驚駭而悲痛：

稻田兩邊埂上，各立著一根木柱，他們像站得很挺直的衛士，遙遙相對，拉住一條包著墨綠塑膠皮的電纜線。

叫我驚駭而悲痛的是：纜線上一字排列，以尼龍絲懸吊著一隻一隻一隻……鳥屍。他們有的已經乾枯，好像一綹黑褐色的霉菜，無法分辨究竟是哪個族類；顯然死亡甚久，被日曬風吹成這副模樣。但是，有的可能剛死沒幾天，在陽光下，分明的羽色還標示著他們的身分。

他們一致頭下腳上地被倒懸著，半開的嘴巴無聲地垂指著其下豐滿而金黃的稻穗。然而，他們再也吃不到了。非但吃不到，甚至於連看也看不到了。

他們都爲這片稻穗而死吧！我感覺被嚴厲地警告了。但是，我好餓！

我聽過父親說，父親聽過他的父親說，父親的父親也聽過他的父親說：從前，他們找食物的田地裡，經常站著稻草人；這就算是一種警告吧！

什麼時候，稻草人已換成一排高掛的鳥屍！我感覺死亡的威嚇。但是，我很餓！

一個男人帶著孩子騎腳踏車過來，男人驚訝地說：

「斬首示眾啊！這麼多鳥。」

「好可憐哦！老師不是常向我們說嗎？要愛護小動物呀！」孩子有些迷惑。

「牠們都是壞鳥！」男人說。

「鳥，也分好壞嗎？」

「偷稻子吃的鳥，就是壞鳥。」

「牠們肚子餓呀！」

「……」男人沉默，沒有回答。

我好餓，但我更悲傷，忽然想起父親曾經說過的一句話：

「千萬不要只偷幾粒稻子，要偷就偷整塊田地。」

爲什麼？雖然，我開始有些明白；但是，仍舊不願相信這句話是一項眞理。

「啊！電線桿上那隻是什麼鳥？」孩子忽然發現了我。

「不知道，記住牠的模樣，回去查鳥類圖鑑吧！」

我很餓，但我更恐懼；難道我的族類也已在他們的「黑名單」之中嗎？天知道，我不需要名號，只需要幾粒稻子。

——二〇〇〇年三月・選自麥田版《上帝也得打卡》

一棵沉默地歷經生死的樹

「砍掉他！我們必須砍掉他。」妻的口氣非常堅決。

他被定了死刑，卻只能沉默。

一棵細葉欖仁，站在我家前院，離牆約二公尺。他的軀幹挺直，略不肯折腰。枝葉漸層，如疊疊巨傘，很有上下次序。葉小若鴿翎，青翠而乾淨。其齡不及十年，竟已傑出地登上三樓。但是，最近他被定了死刑，不知如何拒絕刀鋸！

這一排十幾戶住家，前院都有棵同樣的樹。當年，蓋房子的老闆頗眷顧他們，「很好的樹！」他只看到軀幹及枝葉，卻看不到在地下四處竄伸的板根。幾年來，他們確是得到許多恩寵，「很好的樹呀！」大家仰望地讚賞著。

「他的板根會竄入屋子的地基內，並且浮起來！」

某日，有人忽然得到一項新的資訊：他是侵略者。恐慌，開始左鄰右舍地蔓延開來。死刑，即是他們無法逃脫的命運。第一棵樹被砍倒了，接著第二棵、第三棵……而他們卻只能沉默。

「多問幾個專家吧！」我向妻說。

樹，我不懂。然而，一棵在窗前站了好幾年，曾經被賞愛的細葉欖仁，在不確定的罪名之下，就被判了死刑。愛憎與生死，竟是某些人轉念間的事嚒！幸好，我不是那棵只能沉默的樹。

「屋子旁邊，怎麼可以種這樣的樹！」第一個專家說。

「沒什麼關係吧！不用緊張。」第二個專家說。

「這個問題，沒有人切實研究過。」第三個專家說。

我忽然覺得難過起來。在一個不確定的世界中，我們卻經常在做著自認爲確定的事，包括果敢地決定他者的生死。而被決定的對方，卻只能沉默。

「可以讓他留下來嗎？」妻已不再堅持砍掉他。

最後，他以被「去勢」而逃過死刑。我們挖開靠屋牆這面的泥土，將可能侵略房屋地基的根截斷。

「去勢，總比死刑好吧！」

一棵沉默的樹，被種植、被賞愛、被憎惡、被砍掉、被同情、被存留，在人們轉念之間，已幾度歷經生死！

其實，在這個缺乏眞確知識基礎的權力世界中，我們都可能是一棵幾經生死的樹，但卻千萬不能只是沉默！

——二〇〇〇年一月·選自麥田版《上帝也得打卡》

輯五

不知終站的列車

生命存在的真假無從辨明，
也不重要。
重要的是彼此之間，
允許自我「留白」；
讓每個人在相互瞪視之外，
也可以孤獨地躲進一個任何他者所無法侵入的世界。
那也是我們可以安全地生活一輩子的理由。

不知終站的列車

1

射殺兩隻瘋狂追咬著我的狼犬，在血腥氣味中醒來。如鼓擂動的心跳當真不假，這就叫我無從確辨夢與非夢的界域了。

一時之間，什麼都不明確。我還記得是在一列火車上，車廂滿坐著乘客。窗外有一場暴雨將至，密雲遮天，幽暗中透些微弱的光影，照著端坐不動的乘客。他們都沒有臉孔，整個頭顱像一顆大理石雕成的巨蛋。

「你們是誰？」一切寂然。

「這是什麼地方？」一切寂然。

我看到一個戴著列車長制帽的男人從前端門口走來。他竟然全身赤裸，胯間垂懸著纍纍如果實的陽物。

「這列車要開往那裡？」他擦身而過，沒有回答。

這列車要開往那裡？

這列車要開往那裡！

這列車要開往那裡!!

我抱著頭，焦慮地蹲踞下來。等到再抬頭時，我的眼睛乍然遭遇四把火炬，不知從那裡冒出來的兩隻大狼犬，正兇狠地瞪視著我。在我還沒開口之前，牠們已撲了過來。我拚命奔逃，聲嘶力竭地呼救，一個車廂穿過一個車廂，但一切寂然。在緊急中，那個戴著列車長制帽而全身赤裸的男人站在最後一節車廂的盡頭，漠然地遞給我一把獵槍。

一時之間，什麼都不明確。甚至，此刻置身何地，猶自恍惚。在眼睛未及睜開之前，一束接一束反覆轟隆的聲音，已不容拒絕地擠入耳道；這是鐵輪軋軌的律響。

我眞的在列車裡嗎？這列車要開往那裡？那兩隻狼犬被誰支使，爲什麼要咬我？

當我拉開眼皮，不斷向後飛退的影像，讓我確定在某一列車上，這是眞的！但我在什麼地方？列車要開往那裡？恍惚間，還是弄不清。幾年來，一夢初醒，經常都會有這樣的錯覺。我早已不再是一棵盤根的榕樹。

在我意識逐漸確辨了夢與非夢的界域，看清眼前熟悉而又帶著陌生的山川，竟然強烈地想起遠方的母親。

多日之前，在第九次遷移的屋裡，那是單身的么弟與父母未分的居所；但是，兩個忙於口腹之需，爲錢奔走的男人，卻經常徹夜沒有回宿。我去探望母親。看完八點檔的連續劇，她便就寢了。

衰老的母親躺在一張彷彿曠野的大床上，並不很在意我有沒有回應，只是無歇地訴說：你們小的時候，全家七口睡一張板舖，擠一床老舊的棉被；現在你們都長大了，一張彈簧床，一件新軟的棉被，卻只睡了我一個人。家裡經常只有電視機的聲音……。

我陡然有些哽咽，一直沒有答腔。朦朧間，不知母親什麼時候停止了自語，也不知我什麼時候睡著。半夜醒來，一時之間，竟又不知自己身在何方！

近來，吾兒忽然問我：「爸爸，我是那裡人？」這問題，竟爾難以回答。我出生於J縣，在那兒過了窮苦而快樂的童年。然後，搬到繁華得讓人窒息的T城，讀書、工作、娶妻、生子，耗了三十多年，至少遷移七、八次家。如今，攜著妻兒，告別T城，又落籍在人們視爲偏遠的H縣。我是那裡人？吾兒的疑惑，能如何解答！什麼都不明確。

2

車窗是一只無法對焦的鏡頭，不斷變換著追攝的景物。儘管來來回回許多趟，我仍然未曾認識它們，什麼都不明確，甚至途中許多村鎮的名字，至今還沒有弄清楚。不過，在這片陌生中，卻始終有一種熟悉的感覺，那是眼前山川的基調，大塊大塊而層層疊疊的翠綠之間，散佈著被水泥業者肆意挖掘的瘡疤，袒裼的岩土，總讓我想到猩猩在茸茸體毛中暴露的屁股。每次從車窗看這片山川，都覺得它是那樣美麗、混亂而悲涼。

這樣的感覺，在H縣的許多地方，時常會被撩撥起來。H縣火車站前，有一方如清秀佳人的小公園。我不識其名的幾排花樹，三月間便怒放著鵝黃、赭紅、雪白的種種細蕊。半個多月前，公園一角的花樹下，突兀地矗起幾座巨大的鴿子籠。群鴿襯著藍空飛翔的時候，籠間也飄散著如絮的鴿毛，以及陣陣鴿糞的惡臭。

誰有特權在這裡養鴿子？不是站長的小姨子，便是環保局長的姘婦吧！

每次經過，眼前這種詭異的景象，都會引起美麗、混亂而悲涼的感覺。但是，我的女人就不僅這樣罷了；她臉色非常惱怒，眼光如火地燒向盤空的鴿群。鴿糞是某種腦膜炎的病媒，染之必死。許多年前，她有一個好朋友，便因此而壯年夭歿，讓她痛心不已。這也就難怪她視養鴿者如寇讎了。

3

「我們雖有土地，卻很少有人把它當作家鄉！」她經常忿忿的這樣說。

當我從窗外群峰間收回眼睛，側頭便看到另類山巒。吾兒在七歲時就已經知道：「世界上有三座富士山。一座在日本，兩座在媽媽的胸前。」

身旁僅隔一條椅子扶把，是個刻意將性感寫在臉上的女人，無袖而緊身的T恤，逼得乳房聳如富士山峰。她微閉雙目，但我敏銳地察覺到她並沒有睡著。

我的眼光急速地掃過她的乳房，卻警惕地不敢略作停留。被告「性騷擾」，人們絕不會以「食色性也」的理由去原諒他。近來，這類案件時常發生，大多是由嘴巴、手腳惹來的禍事。然而，或許有一天，不會說話也不會撫摸的「眼睛」，可能同樣會惹禍。

假如，我們在兩性遭遇之間，還能勉強全身而退，那是因爲電腦還沒有發展到可以解讀人們心中的念頭。否則，在許多公共場所，縱使綁住手腳、戴上口罩和眼罩，也可能成爲「性騷擾」的被告者。而且，諸多被告，未必都是男人。

我迅速端正視線，臉色肅穆。坦白說，人們面對「性」事，從來都沒有說過眞話。被說出來與被寫出來的，差不多全是謊言。其中，只有一句是眞的：「我要和你（妳）做愛。」

不久，我們開始相互試探性的搭訕。我臨時捏造了一個假名，當然也無從確定她告訴我的名字是不是眞的。但這並不重要，反正什麼都不明確。

「府上是那裡？」我習慣地維持著文明的談吐。

「你問的是我的籍貫？出生地？還是現在住的地方？」她有些狡猾卻又頗爲認眞的回

答。

這個回答卻讓我爲之陷入了迷惘。只有籍貫，沒有眞正的「鄉」；難道許多人都是這樣？我的眼睛又移到窗外，車行不知到了那裡？山川依然是美麗、混亂而悲涼。

4

每個乘客的臉孔都像大理石所雕成，他們沒有哀傷、沒有歡愉，只是淡漠。同車乘客，是一種很奇異的組合，肢體相當親近，心靈卻又完全陌生。

他們是誰？但我並不想知道他們是誰。這時代，沒有誰眞正知道誰是誰。

他們要到那裡去？但我並不想知道他們要到那裡去。許多人都沒有眞正的「鄉」。

列車，在這不停奔馳而擁擠的空間裡，似乎什麼都不明確。

某一年除夕的夜晚，我如舟暫泊在F鎮的一戶農舍。屋裡是一對浪跡的男女，賃居於此。年夜飯後，熄燈是爲了嗜愛黑暗的寧謐。我們排坐在簷下的台階，一時都陷入沉默。眼前不遠處，就是冷清的車站，我定定地看著一列火車緩緩地駛過，在無邊的黑暗中，一格一格透著燈光的車窗，剪貼著凝然不動的人影。已經是團圓之夜了，他們還要趕路去那裡？我彷彿看到滿載沉重的鄉愁。

乘客們對於窗外的山川頗乏興趣。瞌睡、看報、吃零嘴、玩弄隨身聽，是他們聊以消遣的方式。不知什麼時候，鄰座兩個男人開始談論起如火燎原的選情。選舉最大的趣味，是讓我們得以一窺政客們的隱私。有人在外面藏了私生子；有人在家裡打老婆；有人嗜愛收紅包……。

他們的聲音越來越大。許多閉著眼睛而漠然的臉孔，逐漸地熱絡了起來，不管認識或不認識，便與鄰座談起這個讓人沸騰的話題。不久，彌天蓋地的聲浪，幾乎淹沒了鐵輪軋軌的律響。

「每位候選人都說，他們不是爲了個人的權力，你相信嗎？」一個膚色有些黝黑的年輕人，激動地問鄰座的乘客。車廂裡，忽然眾聲停歇，一片寂然。

列車長就在這個時候，從前端推門進來，開始驗票。他是這列車上最有權力的人。我奇怪地看到他赤裸著全身，胯間垂懸著纍纍如果實的陽物，狼犬什麼時候會衝進來！恐懼如春草蔓生。一時之間，我竟又無法確辨夢與非夢的界域了。

忽然列車緊急地煞住。前方究竟發生了什麼事？眾人焦慮地等候著答案。不久，列車長宣布：「不遠的前方，有一列滿載石化物品的貨車起火燃燒。什麼時候恢復通車，還不明確！」

我拉著鄰座那個女子的手，跟著躁急的群眾下車，便看到前方不遠，果是漫天的煙霧與火光。

一時之間，什麼都不明確。我眞的搭上不知終站的列車嗎？這究竟是夢或非夢？已無從辨識了。

後記

這一列車之中，那個不知終站的「我」，在T城某賓館與車上邂逅的女子做愛多次，被告「通姦」。三個月後自殺身亡，遺囑簡單幾句話：「我們活著，只有籍貫，沒有家鄉。除了性、金錢與權力，沒有別的希望！」

——一九九六年十一月六日《中國時報》人間副刊

被拋棄的東西也有他的意見

最近，我很想拋棄些什麼東西，我必須拋棄些什麼東西。

在一家診所，我靜靜坐著，等待遲到的醫生。對面粉牆上，是一幅讓我不斷焦慮起來的油畫。畫裡的女人穿著雨衣，撐著雨傘，卻抓著水管，正在雨中澆花。不知道那個女人為什麼讓我這樣的焦慮！

我靜靜坐著，等待遲到的醫生。醫生到現在還沒有出現。候診的病患們都兩手環胸，垂頭打盹著。

醫生還沒有出現，到現在。我靜靜坐著。不！我走到那個女人的身旁，但卻有些猶疑起來，究竟要搶下她的水管？或揪走她的雨傘，剝掉她的雨衣？這就讓我一剎那間無法抉擇了。

「有些東西必須被拋棄！」我焦慮地說。

「……。」她翕動著嘴巴，但我沒聽見她說了些什麼。

醫生終於出現。我用力指著牆上的畫，示意把它拿下來。但是，他沒有任何反應，只瞪了我一眼，漠然地跨過我斜伸在走道上的右腿。這個只會拿聽筒的傢伙，難道他也不明白有些東西必須被拋棄嗎？

最近，我很想拋棄些什麼東西，我必須拋棄些什麼東西。是的，家裡的東西已多到令我窒息。它們毫不客氣地佔領了我的生活空間。並且對我充滿了敵意，我清楚地感覺到。

這許許多多的東西，究竟怎麼住進我家？已記得不很清楚了。但他們都明明在那兒，佔領了大部分的空間。有的像大北極熊盤據著牆角，他說：「我是冰箱，你不能沒有我！」有的像獅子張大嘴巴蹲踞在櫃面上，他說：「我是電視，你不能沒有我！」有的像大豬公躺在客廳中間，他說：「我是皮沙發，你不能沒有我！」其他酒櫥、衣櫃、音響、放影機、電話、除濕機、冷氣機、餐桌椅、瓦斯爐……一呼百應，眾聲喧譁向我高喊：

你不能沒有我！

你！不能沒有我！

這些痞子，他們在要脅我。我眞的非要他們不可嗎？他們究竟怎麼住進我家？已記得不很清楚了。但恍惚間，我經常走在一條直通到地平線的彩色街道上，兩旁是一間接著一間的商店，落地窗全都彩繪著古典的春宮圖，每家門口站著一個披垂面紗卻赤裸著身軀的女人。

街道上熙熙攘攘的人群都戴著墨鏡東張西望。我與女人擦肩而過，走入街頭第一家商店，整間屋子從地板到天花板堆滿了紙尿布，成千成萬在地上蠕蠕爬動的嬰孩，你推我擠地爭搶著，「我不能沒有尿布！」他們說。尿布，我再也不需要的了，可惜它不能當作擺飾。

中間究竟進進出出多少種商店，買了多少種東西，實在也弄不清了。印象最深刻的卻是街尾的最後一家商店，當我踏進門口，立刻被滿屋大大小小的棺材嚇住。最大的像貨櫃，「有人一定要這麼大，才襯得出身分。」老闆說。最小的卻只有鉛筆盒一般，但表殼密密地鑲嵌著中央信託局的金幣。櫃檯邊擠滿爭相搶購的人潮，「可以投資，也可以當作擺飾。你不能沒有他！」老闆說。

搶購，是的，我們經常都陷落在搶購的熱潮中。雖然我們什麼都不缺，但我們非搶購不可，那是一種焦慮，一種發洩，一種佔有，一種樂趣，很複雜的感覺。狗，不懂這種感覺。豬、牛、羊，甚至大象、獅子、老虎、野狼等等，也都不懂這種感覺。牠們只是低級動物，餓了就找東西吃，吃飽了就睡覺，怎麼懂得「搶購」的種種感覺呢！

這許許多多的東西，究竟怎麼住進我家，佔領了大部分的生活空間？現在我有些明白了，就是從一條很長很長直通天邊的彩色街道搶購來的。在那條街道上，所有東西隔著彩繪古典春宮圖的落地窗，向我招喊：

你不能沒有我！

你！不能沒有我！

就這樣，他們像一群政客，或像一群妓女，毫不客氣地就佔領了我的生活空間。有時他們互相排擠、互相叫罵。某一個午夜，我口渴起床喝水，迷糊間，差點兒被一個攔路的花瓶絆倒。這沒用的東西，我幾乎已忘了她的存在！怎麼又跑出來扯腿呢？

「始亂終棄，你還是人嗎？」她顯得相當悲憤。

我還沒開口，站在腳旁一個前幾天剛搶購回來的陶製垃圾桶已叫罵了起來：

「妳這擺著看的沒用東西，被拋棄也是活該，還有什麼意見呢！」

最近，我想拋棄些什麼東西，我必須拋棄些什麼東西。但被拋棄的東西也有他的意見。這的確是讓我頭痛的問題。不過，東西實在已多到叫人窒息了。別的不說，就先數一數我的私有物吧！

我擁有五十三條領帶、三十五條領巾、二十四件背心、四十一個電子錶、八雙鞋子。她們各有不同的性子，不同的姿色。就以領帶來說吧！有豐腴的、有削瘦的、有高的、有矮的；其色亦各異，湛藍者如七月烈陽下的海、翠綠者如三月雨後的山、或紅似玫瑰、或褐若琥珀；而且其性之殊，各具特色，有的柔滑如少女的肌膚，有的粗糙如鱷魚的皮。至於領巾、背心、電子錶、鞋子，她們的姿色，就像唐明皇後宮的三千佳麗，留給喜歡想像的人去想像吧！

這也沒什麼好驚異，更多的男人擁有的領帶諸物，還不只如此的數目，八十條，甚至一百條，他們從不嫌多。這和用不用得著，沒什麼關係；擁有，對，只要「擁有」，只要「擁有」的比別人更多，就爽透了。

我擁有五十三條領帶，她們被囚禁在衣櫃裡，像一條條的鹹魚垂掛在桿上。其中大多數都只在我的胸膛間躺過一、兩次。這也怪不得我，五十三條，每天換一條，也得將近兩個月。但我對她們早就失去興趣了。我知道，她們個個都想掐著我的脖子，靠著我的胸膛。「你，你不能沒有我呀！」她們爭著嫵媚地說。我卻沒有什麼回應，近來我強烈地需求「自由呼吸」的那種感覺，再也不願被掐住脖子了。

「始亂終棄，你還是人嗎？」聽得出她生氣了。她是一條海藍底色，雪白斜紋而寬幅的領帶。其實，我並沒有忘記她，因爲我當新郎的時候，特別在群芳之中選了她。之後，春山翠、玫瑰紅、琥珀褐……，不斷湧進家裡，她便被擠到我眼光眷顧不及的地方了。

「既然用不著，爲什麼當初搶著要我！」這一身鼠灰的傢伙，她說得那樣激憤。但我實在已記不得曾經搶著要她。可能一次都沒用過，就把她囚在櫃子裡。她不懂，對我來說，用不用得著，沒關係，只要我擁有的比別人更多就爽了。

「你究竟想炫耀什麼！」這次說話的是一條棗黑的背心。她的語氣太尖銳了，刺得我相當難受。炫耀，既然有了些錢，不炫耀一下就是呆子。所有走在那條長長的彩色街道，戴著墨鏡東張西望的人，誰不是這樣！

最近，我很想拋棄些什麼東西，我必須拋棄些什麼東西。但被拋棄的東西卻也有他的意見，而且對我相當敵視，說了許多如利箭一般的話。我實在很煩，甚至幾次惱羞成怒，眞想放把火將她們全數燒掉。女人勸我去看看醫生，然而那個只會拿聽筒的傢伙，卻一點兒都不明白，有些東西必須被拋棄。

從醫院裡回來，剛剛午後，躺在床上，我認爲我應該是睡著了，可是卻又明明聽到喧譁的眾聲。有的從衣櫥裡傳出來，有的從抽屜、從鞋櫃，聲音如梟啼，如蠍鳴，如蛇叫，如空谷中急促的腳步。然後，我就赫然看見，一條一條的領帶與領巾，從衣櫥裡鑽出來，像一群雨傘節、龜殼花、竹葉青，向著我的床鋪游進。接著，一件一件的背心，像一群夜梟，衝開衣櫥的門板，向我急掠而至。我驚嚇地翻身，卻看到一只一只電子錶，從抽屜蹦出來，像一群蠍子窸窸窣窣地爬向床鋪。然後，就聽得七、八種腳步聲，從樓下鞋櫃處開始朝著樓上奔來。

我一陣暈眩，恍惚間，平躺在床板上，被七八個壯漢抬著，緩緩地走在一條很長很長的彩色街道上，我的脖子間繫著幾十條各色各樣的領帶與領巾，兩臂上戴著幾十只電子錶，身軀因爲穿著幾十件背心而顯得臃腫。街道兩旁的人群，個個戴著墨鏡，向我指指點點。他們不停地翕動著嘴巴，我卻聽不見什麼。

壯漢們穿著皮鞋，踏出輕重不一的腳步聲。我躺在床板上，微側著臃腫的身軀，卻無法動彈。走到一家樂器行前，透過彩繪古典春宮圖的落地窗，我隱約看到一個少女正低頭彈奏著鋼琴。她抬起頭來，臉色一片漠然，我的女兒，她是我的女兒。但是，記憶裡，她還是一個六歲的小女孩，什麼時候竟然已這樣亭亭玉立！

她似乎沒有看見被抬著遊街的父親，只是專心地彈奏著鋼琴。我拚命地呼喊她的名字，但陣陣琴音掩蓋了我的呼喊。很熟悉的曲子，那是她小時候經常彈給我聆賞的歌曲——貝多芬「白色的雨鞋」。我仍然清楚地記得它的歌詞：

我在森林中獨自徘徊，發現了一雙白雨鞋。
那是我從前在森林中遺失的白雨鞋。
經過多少風吹雨打，我從孩童長大成人。
經過多少風吹雨打，白雨鞋再也不經穿。

我的思緒忽然飛回了女兒的童年。那是一幢四面粉牆，空盪盪的，沒有擺設什麼東西的房子。客廳靠牆坐著一台雜牌中古的鋼琴。六歲的女兒，穿著一件鵝黃色、領口鑲著蕾絲的洋裝。她的小手輕靈地遊走在琴鍵上，一遍又一遍地彈奏著「白色的雨鞋」。我則站在琴旁，跟著反覆唱起歌詞來。琴音與歌聲交織成一片淡淡的哀愁。

當我陷落在許許多多東西的包圍中，什麼時候，我的女兒竟已這樣亭亭玉立了！但她卻聽不到我的呼喚。

我逐漸被抬離那家樂器行，女兒與琴聲也逐漸消失在遠方。我忽然覺得，在生活空間都被各種東西佔領的時候，每個長大了的人，都像是一雙童年被遺失在森林中的白雨鞋。淚水就這樣從我的眼角汩汩地流下來。我究竟將被帶往何方呢？

——一九九七年九月二十七、二十八日《中國時報》人間副刊

山鬼戀

若有人兮山之阿，被薜荔兮帶女蘿。
既含睇兮又宜笑，子慕予兮善窈窕。
——《楚辭・九歌・山鬼》

1

愛情是電子錶。我站在世紀末城市的街頭，姿勢顯然是長久的等待。哦！李奧，你在那裡？

城市像沒有岸埼的滄海，人車是浮游的魚群，圓瞪著空洞而冷漠的雙眼，從我身邊擦過。但是，李奧，你沒有在魚群中。你彷彿一滴水，淌入滄海，就再也無從找尋了。而我的姿勢卻站成長久的等待，如同巨浪都難以搖動的礁石。哦！李奧，你在哪裡？

愛情是電子錶。這世紀末的城市，愛情是電子錶，炫著新異、浮華的外殼；沒有人會在意它的內容，也沒有人會在意它的持久。什麼都只是消費品，電子錶是消費品，愛情也同樣是消費品。消費品無須耐用，更不必然只擁有一個。很多人都擁有各色各樣廉價的電子錶，以搭配不同的心情和服飾，用壞、看膩了就丟掉。

愛情，也像電子錶，被很多人這樣的消費。但是，李奧，我卻在城市之中，讓姿勢站成長久的等待，而你在哪裡？

你曾說，我的前世合該是癡戀的山鬼。我恍然看到自己在一個幽謐的山阿，姿勢就眞的站成長久的等待。等待，是追尋落空之後，還不肯割捨的癡想。在等待之中，時間是一條無岸之河，而我是遺失槳楫的舟子。哦！李奧，你如何明白，只有在等待之中，愛情才不致從如流的心河上漂逝。

在一個幽謐的山阿，我恍然看到自己，讓赤裸的胴體披上薜荔枝條編成的衣裳，再繫上女蘿藤莖編成的腰帶。哦！李奧，你知道這是我最窈窕的妝扮了；我想你會喜歡吧！李奧，如果我是那個亙古以來在癡戀中等待的山鬼，那麼你就是那個永世失散的公子了。哦！李奧，你叫我如何在這淒冷的山中，夜以繼日地諦聽著雷哭雨泣、猿鳴風號呢！而你又在哪裡？

雷填填兮雨冥冥，猿啾啾兮又夜鳴。
風颯颯兮木蕭蕭，思公子兮徒離憂。

哦！李奧，在這世紀末的城市，誰會是山鬼，癡心地等待唯一的所愛者？愛情是電子錶，在許多店舖裡，只要有錢，想買幾個就買幾個，不用追尋，也無須等待。哦！李奧，在世紀末的城市裡，愛情也是櫥窗中的商品之一，伸手可及；人們相信能把玩於掌中的物品，才是眞實。因此，人們不再嚮往神話。這是一個沒有神話的時代，誰都不肯承認神話才是人們心中最眞實的願景。

哦！李奧，當愛情已是電子錶，時間便只是錶面上十二個數字的反覆，而不再是宇宙間一條沒有起點也沒有盡頭的長流。那麼，在愛情之中，還會有天荒地老的等待嗎？十二個數字，大約僅夠計算一夜情慾勃起而又傾洩的時間吧！然則，山鬼的等待呢！我的等待呢！當等待是心靈朝向未來一項沒有折扣、無可替代的願景，它即是生命歷程的本身，除非實現了，否則能以什麼去丈量時間的長度呢！

問題是，山鬼的公子在哪裡？我的李奧在哪裡？追尋、失落、阻隔、等待，難道是一切眞愛宿命的歷程。而這世紀末的城市，愛情是電子錶，只需要幾個簡單的數字計算一夜的時間就夠了。

2

哦！李奧，你在哪裡？而此刻，我又在哪裡？

我明明記得，坐在電腦前面，螢幕是一個沒有守衛的入口。在這世紀末的城市裡，密佈著千千萬萬個這樣的入口。它們通往一個沒有山水沒有草木沒有鳥獸沒有房屋沒有道路沒有汽車沒有人影沒有陰晴沒有溫度……什麼實物都沒有，只有符號的世界。

李奧，我的的確確是從那個入口走進去。但是，我在哪裡？我感覺自己像一隻被斷去肢腳、摘除眼球的蜘蛛，跌入一張沒有邊際的大網。那是一種看不到任何形體、聽不到任何聲音、感覺不到任何呼吸與溫度的荒涼。然而，人們喜歡這樣的荒涼，因爲在其中，道德不再有重量，生命不再有血肉與靈魂，一切負荷都沒有了，一切虛假與冷漠都當然了。人們唯一需要的是符號，在符號的世界裡，不管男女，都是隱形人，可以放心地混淆性別、不辨美醜、無計善惡、難分眞假地談情、媚惑、甚至做愛。

符號是一種沒有尺寸，絕不會早洩，也無須高潮的性器，適合血肉與靈魂都萎縮的人用來做愛。然而，李奧，愛情怎能那樣的荒涼！

我在哪裡？李奧，我的確從那個螢幕入口走進去，但是在符號的世界裡，我完全迷路了。我誤闖了幾個地方，每個地方都非常幽暗，沒有東西南北、上下左右的空間，沒有能被踩踏的厚物，我們都飄浮著、隱匿著，推送一枚一枚的符號，彼此交談。

A是女人，因此我隨機就變成了男人。這樣會比較有趣些。我們肆無忌憚地交談；在陌生與虛無裡，便無所謂「尊嚴」了。她說曾經和十一個男人做過愛，卻從不問他們的姓名，也很快忘記他們的長相。唯一比較深刻的印象，是其中一個男人的陽具上有塊黑色的胎記。她問我，要不要成爲她的第十二個男人，而我用不著告訴她眞實的姓名。

B是男人，因此我便恢復爲女人。哦！李奧，你知道，男人對女人永遠比對他們的同類更有興趣。這回是我大膽問他曾經和幾個女人做過愛，他的答案非常狡猾：「柯林頓有幾個，我就有幾個。」然後，他問我：「願不願意當我的李文斯基？我也有一個可供幽會的橢圓形辦公室。」

A是女人、B是男人，這如何確定？就像他（她）如何確定我是男是女？而在一切難辨眞假之間，他（她）對我唯一的興趣便是做愛。哦！李奧，在人們都飄浮著、隱匿著的符號世界裡，愛情已連可以握在手上的電子錶都不是了，它只剩下一個被用符號拼湊出來的性器。此刻，我眞的像一隻跌在無邊巨網中的蜘蛛，失去肢腳，沒有眼球。而李奧，在這完全飄浮、隱匿的世界中，我如何能找尋得到你？

哦！李奧，我肯定你並不在這個符號世界裡。然而，越是飄浮、隱匿，越是眞假難辨，你的影像卻越是穩定、鮮明，眞實如山鬼亙古等待的公子。哦！李奧，你曾說過：儘管這是一個沒有神話的時代，但我們仍然相信神話才是人類心中最眞實的願景，它讓愛情保存在一個縱有遺憾卻必然純淨的世界裡。那個世界是人類靈魂的原鄉。我們是一群被放逐到污濁之淵的魚兒，只有依藉眞眞實實的愛，才能讓靈魂游回原鄉。哦！李奧，那是你第一次爲我開啓神話世界的門扉，看到山鬼爲愛而永世地追尋，亙古地等待。公子是唯一，他可以消失，卻不能被取代。

哦！李奧，越是在飄浮的符號世界裡迷路，我就越是強烈地追懷另一個山鬼的世界。你一定還記得，我們如何在靈魂深處找到神秘的入口，攜手走進山鬼爲愛而亙古等待的山阿，在一片幽篁中，看見山鬼蒼白、婉麗而哀怨的臉龐。

山，就是永恆，就是靜定、就是人們對愛的願景；而她是山的精靈，永遠都不離開山，永遠都在山的靜定中等待，等待她唯一的愛；縱然等待畢竟落空。

她經常孤獨地站在山頂，眼下煙雲變幻不定，偶或晴朗，偶或陰晦，偶或風雨凄迷。那煙雲的下方，便是若馳若驟，萬化無常的世間了。而流轉於世間的公子呢？他幻化諸相，飄浮於情慾之海，究竟已輪迴幾世？何時能終止這樣的輪迴！讓記憶回復到當初與她的誓約，而歸來山中，永世相守，以芬芳的杜若爲食，以清甜的石泉爲飲，以蒼翠的松柏爲蔭。

「公子呢！他爲什麼離開妳？」

李奧，你還記得我們這樣的疑問嗎？山鬼默默，欲言又止。她想說什麼？她又不想說什麼？假如，追尋、失落、阻隔、等待，是一切眞愛宿命的歷程，那就只能自己沉默地承擔，言語終究無法訴說什麼。

「在愛情裡，古代，我們的悲哀是不能奔放，沒有自由；而現代，你們的悲哀卻是難辨眞假，沒有保證！」山鬼終於打破了沉默。

3

「公子呢！他爲什麼離開妳？」這仍然是等著我們去解開的疑問。

山鬼是九疑山君的女兒。而公子的父親卻是洞庭湖神。他們不被允許相愛，但他們堅定地相愛。哦！李奧，你用你的心在詮釋他們嘛！

他們不被允許相愛！是誰這樣殘忍？

大地，不是山，就是水；山、水是大地的主體。因此，在神靈的世界中，山、水之神是兩個最大的族群。天帝懼怕兩個神族聯合，威脅到他的權力，特立禁令：山、水二族，其男女永不得相愛、通婚！

哦！李奧，我明白你所說：「愛情、婚姻只是權力的延伸！」

那段時間，我們正準備《山鬼戀》這齣愛情悲劇的演出。你編劇並飾演公子，我飾演山鬼。不，李奧，其實我就是山鬼，而你就是公子。當時，我們用心在詮釋「公子爲什麼離開山鬼」，卻怎麼都沒想到，我終於也得去詮釋：「你爲什麼離開我？」

他們不被允許相愛，但他們堅定地相愛。因爲他們在悠悠天地中，終於找到靈魂彼此沒有隔膜的唯一知己。天帝怒，乃囚山鬼於九疑山陰，暗無天日的「幽篁之谷」。而放公子於洞庭湖北，荒寂無物的「杳冥之澤」。

哦！李奧，當山鬼與公子爲愛而在權力的宰制之下掙扎；你也憂煩地告訴我：「父親反對我們的相愛！」我沉默地凝視著你游移的眼神，試圖解讀出在這個被宣稱爲「自由」的時代，權力是否眞的已從愛情的世界撤退！

山鬼病，乃折取石蘭之蕊，託玄鳥帶信給公子：「病矣！石蘭表心，凌冬不凋，此情永在。」公子逃出「杳冥之澤」，遠涉崑崙山，盜取西王母園中的「三秀靈芝」，爲山鬼治病。

哦，李奧，在你的劇本中，把公子寫得那麼癡情與勇敢。李奧，你既可以是不畏艱險的公子，我爲什麼不能是癡心等待的山鬼！但是，命運卻對眞情相愛的男女始終不懷好意。「我的大腸裡，被發現腫瘤！」你焦慮而哀傷地向我說出了這個噩耗。哦！李奧，爲什麼生病的人會是你！我將到哪裡去採得「三秀靈芝」？

天帝怒極，決定讓這對男女受到最嚴酷的折磨。他一方面強迫公子喝下「忘情之泉」，把山鬼徹底剔出記憶之外，並將他貶謫凡間，幻化諸相，世世轉生爲不同的男人，而與不同的女子沉溺在情慾之海。一方面又命山鬼於每月晦日，獨立九疑山峰頂，下望人間，找尋世世輪迴的公子，看他遺忘舊情，而出入於眾女之懷。妒恨，是對有情人最大的折磨。

哦！李奧，在這世紀末的城市，即使我不甘承認，愛情只是電子錶，甚至只是一個被用符號拼湊出來的性器。然而，我們又如何期望山鬼眞能找到永世失散的公子？哦！李奧，在這世紀末的城市，假如那個寒雨迷濛的夜晚，我不在人車如魚群浮游的街頭，彷彿發現傘下你與另一個緊緊靠著的窈窕背影，我就眞的會相信，父命與腫瘤是你不得不離開我的理由。告訴我，那個傘下的背影的確是你嗎？

公子幻化諸相，飄浮於情慾之海，必須輪迴百世。百世之後，假如他還能記起自己是誰，記起唯一所愛的山鬼。那麼，他就能回歸神界，與永世等待的山鬼結合。

演完《山鬼戀》，我們相約在經常流連的那家咖啡店慶賀。那一夜，我就如同山鬼，做了一場畢竟成空的等待。而李奧，你在哪裡？第二天，報載北海濱，有一對身分未明的男女飛車衝下崖岸。李奧，那會是你嗎？此後，你彷彿一滴水，淌入滄海，就再也無從找尋了。

哦！李奧，有關你的傳說很多，但除了等待，我並不想去求證什麼。在這世紀末的城市，愛情既已難辨眞假，那麼，每對情侶的分手，雖然都可以說出一百種理由，但卻沒有一種能確定是眞的。李奧，在你詮釋了公子悲劇地離開山鬼之後，我又該如何詮釋你的離去呢？哦！李奧，我眞的不想求證什麼，但是我仍然有一個無解的疑問：「究竟你在哪裡？在愛情的世界中，難道你從不曾存在過嗎？」

——一九九九年五月二十四日《聯合報》副刊

窺夢人

1

我認識「窺夢人」，這是眞的。

我並不打算寫一篇純屬虛構的小說，也不預備向你講個查無此事的寓言。我想告訴你的，都是平常發生在你我身邊的事。

這些事，全是眞的。或許，你不相信，硬說是假的。恐怕我們免不了要爭辯起來，但是語言最靠不住了，人們從未曾拿它弄清過任何眞相呀！還不相信嗎？那麼，我們就活在快被如浪的語言溺斃的世界，誰又確實弄明白過，那些每天口沫橫飛的人，背地裡想的是什麼，幹的又是什麼！

這世界，任何一件事都只能各說各話，「眞相」就讓「自以爲是」的人去相信吧！假如，這世界果然事事都有眞相，許多人將無法活下去。坦白承認吧！我們之所以還能放心地吃飯睡覺，完全是因爲這世果不會眞正的透明。

那麼，我說我眞的認識「窺夢人」，你根本無需與我爭辯，就當我在「痴人說夢」也罷；這世界向來是眞假難辨，因此聰明的人都學會沉默。

2

我們都喊他爲「窺夢人」，至於「窺夢人」的姓名，竟已被遺忘而不可考。問他，他有時一手指天一手指地，沉默而不答；有時則隨便胡謅一個姓名給你，什麼「孔仲尼」、什麼「馬基督」、什麼「牛七力」、什麼「李王八」……，然後反問：「你非姓×不可嗎？」

「窺夢人」究竟從那兒來？有沒有父母兄弟、妻妾兒女？也同樣一片空白。曾經有人費了不少工夫，從各種管道調查他的身世，卻空白還是空白，就像一口不知隱藏何物的黑箱。他一向不回答任何有關他的問題，只是笑笑地重複一句誰都聽不懂的話：

每個生命都是一口黑箱，而且必須是一口黑箱。

這句話，我開始也同樣聽不懂。後來，因爲幾個朋友的生命如黑箱被揭開蓋子而死亡，甚至「窺夢人」也在娶了妻子之後，由於某個與生命黑箱有關的事故而自戕，我才如禪修之頓悟。眞的，對任何生命而言，「幽暗」都是一種「必要」，被曝曬在陽光下而裡外透明的生命，都將在他人炯然的注視中枯萎。

對於「窺夢人」之死，我沒有悲傷，那不僅因爲他並非我的親人或相交莫逆的朋友，更因爲他只有死亡，才能驗證自己所說的至理名言：「每個生命都是一口黑箱，而且必須是一口黑箱」。這就讓人覺得，他的死亡有些滑稽，而滑稽之中又有些淚水悄悄地淌了下來。

從他身上，我們看到人生恍然是一場如眞似假而哭笑不得的遊戲。

3

我之遇見「窺夢人」，起始就弄不清究竟是眞實或幻夢。

某個下雪的傍晚，我走進一間荒敗的澡堂，它的板壁朽壞而破了幾個大洞，從右前方的一處洞口，可以看到遠方積雪的山坳間，有一座紅瓦的寺廟。寬大的澡池裡，貯滿乳白色的浴湯，但卻空無一人。池面氤氳的水氣，飄浮如輕盈的棉絮。

我赤裸著身子，斜靠池邊，坐進浴湯裡。熱騰騰的水溫，彷彿千萬隻手搔抓著靈敏的皮膚，我感覺到胯間有物暴脹。這時候，澡池中央，忽然冒出一顆光頭，接著便看到雙峰堅挺的乳房，是個姣好的尼姑！她嘴角燦著微笑，像一條肥腴的錦鯉向我游了過來。

忽然，我看見板壁的破洞間，露出一張非常蒼白的臉龐，圓睜睜的兩隻眼睛，沒有瞳仁，好似煮熟的魚目。我驚嚇地「啊」了一聲。

妻就躺在我身邊，和我一樣赤裸著身子，頭髮卻披散在籐枕上。她的臉色略顯酡紅，睜大眼睛注視著我，「做夢了！」她說。

我沒有告訴她關於澡池裡裸尼的事。她是個虔誠的佛教徒，準會呵責我如此的褻瀆。假如，我和她爭辯，只不過是個夢而已，怎麼能夠當眞。然而，在情欲與宗教上嚴重冒犯到她的這樣一個夢，她絕不會理智地去分辨眞假。說不定，還一口咬定：「夢比這現實更眞呀！」

我倒是向她說，看到一張沒有血色的臉龐、兩隻沒有瞳仁的眼睛，她直呼好可怕好可怕，並且安慰我，只是個夢而已，世界上不會眞有這樣的人。人們總是選擇他想相信的去相信，而不想相信的事物便認定是假的。

其實，我也如妻一般認爲，世界上不會眞有那樣的人，直到遇見「窺夢人」，才開始懷疑，澡堂裡裸尼以及那張臉龐、那雙眼睛，究竟只是一場夢或眞實發生過的事？甚至，當時自以爲醒來，妻躺在我身邊，說我做了夢，並與我談論這場夢，如此情境，究竟是在夢中或現實的世界？

我在都城一座壅塞著人潮的天橋上遇見他，一張沒有血色的臉龐，兩隻沒有瞳仁的眼睛。他就站在夕陽軟弱的橙光中，薄暮如紗的煙塵，讓他的身影恍然在大氣中飄浮著。這是在夢裡嗎？

「夢與非夢，怎麼分辨！」他說。從前，有個樵夫到山野間去砍柴，遇到一隻驚慌的小鹿。樵夫將牠獵殺，但因爲他得繼續砍柴，就暫時把鹿藏在乾涸的窪地裡，並覆蓋幾片蕉葉。等樵夫砍完柴，卻已忘記而找不到藏鹿的地方。

「難道這只是一場夢嗎？」他眞的迷糊了。

回家途中，他將這件事說給人們聽。有個鄰人依照他所說，竟找到那隻覆蓋在蕉葉下的鹿，很高興地回家，告訴妻子說：「那個樵夫做夢獵得一隻鹿，而忘記藏在那兒；我卻把牠找到了。他的夢竟然是眞的！」妻子半信半疑，說：「說不定是你自己夢見樵夫得鹿吧！樵夫在那裡呢？不過，你的確把鹿扛回家了，你的夢竟然是眞的呀！」男人說：「管他是誰在做夢，我得到一隻鹿卻是千眞萬確。」

樵夫回家之後，非常懊惱，晚上眞的做了一個夢，夢見藏鹿的地方，也夢見鹿被那個鄰人找到而扛走了。第二天醒來，依照夢境尋去，鹿果然就在鄰人家裡。他非常生氣，一狀告到官府去。

「窺夢人」說了這則《列子》裡的故事，然後問我：「夢與非夢，怎麼分辨？」

此刻，我眞的迷惘了。「澡堂」與「天橋」，那一個是夢，那一個是非夢？而我卻同樣看到這張臉、這雙眼睛。假如「澡堂」是現實，那就是「澡堂」中的我夢見「天橋」上的我；假如「天橋」是現實，那就是「天橋」上的我夢見「澡堂」中的我。而裸尼呢！妻子呢！那一個才是現實中與我同在的女人？那一個只是夢裡無明的幻象？我該相信什麼？我不該相信什麼？倘若曹雪芹感悟到的是「假作眞時眞亦假」；那麼，此刻我感受到的卻是「眞作假時假亦眞」。然而，每一個人卻都自認爲在眞相之中而看到了眞相！

其實，這整個經過，最讓我害怕的還不是夢與非夢、眞實與虛幻之難以分辨；而是「窺夢人」竟然能夠在我這兩個世界中自由進出，「我在一個荒廢的澡堂裡看過你」！聽到他這句話，我不是訝異，而是驚恐。

我一向認爲，生命存在的眞假無從辨明，也不重要。重要的是彼此之間，允許自我「留白」；讓每個人在相互瞪視之外，也可以孤獨地躲進一個任何他者所無法侵入的世界。那也是我們可以安全地生活一輩子的理由。假如每個都是「窺夢人」，我不知道誰能放心地過完這一生？

4

我和「窺夢人」坐在都城東北邊的山腰間的一棵白雞油樹下的磐石上。都城已在如墨的夜色中，變成一口巨大的黑箱。箱面上鑲嵌著熠耀的明珠與鑽石，那是可以照灼幽暗的燈火。但是，生命的幽暗處卻向來是任何亮光所照灼不到。它在光之外，像是永藏不露的山陰，與山陽共成無法分割的山之實體。

深夜裡的都城，是一口巨大的黑箱，即使通明的燈火也難以照灼這黑箱中許許多多生命的幽暗。我們所能看到的只是黑箱的外殼。然而，因為如此，所以都城繼續存在，人們繼續存在。

「窺夢人」彷彿融進夜色中，變成沒有實體的靈魅。他的眼球不長瞳仁，在白天，看起來像顆煮熟的魚睛。這刻在夜裡，竟然泛著曖曖的磷光。他低俯身子，面對腳下如黑箱的都城。眼中的磷光像五月的螢火，閃爍不定。

「搭著我的肩膀，閉上眼睛；我帶你到幾個用眼睛看不到的地方。」他說。

請原諒我吧！我真的無意去揭開任何一口生命的黑箱。然而，隨著「窺夢人」，我侵入了幾個生命的留白，看到了平常眼睛所看不到的景象。當時，我並不知道身在那裡，只以為那是真真切切發生在這現實世界中，卻叫人震驚而難以置信的事。之後，才知道我們進入了某人的夢境，窺視了連他最親暱的人都無法察知的祕密。

其中，有些我認識，有些我不認識。不認識的，我就不說了；認識的，我挑一個說說吧！但我必須姑隱其名，你千萬不要繼續追問，那個人究竟是誰？

天似黑鍋，頂空卻破了一個大洞，散落如血的光芒。大地是滾滾的濁流，什麼都被淹沒掉，只有一座金色的高樓聳立水面。頂層的陽台上，一把長背的交椅，C君端坐，彷彿冰冷的石像。他的右手拿著酒杯，左手摟著一個妖冶的女人。

陽台前端有把鐵梯垂懸到水面上。水面上，一個肥胖而衰老的男人，正在滾滾濁流中載浮載沉。他赫然是C君的父親。他不停地揮手向C君求救。但是，C君卻只是冷漠地瞪視著他——這個C君叫他「父親」的男人。

C父拚命地向自己金色的樓房泅泳，終於攀到了梯子。他疲倦而興奮地往上爬，眼看就要爬到梯子的頂端。C君站了起來，臉無表情，抬起右腳將梯子踹倒。

「窺夢人」在我身邊，漠然地看著這一幕悲劇，或許是他看多了，或許這些人這些事都與他無關。但是，我就不能那樣淡漠，C君是我最好的朋友，很知名的大學教授，向以孝悌為我輩所敬重。C父則是一個擁有許多財富與女人的商賈，生了幾個不同母親的兒女。

C君怎麼可能做出這樣的事，但他卻在我眼前發生了。之後，我明白那是C君的一場夢，是C君生命黑箱中另一個幽暗的世界，我不應該侵入。然而，我卻已經侵入，揭開了黑箱蓋子的一個小縫。此後，每當見到溫文儒雅的C君，在眞假難辨中，竟感到一種奇異的陌生，甚至摻雜著些許的厭惡。

5

昔者，有「狐疑」之國，王忌其弟謀反而苦無稽焉。某日，一士自西方來，自謂能窺人之夢，以伺心機。王遣之偵察其弟，果得叛變之夢，因以為據而殺之。復疑其弟魂魄為亂，懼而不能自解，終癲狂而死。

我並非在講一個查無此事的寓言，這是平常或至少可能發生在你我身上的事。

自從「窺夢人」在我們的群體中出現，這世界就忽然複雜了起來。許多傢伙開始在最親近的人身上貼問號，「窺祕」是一種心靈自體潛生的病毒，被誘發之後，便很快的擴散開來。很多人都想揭開所親者的生命黑箱，讓他成爲一個完全的透明體。因此，他們都以很昂貴的代價，請求「窺夢人」的幫助。有夫窺其妻者，有妻窺其夫者；有父窺其子者，有子窺其父者。有至交之相窺者……而人人自以爲已看清對方生命的「眞相」。

他們究竟看到了什麼？誰都沒有說明白。但是，據我所知，已有好幾個人，卻因此而夫妻、父子、朋友彼此離散或相殘。

「窺夢人」總是漠然地進出在很多人的夢境，並以此異術而致富，於二十世紀末，在都城南區一座天主堂中，由安樂神父福證，而與鶯鶯小姐結婚。

婚後不到兩個月，「窺夢人」便開始酗酒，爲什麼會這樣？他始終沉默，但臉色明顯地堆積著層層的怨苦。後來，禁不住我的關心與追問。他終於吐露了實情：

「鶯鶯的夢裡有好幾個男人！就是沒有我。」

他每個晚上，幾乎都在窺視鶯鶯的夢。而他再也無法如窺視他人之夢那樣漠然。

「你就別進入她的夢裡呀！」我勸他。

「既然是X光，能忍得住不透視嗎？」他搖搖頭。

終究，「窺夢人」無法忍受這樣的煎熬，於二〇〇〇年「愚人節」當夜，從驚鶩的夢裡出來之後，服毒自殺，遺書只留下二句他曾經說過的名言：

每個生命都是一口黑箱，而且必須是一口黑箱。

他早就這樣說了，卻沒有做到，竟然必需滑稽而悲涼地以自己的生命去驗證斯言！

我得再強調，這不是一篇純屬虛構的小說，也不是一則查無此事的寓言，而是平常發生在你我身邊的事。但是，請別找我爭辯它的眞假。說不定你身邊就有一個「窺夢人」，只是你沒有察覺罷了。

——二〇〇〇年四月二十七日《聯合報》副刊

顏崑陽寫作年表

一九四八年　出生於嘉義縣東石鄉的一個小漁村——副瀨。

一九五五年　就讀設在鄰村的「三江」國民小學。

一九六一年　考入設在朴子鎮的「東石中學」初中部。

一九六二年　父母攜弟妹遷居台北。自身暫留家鄉，寄居姑媽家。

一九六三年　轉學台北市成淵初中。

一九六四年　初三，開始自習古典詩詞，狂熱地嘗試創作。考入師大附中。

一九六五年　在師大附中，創辦「蘭亭詩詞研究社」，與喜好詩詞的同學彼此切磋，並開始積極索讀古典文學書籍，如《莊子》、《史記》、《歷代駢文選》、《古文觀止》、《幼學瓊林》及多種古典小說，奠下深厚的古典文學基礎。

一九六七年　第一篇散文作品〈芝山讀書記〉發表於《新生副刊》（未收入散文集）。參加「中國詩經研究會」徵詩比賽，獲台北縣代表詩人。結交古典詩人張夢機，來往唱酬。考取淡江學院中文系，家貧，不能就讀。

一九六八年　重考，以第一志願考取師大國文系。聯考國文成績前十名，因此獲得救國團與聯合報主辦的「中國文學獎學金」。接任《師大青年》編輯主任，開始活躍於校園內的文藝創作圈。

一九六九年　接任「師大青年社」社長兼「學藝委員會」主席，並主編系刊《文風》。《師大青年》爲報紙型的旬刊，發行全校。直到大學畢業，幾年間，古典詩與現代散文之創作力皆非常旺盛，並開始向《中央副刊》、《聯合報副刊》、《中國時報副刊》、《新生報副刊》投稿，刊登多篇作品。

一九七二年　大學畢業，應聘花蓮女中。這段生活經驗，對往後的人生以及寫作上，都產生極大的影響。

一九七三年　考取師大國文研究所碩士班，並在私立華興中學兼任教師。

一九七五年　完成碩士論文《莊子自然主義研究》十五萬字。七月入伍，服預官役。

一九七六年　第一本散文集《秋風之外》，由香草山出版社印行。這本集子共收錄散文作品三十一篇。這些作品都是在自我追尋中，以詩的韻律，醇厚的感情，與哲理性的思辨鋪成一條深邃的心路歷程。在風格上浪漫而唯美，辭采也呈現屬於年輕的艷麗，可以代表第一時期的作品風貌。

一九七七年　五月退伍。繼續在師大國文研究所攻讀博士。同時在光仁中學及淡江學院中文系兼課。

一九七八年　出版《杜牧》（河洛圖書公司）、《滄海月明珠有淚——李商隱及其詩》（偉文圖書公司），參與河洛版《白話史記》翻譯工作。短篇小說〈跳槽〉獲聯合報小說佳作獎。

一九七九年　出版《喜怒哀樂——中國古典詩歌中的情緒》（故鄉出版社）。以短篇小說〈龍欣之死〉再獲聯合報小說佳作獎。八月，與陳惠操結婚，定居新店。

一九八〇年　應聘為高雄師範學院國文研究所講師。出版《平林新月——唐宋詩選析》（長橋出版社）。主編《實用成語辭典》（故鄉出版社）。古典詩集

一九八一年　《藏微室詩詞稿》獲第三屆中興文藝獎章。散文作品〈結婚日記〉獲中國時報第三屆文學獎散文優等獎。

一九八二年　出版《月是故鄉明——中國古典詩中的鄉愁》（故鄉出版社），主編《古典中國之旅》（故鄉出版社）。與張夢機、曾昭旭在《台灣新聞報副刊》合寫專欄——「三稜鏡」。散文作品〈生態四記〉入選九歌出版社《七十年散文選》。

一九八三年　出版《莊子的寓言世界》（尚友出版社）。五月，因積勞而罹患精神官能症，辭去高師院教職，轉至淡江大學中文系任教。

一九八四年　出版《古典詩文論叢》（漢光文化公司），收錄民國六十四年以來的十多篇論著。散文集《秋風之外》由蘭亭書店重新處理出版。出版散文集《傳燈者》（皇冠出版社）。這本散文集，在題材上已比較轉向對現實社會人生的觀照，而文字上也逐漸趨向平淡、厚實、蒼老，與《秋風之外》的風格，有相當顯著的差異。

一九八五年　《平林新月——唐宋詩選析》重新出版（時報文化公司）。取得台灣師範大學國文研究所博士學位。出版博士論文《莊子藝術精神析論》（華正書局）。在淡江大學中文系升等爲副教授。女兒顏訥出生。

一九八六年　學術研究成果論文獲國科會甲種獎助。

一九八七年　主編《小牛頓成語辭典》(牛頓出版公司)。學術研究成果論文獲國科會甲種獎助。轉任中央大學中文系副教授。

一九八八年　學術研究成果論文獲國科會甲種獎助。

一九八九年　出版再創性的系列散文《想醉——我讀飲酒詩》(漢藝色研出版公司)。這一系列散文嘗試以古典飲酒詩的意涵作再創造性的表現。又出版散文集《手拿奶瓶的男人》(漢藝色研出版公司)。學術研究成果論文獲國科會甲種獎助。兒子顏樞出生。

一九九〇年　出版短篇小説集《龍欣之死》(漢藝色研出版公司)。

一九九一年　出版《李商隱詩箋釋方法論》(學生書局)。出版散文集《智慧就是太陽》(九歌出版社)。散文集《傳燈者》重新出版(漢藝色研出版公司)。學術研究成果論文獲國科會甲種獎助。

一九九二年　出版再創性系列散文《人生因夢而眞實——我讀莊子》。散文集《智慧就是太陽》獲「中國文藝協會」所頒「中國文藝獎章」。學術研究成果論文獲國科會「優等」獎助，爲中央大學文學院創辦以來第一位

一九九三年　獲得這項獎助。以《李商隱詩箋釋方法論》升等爲教授。出版《六朝文學觀念叢論》（正中書局），爲幾年來有關「六朝文學觀念」論文的結集。學術研究成果論文獲國科會甲種獎助。

一九九四年　大幅修訂《莊子的寓言世界》重新出版，並易名爲《人生是無題的寓言》（躍昇出版公司）。重新出版《喜怒哀樂——中國古典詩歌中的情緒》、《月是故鄉明——中國古典詩歌中的鄉愁》（月房子出版社）。學術研究成果論文再獲國科會「優等」獎助。遷居花蓮吉安鄉，仍任職中央大學中文系。

一九九五年　學術研究成果論文獲國科會甲種獎助。

一九九六年　轉任東華大學教授，與楊牧、鄭清茂、王文進三教授一起創辦中文系。應花蓮縣文化中心之邀擔任諮詢委員，並主持爲期一年的「花蓮縣文學史資料蒐編計畫」。學術研究成果之論文獲國科會甲種獎助。在《中國時報・人間副刊》發表散文〈不知終站的列車〉，這是風格大幅轉型的關鍵性作品，融合詩的象徵，小說的情節、散文的描述，爲跨文類之作。內容則融合夢與現實經驗，風格奇詭。

一九九七年　學術研究成果論文獲國科會甲種獎助。完成「花蓮縣文學史資料蒐編計畫」總結報告，建構古典、現代文學作家、作品、社團、刊物史料數百筆。

一九九八年　五月，應邀開始在《自由時報副刊》與鍾肇政、張大春等合寫「台灣心」專欄一年。入選九歌版陳義芝主編《散文二十家》。出版《顏崑陽古典詩集》（漢藝色研出版公司）、《蘇辛詞》（台灣書店），並與妻子陳惠操、女兒顏訥、兒子顏樞合出散文集《聖誕老人與虎姑婆》（躍昇出版公司）。學術研究成果論文獲國科會甲種獎助。

一九九九年　主編青少年散文選《沒有圍牆的花園》（幼獅文化公司）。學術研究成果論文獲國科會甲種獎助。應花蓮縣文化局之邀，擔任「花蓮縣文化基金會」董事。

二〇〇〇年　散文作品〈消失在鏡中的兒子〉入選九歌《八十八年散文選》。《沒有圍牆的花園》獲行政院文建會一九九九年「好書大家讀」年度最佳少年兒童讀物獎。出版散文集《上帝也得打卡》（麥田出版社），乃《自由時報副刊》一年專欄作品的結集。學術研究成果論文獲國科會甲種獎助。

二〇〇一年　應《文訊》月刊之邀，撰寫「人文關懷」專欄文章。散文作品〈窺夢人〉入選九歌《八十九年散文選》，同時獲得「年度散文獎」。主編青少年散文選《夢與愛的網站》（幼獅文化公司）。另主編《看見太魯閣》（躍昇文化公司），選輯有關「太魯閣國家公園」的文學、繪畫作品，以及報導「太魯閣」景觀、自然生態、歷史文化的文章與攝影。出任東華大學人文社會學院院長。

二〇〇二年　與楊牧合編《現代散文選續編》（洪範書局）。應音樂家林道生、林恆毅父子之邀，一起創辦「花蓮交響樂團」，並擔任團長。

二〇〇三年　應九歌出版社之邀，主編《九十二年散文選》。出版《新世紀散文家——顏崑陽精選集》（九歌出版社）。應花蓮縣文化局之邀，籌備、主持「二〇〇三年花蓮文學獎」徵文及評審工作。本年度記事暫止於二月。

顏崑陽散文重要評論索引

評論文獻	評論者	原載處	原載日期
未完的蛻變	曾昭旭	台灣日報	一九八三年九月廿五日
秋風外的溫情——試論《秋風之外》	龔鵬程	民眾日報，收入《龔鵬程論文集》	一九八四年漢光文化公司
八十年代散文新貌——評介《傳燈者》	游　喚	台灣新聞報	一九八四年三月廿六日
燈照方圓，心燈千里——評介《傳燈者》	林錫嘉	文訊月刊	一九八五年二月第十六期
想醉	心　岱	民生報	一九八九年七月二日

——喝酒的貼心理由

來自窮苦漁村的作家　林貞羊　中央日報　一九九二年二月廿七日
——《智慧就是太陽》讀後

古典現代兩相宜　阿　盛　自由時報　一九九八年十月卅日
——顏崑陽

天地一指，萬物一馬　向　陽　中央日報　二〇〇〇年三月廿五日
——讀顏崑陽散文集《上帝也得打卡》

體要與微辭偕通　向　陽　自由時報　二〇〇二年七月七日
——論顏崑陽散文

從顏崑陽〈窺夢人〉談現代散文中的寓言與象徵　黃雅莉　國文天地　二〇〇三年四月　第十八卷第十一期

版權所有 翻印必究

新世紀散文家⑩

新世紀散文家：顏崑陽精選集

Selected essays of Yen Kun-Yang

著　　者：顏　崑　陽
發 行 人：蔡　文　甫
執行編輯：何　靜　婷
發 行 所：九歌出版社有限公司
臺北市八德路3段12巷57弄40號
電話／25776564・傳眞／25789205
郵政劃撥／0112295-1
網　　址：www.chiuko.com.tw
登 記 證：行政院新聞局局版臺業字第1738號
門 市 部：九歌文學書屋
臺北市長安東路二段173號（電話／27773915）
印 刷 所：崇寶彩藝印刷有限公司
法律顧問：龍雲翔律師・蕭雄淋律師・董安丹律師
初　　版：2003（民國92）年10月10日

定　價：290元

ISBN 957-444-057-5　　Printed in Taiwan

（缺頁、破損或裝訂錯誤，請寄回本公司更換）

國家圖書館出版品預行編目資料

新世紀散文家：顏崑陽精選集／陳義芝主編.
—初版. —臺北市：九歌，2003〔民92〕
面；　公分. —（新世紀散文家；10）

ISBN　957-444-057-5（平裝）

855　　　　　　　　　　　　92009738